KB206125

마음

The ClaSSic BookS

마음

나쓰메 소세키

북로드

—
차
례
—

제1부

선생님과 나

1

  나는 그분을 언제나 선생님이라고 불렀다. 그러니 여기서도 그냥 선생님이라 하고, 본명은 밝히지 않겠다. 세상 사람들의 불필요한 관심을 염려한 것이 아니라 내가 그렇게 하는 편이 훨씬 자연스럽기 때문이다.

  그분에 대한 기억을 떠올릴 때마다 자연히 '선생님'이라고 부르게 된다. 펜을 들고 무언가 써 내려갈 때도 같은 마음이다. 낯설기 그지없는 이름으로 부르고 싶은 마음이 도무지 들지 않는다.

  선생님을 처음 만난 곳은 가마쿠라였다. 그때 학생이었던 나는 여름방학에 바닷가로 놀러 간 친구에게 꼭 여기로 놀러 오라는 엽서를 받았다. 그래서 여비를 조금 마련해 친구가 있는 가마쿠라의 해수욕장에 가기로 했다. 돈을 마련하는 데 이삼일 걸렸다. 그런데 내가 가마쿠라에 도착한 지 사흘도 되기 전에 나를 그곳으로 부른 친구는 급히 고향으로 돌아오라는 전보를 받았다. 어머니가 많이 편찮으시다고 적혀 있었는데 친구는 그것을 믿지 않았다. 오래전부터 고향에 계신 부모님이 마음에도 없는 결혼을 친구에게 강요하고 있었다. 하지만 결혼하기에는 너무 젊은 나이였고, 더욱이 가장 큰 이유는 상대가 마음에 들지 않았던 것이다. 친구는 여름방학이면 당연히 집으로 돌아가야 하는데도 온갖 핑계를 대며 도쿄 근처에서 마냥 놀았다.

친구는 나에게 전보를 보여주면서 어떻게 하면 좋겠냐고 의견을 구했다. 나는 뭐라고 말해야 할지 알 수 없었다. 하지만 정말 그의 어머니가 편찮으시다면 하루속히 고향 집으로 돌아가는 것이 옳다. 그래서 그는 고향으로 떠났고, 모처럼 가마쿠라까지 놀러 온 나는 혼자 남게 되었다. 개학 일까지 꽤 남아 있었고 특별한 일도 없어서 나는 당분간 머물던 숙소에 계속 있기로 했다. 추고쿠 지방의 유명한 기업가 집안 아들이었던 친구는 경제적으로 큰 어려움이 없었다. 하지만 학생인 데다 나이도 어렸기 때문에 생활수준은 나하고 별반 차이 없었다. 그래서 우리는 으리으리하고 큰 여관을 찾아다니기보다 싼값에 묵을 수 있는 숙소를 미리 정해두었다.

숙소는 가마쿠라 교외에 있었다. 그래서 당구를 치거나 아이스크림을 먹는 것과 같은 문화생활을 즐기려면 기나긴 논길을 지나가야 했다. 인력거를 탄다고 해도 20전이나 지불해야 할 만큼 먼 거리였다. 그러나 근처에 부자들의 개인 별장이 아주 많았고, 바다에서 매우 가까워 해수욕을 즐기기 좋은 곳이었다.

나는 매일 숙소를 나와 바다로 나갔다. 낡은 초가집 사이를 지나 바닷가로 내려가면 이렇게 많은 도시인들이 있었나 싶을 정도로 수많은 피서객들이 모래밭을 거닐고 있었다. 어떤 때는 바다가 마치 공중목욕탕처럼 사람들로 바글거렸다. 그 많은 사람들 중에 내가 아는 사람이라고는 단 한 명도 없었다. 그래서 나는 그런 흥청거리는 분위기에 취해 모래밭에 엎드려 있거나 무릎까지 차오르는 바닷물에 들어가 이리저리 뛰어다니며 뜨거운 여름을 만끽했다.

이런 혼잡한 곳에서 선생님을 만났다. 그때 바닷가 주변에는 찻집이 두 군데 있었다. 나는 특별한 이유도 없이 그중 한 곳을 자주 드나들었다. 그 해변가에 큰 별장을 가지고 있는 사람들과 달리 전용 탈의실이 없는 피서객들은 그곳의 임시 탈의실이 꼭 필요했다. 사람들은 그 찻집에서 차를 마시거나 휴식을 취하면서 수영복을 세탁하기도 하고 바닷물에 흠뻑 젖은 몸을 씻기도 했다. 그리고 모자나 양산 같은 개인 소지품을 맡기기도 했다. 나는 수영복이 없었지만 소지품을 도둑맞을 염려가 있었기 때문에 해수욕할 때마다 그곳에 옷을 맡겼다.

2

내가 그 찻집에서 선생님을 본 것은 선생님이 마침 옷을 벗고 이제 막 바다로 들어가려 할 때였다. 그때 나는 선생님과 반대로 젖은 몸을 바람결에 말리며 물에서 나온 참이었다. 우리 둘 사이에는 시야를 가리는 수많은 머리들이 분주히 움직이고 있었다. 그때 특별한 일이 없었다면 우리 둘은 그냥 지나쳤을지 모른다. 그만큼 주위가 혼잡했고, 나 또한 무척 흥분해 있었다. 그런데도 내가 선생님에게 눈길을 돌리게 된 것은 선생님이 서양인 남자와 함께 있었기 때문이다.

찻집으로 들어선 순간 피부가 유난히 하얀 그 서양인이 내 시선을 잡아끌었다. 그는 입고 있던 전통 의상 유카타를 살며시 벗어둔 채로 팔짱을 끼고 바다를 향해 우두커니 서 있었다. 우리가 입는 사루마타(반바지 모양의 일본식 팬티—옮긴이)만 달랑 걸친 그의 모습이 기괴하게 느껴졌다. 이틀 전 나는 가까운 유이가 해변까지 가서 모래밭에 쭈그리고 앉아 해수욕하는 서양인들을 한참이나 구경했다. 내가 앉아 있던 살짝 솟은 언덕 바로 옆에 호텔 뒷문이 있어서 꽤 많은 남자들이 바닷물을 뒤집어쓰고 나오는 것을 봤지만 몸통이나 팔, 허벅지를 다 드러낸 사람은 없었다. 더구나 여자들은 하나같이 천으로 몸뚱이를 가리고 있었다. 그들은 대부분 고무로 만든 수영모를 머리에 쓰고 있어서 적갈색과 감색, 남색 머리들이 파도 위를 둥둥 떠다녔다. 그런 광경만 보던 내 눈에는 점잖은 척하는 많은 사람들 앞에서 달랑 사루마타 하나만 걸치고 당당히 서 있는 그 서양인이 무척 신기해 보였다.

잠시 후 그는 자기 옆을 돌아보더니 쭈그린 자세로 앉아 있던 한 일본인에게 뭐라고 한두 마디 내뱉었다. 그 일본인은 모래 위에 떨어진 손수건을 집어 들던 참이었는데 그것을 들자마자 바로 얼굴을 힘껏 싸매고 바다 쪽으로 유유히 걸어갔다. 그 사람이 바로 선생님이었다.

해변가로 나란히 내려가는 둘의 뒷모습을 지켜보던 나는 밀려드는 호기심을 참지 못하고 계속 그들을 지켜보았다. 그들은 물가에 이르자마자 지체 없이 파도에 발을 담갔다. 그러고는 얕은 바닷물에서 왁자지껄 떠들며 해수욕을 즐기는 많은 사람들 사이로 빠져나가 비교적 넓은 바다까지 나가더니 둘 더 본격적으로 수영을 하기 시작했다. 그들은 머리가 아주 작게 보일 정도로 멀리 헤엄쳐 갔다. 그러더니 다시 몸을 돌려 일직선으로 빠르게 헤엄쳐 해변가로 돌아왔다. 찻집으로 돌아온 그들은 샘물로 몸을 씻지도 않고 수건으로 대충 몸을 닦더니 곧바로 옷을 입고 서둘러 어디론가 가버렸다.

그들이 자리를 뜨고 나서 나는 탁자 의자에 앉아 담배를 피웠다. 그리고 멍하니 앉아 선생님의 모습을 떠올려보았다. 왠지 어디선가 본 적 있는 사람 같았다. 하지만 언제 어디서 봤는지 전혀 기억나지 않았다.

그때 나는 더 이상 참을 수 없을 만큼 하루하루가 따분했다. 그런 때에 밀려든 궁금증은 나에게 새로운 활력이 되었다. 그다음 날 나는 선생님을 보았던 시간을 어림잡아 일부러 그 찻집으로 갔다. 서양인은 오지 않고 선생님 혼자 밀짚모자를 쓰고 나타났다. 선생님은 안경을 벗어 탁자 위에 놓고 곧바로 손수건으로 머리를 감싸더니 어제처럼 물가로 거침없이 내려갔다. 선생님이 어제와 다름없이 붐비는 인파를 헤치고 나가 혼자 헤엄치는 모습을 본 순간, 돌연 그 뒤를 쫓아가고 싶은 충동이 밀려들었다. 나는 바닷물을 머리 위까지 튀기며 꽤 깊은 곳으로 들어가서 선생님을 목표로 온 힘을 다해 물살을 가르며 헤엄쳐 나갔다. 그런데 선생님은 어제와 달리 반원을 그리며 엉뚱한 지점에서 해안 쪽으로 돌아가기 시작했다. 결국 나는 목적을 이루지 못했다. 내가 모래밭으로 다시 올라가 물방울이 뚝뚝 떨어지는 손을 털면서 찻집으로 들어서자 선생님은 단정히 옷을 차려입고 나를 스쳐 밖으로 나갔다.

3

다음 날 나는 같은 시간에 다시 해변으로 나가 선생님의 얼굴을 보았다. 그다음 날도 그랬다. 그러나 말을 걸거나 인사를 나눌 기회가 없었다. 더구나 선생님의 태도는 조금도 사교적이지 않았다. 늘 같은 시간에 조용히 나타났다 조용히 자리를 떴다. 주위가 아무리 시끄럽고 어수선해도 전혀 개의치 않았다. 처음에 같이 있던 서양인은 그 뒤 한 번도 보지 못했다. 선생님은 늘 혼자였다.

그러던 어느 날, 선생님이 여느 때와 마찬가지로 바다에서 곧장 올라와 늘 같은 곳에 벗어둔 유카타를 입으려고 하는데 어찌 된 일인지 옷에 모래가 잔뜩 묻어 있었다. 선생님은 몸을 돌리고 유카타를 두세 번 흔들어 모래를 털어냈다. 그러자 옷 밑에 두었던 안경이 탁자 틈으로 툭 떨어졌다. 선생님은 하얀 바탕에 검정 무늬가 그려진 유카타를 허리띠로 묶고 나서야 안경이 없어진 것을 알아채고 주변을 두리번거렸다. 나는 곧 허리를 굽히고 탁자 틈새로 손을 넣어 안경을 주워 선생님에게 건넸다. 선생님은 고맙다고 짧게 답하고 안경을 받아 자리를 떠났다.

다음 날도 나는 선생님의 뒤를 쫓아 바다로 뛰어들었다. 그러고는 선생님과 같은 방향으로 헤엄쳐 나갔다. 대략 2백 미터쯤 나아가자 선생님이 뒤를 돌아보며 나에게 말을 걸었다. 넓고 푸른 바다 위에 떠 있는 사람은 오직 우리 둘뿐인 것 같았다. 강렬한 햇빛에 반사되어 반짝이는 수면 위로 멀리 있는 산등성이가 비쳤다. 나는 자유와 환희로 가득한 근육을 움직이며 미친 듯이 헤엄쳤다. 선생님은 돌연 팔다리의 움직임을 멈추더니 하늘을 바라보며 출렁이는 물 위에 누웠다. 나도 선생님을 따라 누워 눈을 감았다. 파란 하늘에서 내리쬐는 강렬한 햇살이 내 얼굴로 쏟아졌다.

"이거 정말 기분 좋네요."

나도 모르게 큰 소리로 말했다.

잠시 후 바닷속에서 솟아오르듯 자세를 바로잡은 선생님은 "이제 그만 돌아갈까요?"라고 짧게 말을 건넸다. 나는 물속에서 좀더 놀고 싶었지만 선생님 말에 곧바로 "예, 그렇게 하시죠."라고 답했다. 우리는 헤엄쳐 왔던 길을 따라 곧장 해변으로 돌아왔다.

그날 이후 나는 선생님하고 무척 가깝게 지냈다. 나는 그렇게 생각했다. 그러나 선생님이 어디에 묵고 있는지는 알지 못했다. 그로부터 이틀이 지난 오후로 기억한다. 찻집에서 우연히 선생님을 만났는데 선생님이 "당신은 여기 계속 머물 생각이오?"라고 물었다. 특별한 계획이 없었던 나는 갑작스런 물음에 뭐라고 대답해야 할지 몰랐다. 그래서 "글쎄요. 어떻게 해야 할지 잘 모르겠습니다."라고 대답했다. 선생님이 활짝 웃으며 그런 나를 쳐다보자 나는 갑자기 겸연쩍었다. 나는 "선생님께서는요?"라고 되물었다. 이때 처음 내 입에서 선생님이라는 말이 나왔다.

아무튼 나는 그날 밤 선생님이 묵고 있는 숙소로 찾아갔다. 숙소라고는 하나 보통 여관과 달리 넓은 절의 경내에 있는 별장 같은 건물이었다. 거기에 살고 있는 사람들이 선생님의 가족이 아니라는 것도 알게 되었다. 내가 '선생님'이라고 부르면 선생님은 묘하게 쓴웃음을 짓곤 했다. 그래서 나는 나보다 나이 많은 사람들에게 으레 '선생님'이라고 부르는 말버릇이 있다는 식으로 변명했다. 나는 지난번 본 서양인에 대해 물어보았다. 그러자 선생님은 그가 이미 가마쿠라를 떠났고, 목적지 없이 자유롭게 떠도는 여행자라고 했다. 그리고 이런저런 이야기를 나누던 끝에 일본인하고는 그다지 교제하지 않으면서 그런 외국인하고 가까이 지냈다니 참으로 이상한 일이라고도 말했다. 나는 선생님에게 어디선가 본 적 있는 것 같은데

도무지 기억나지 않는다고 했다. 아직 어렸던 나는 혹여 상대도 그런 느낌을 받았을지 모른다는 생각에 굳이 확인하고 싶었다. 그래서 속으로 선생님이 뭐라고 대답할지 짐작해보며 잔뜩 기대하고 있었다. 그런데 선생님은 잠시 말이 없더니 "당신 얼굴을 본 기억이 전혀 없소. 다른 사람하고 착각한 것 아니오?"라고 대답했다. 그 말에 왠지 모르게 실망감이 밀려들었다.

4

나는 그달이 끝날 무렵 도쿄로 돌아왔다. 선생님은 나보다 훨씬 먼저 피서지를 떠났다. 나는 선생님하고 헤어지면서 "앞으로 가끔 찾아뵈어도 되겠습니까?"라고 물었다. 선생님은 "그러시오."라고 짧게 대답할 뿐이었다. 선생님하고 꽤 가까워졌다고 생각했던 나는 좀더 다정한 대답이 나오리라 예상했다. 하지만 왠지 냉정해 보이는 반응에 조금 위축되었다.

나는 이런 식으로 예상과 다른 선생님의 반응에 무안할 때가 많았다. 선생님도 그것을 알고 있는 것 같기도 하고, 전혀 모르는 것 같기도 했다. 나는 그럴 때마다 서운한 마음이 들었지만 그만한 일로 우리의 관계를 깨뜨리고 싶은 생각은 추호도 없었다. 오히려 그런 섭섭한 마음이 더욱더 선생님에게 다가가는 원동력이 되었다. 한층 더 다가가면 내가 기대하는 그 무언가가 눈앞에 시원스레 펼쳐질 것이라고 생각했다.

　나는 젊었다. 하지만 아무한테나 젊은 피가 이토록 숨김없이 끓어오르지는 않는다. 무심한 선생님에게만 유독 이런 감정이 드는 이유가 뭔지 나 자신도 알 수 없었다. 그리고 그 이유를 선생님이 돌아가신 지금에야 비로소 깨달았다. 선생님은 애초에 내가 싫어서 그런 게 아니었다. 선생님이 이따금 나에게 보여준 형식적인 인사나 냉담한 태도는 나를 멀리하려는 불쾌한 표현이 아니었다. 안타깝게도 선생님은 자신에게 가까이 다가서려는 사람에게 본인은 그럴 만한 가치가 없는 인물이니 더 이상 다가오지 말라는 무언의 경고를 보냈던 것이다. 타인에 대한 관심이나 애정에 인색했던 선생님은 다른 사람을 경멸하기 전에 자기 자신부터 경멸하고 있었던 것 같다.

　나는 가까운 시일 내에 선생님을 다시 만나러 가리라 생각하며 도쿄로 돌아왔다. 수업이 시작되려면 아직 2주일이나 남았기에 시간을 내서 꼭 다녀오리라 마음먹었다. 그러나 도쿄에 돌아와 이삼 일이 지나자 가마쿠라에서 느꼈던 기분이 점차 희미해졌다. 더구나 형형색색 빛나는 대도시의 공기가 가마쿠라로 떠나기 전의 내 모습을 다시 깨우며 내 마음까지 짙게 물들였다. 나는 거리에서 마주치는 학생들의 얼굴을 볼 때마다 다가올 새 학기에 대한 희망과 긴장감에 젖어들었다. 이때 나는 선생님을 잠시 잊고 있었다.

　새 학기가 시작되고 한 달쯤 지났을 때 비로소 나를 붙잡고 있던 긴장이 풀렸다. 동시에 왠지 모를 허탈감에 빠져들었다. 나는 넋이 나간 듯한 표정으로 거리를 걸어 다녔다. 알 수 없는 무언가를 찾아 방 안을 빙빙 맴돌기도 했다. 그러자 내 머릿속에서 다시금 선생님의 얼굴이 떠올랐다. 나는 선생님을 만나고 싶었다.

그렇게 해서 선생님 댁을 처음 찾아갔는데 마침 댁에 계시지 않았다. 두 번째로 찾아간 것은 그다음 주 일요일이었던 것으로 기억된다. 화창한 하늘이 온몸을 휘감는 듯 기분 좋은 날씨였다. 그런데 그날도 선생님은 외출하고 없었다. 가마쿠라에서 함께 시간을 보낼 때 선생님은 거의 외출하지 않고 집에만 있는다고 말했다. 더구나 자기는 밖에 나가는 것을 싫어한다고까지 말했다. 그런데 이렇게 번번이 허탕을 치자 나는 선생님의 그 말을 되새기며 마음 한구석에 불만이 피어올랐다. 그냥 돌아갈 수 없었던 나는 자리를 뜨지 않고 선생님 댁 현관 앞에 우두커니 서 있었다. 그러자 내 앞에 서 있던 하녀가 지난번에 명함을 받은 기억이 났는지 나를 그냥 세워두고 집 안으로 들어갔다.

잠시 기다리니 사모님으로 보이는 분이 나왔다. 아름답고 기품 있는 여인이었다. 부인은 정중한 목소리로 선생님이 있는 곳을 알려주었다. 선생님은 매월 이맘때면 고인에게 꽃을 전하러 조시가야에 있는 묘소에 간다고 했다.

부인은 무척 미안하다는 투로 "조금 전에 나가셨으니 언제 돌아오실지 알 수가 없네요."라고 말했다. 할 수 없이 나는 가볍게 인사하고 밖으로 나왔다. 번화한 거리를 향해 백 미터쯤 걸어가다 보니 문득 산책이라도 할 겸 조시가야에 한번 가볼까 하는 생각이 들었다. 운이 좋으면 선생님을 만날 수도 있지 않을까 하는 마음도 있었다. 그래서 나는 조시가야 쪽으로 발길을 돌렸다.

5

묘지 앞에 자리 잡은 묘목밭 왼편으로 돌아가 양쪽에 단풍나무가 늘어선 넓은 길 안쪽으로 쭉 걸어갔다. 그런데 길 끝 찻집에서 선생님으로 보이는 사람이 불쑥 걸어 나왔다. 나는 그 사람의 안경테가 햇빛에 반짝이는 것을 볼 수 있을 만큼 가까이 다가갔다. 그러고는 무작정 "선생님!"이라고 크게 불러보았다. 선생님은 순간 걸음을 멈추고 내 얼굴을 빤히 쳐다보았다.

"아니, 어떻게…… 어떻게……."

선생님은 같은 말을 두어 번 되풀이했다. 그 말은 고요하기 그지없는 그곳의 적막을 깨듯이 묘하게 울렸다. 선생님의 반응에 나는 아무 말도 하지 못했다.

"나를 쫓아온 건가요? 어떻게……."

선생님은 꽤 침착했고 목소리는 더욱 가라앉아 있었다. 하지만 선생님의 표정에서 말로 표현할 수 없는 일종의 우울한 기운이 피어오르는 것을 알아챘다. 나는 어떻게 해서 그곳까지 찾아가게 되

20

었는지 모두 이야기해주었다.

"누구의 묘에 참배하러 갔다고 하던가요? 아내가 이름까지 말하던가요?"

"아니요. 그런 말씀은 전혀 하지 않았어요."

"그래요? 하긴 초면에 그런 이야기까지 할 필요 없지. 말할 이유가 없으니까."

선생님은 그제야 납득한 듯 얼굴의 긴장이 풀렸다. 그러나 나는 선생님이 무슨 뜻으로 그런 말을 했는지 전혀 알 수 없었다. 선생님하고 나는 거리로 나서려고 봉묘 사이를 빠져나왔다. 거기에는 이사벨라 아무개의 묘라든지, 신의 종 로긴의 묘라고 적힌 사각형의 작은 탑 같은 것이 세워져 있었다. 또 전권공사(全權公使) 아무개도 있었다. 나는 안득열(安得烈)이라고 새겨진 작은 묘 앞에서 "이건 대체 무슨 의미인가요?"라고 선생님에게 물었다. 그러자 선생님은 "그건 앤드루(Andrew)를 음차한 겁니다."라고 대답하며 쓴웃음을 지었다.

선생님은 여기 있는 비석이나 묘표의 다양한 양식에 대해 나처럼 재미있다고 생각지 않는 것 같았다. 내가 둥근 석물이나 가늘고 긴 화강암 비석을 손가락으로 가리키며 연달아 이런저런 말들을 지껄여대자 처음에는 별말 없던 선생님이 마침내 "당신은 죽음에 대해 아직 진지하게 생각해본 적이 없는 것 같군요."라고 한마디 내뱉었다. 나는 조용히 입을 닫았다. 선생님도 그 이상 아무 말도 하지 않았다.

묘지의 경계선 부근에 커다란 은행나무 한 그루가 하늘을 뒤덮듯이 당당히 서 있었다. 그 아래에 이르렀을 때 선생님은 높은 가지를 올려다보며 이렇게 말했다.

"조금만 더 있으면 정말 보기 좋게 변할 겁니다. 이 나무가 온몸을 노란색으로 물들이고 나면 이 근방은 그야말로 황금빛 낙엽으로 뒤덮이지요."

선생님은 매달 한 번씩 그 은행나무 밑을 지나가는 것 같았다. 반대편에서 울퉁불퉁한 땅을 고르며 새로운 묘지 터를 다지던 사내 하나가 괭이질을 멈추고 우리를 바라보았다. 우리는 그곳에서 왼쪽으로 가로질러 길가로 나왔다.

딱히 가야 할 곳이 없었던 나는 선생님 뒤를 쫓아 묵묵히 걸었다. 선생님은 여느 때보다 더 말이 없었다. 하지만 나는 그리 거북하지 않아 별 생각 없이 선생님과 함께 마냥 걸어갔다.

"댁으로 가시는 건가요?"

"그렇소. 특별히 들를 데가 있는 것도 아니니까."

우리 둘은 다시 아무 말 없이 남쪽 비탈길을 걸어갔다.

"선생님 집안의 묘소가 저기 있나요?"

나는 다시 입을 열었다.

"그건 아니오."

"그럼 어떤 분의 묘가 있습니까? 가족분의 묘소인가요?"

"그것도 아니오."

선생님은 더 이상 아무 말도 하지 않았다. 나도 더 묻지 않았다. 그런데 백여 미터쯤 걸어갔을 때 선생님이 갑자기 말문을 열었다.

"내 친구의 묘가 있지요."

"그렇다면 매달 친구분의 묘를 찾아가시는 건가요?"

"그렇소."

이 말을 끝으로 선생님은 더 이상 입을 열지 않았다.

6

그날 이후 나는 가끔 선생님 댁을 찾아갔다. 선생님은 늘 집에 있었다. 만나는 횟수가 늘어날수록 나는 점점 제 집 들락거리듯 선생님 댁 현관을 뻔질나게 드나들었다.

하지만 선생님의 태도는 그 전과 별반 다르지 않았다. 선생님은 늘 차분하고 조용했다. 너무 조용해서 적막감이 느껴질 지경이었다. 나는 선생님을 처음 만났을 때부터 가까이 다가가기에는 꽤 부담스러운, 묘한 분위기를 풍기는 사람이라고 여겼다. 그 때문인지 내 가슴속에는 어떻게 해서든 선생님하고 가까워지고 말겠다는 굳은 신념 같은 것이 끓어올랐다. 선생님에 대해 이러한 감정을 가진 사람은 어쩌면 나뿐인지도 모른다. 훗날 그러한 사실이 입증되었기 때문에 사람들이 이런 나를 조금 우습게 여기거나 어처구니없다는 듯 비웃어도, 나는 그 모든 것을 예측한 나 자신의 직감을 꽤 신뢰하고 있다. 다른 사람을 사랑할 수 있는 사람, 사랑하지 않고는 견딜 수 없는 사람, 그러면서도 자기 품에 안기려는 사람을 양팔 벌려 환영할 수 없는 사람, 그것이 바로 선생님이었다.

지금까지 수차례 말했듯이 선생님은 늘 조용했다. 또 침착했다. 그러나 때로는 얼굴에 뭐라고 설명할 길 없는 근심을 드리울 때가 있었다. 창문에 검은 새 그림자가 드리우듯. 그러다 곧 평정을 되찾기는 했지만. 아무튼 내가 처음으로 선생님의 미간에서 그 먹구름을 본 것은 조시가야의 묘지에서 '선생님'이라고 불렀을 때였다. 나는 그 순간, 경쾌하게 뛰던 심장의 고동이 느려지는 느낌을 받았다. 물론 순간적인 현상에 지나지 않았지만. 나는 채 5분도 지나기 전에 평소와 다름없는 탄력을 되찾았다. 나는 그렇게 내가 느낀 감정의 변화를 대수롭지 않게 넘기고 바로 잊어버렸다. 뜻밖에도 그 경험을 다시금 떠올리게 된 것은 소춘(음력 10월—옮긴이)이 끝나 가는 어느 날 밤이었다.

나는 선생님과 이야기를 나누다 문득 예전에 선생님이 특별한 관심을 보였던 커다란 은행나무를 떠올렸다. 곰곰이 생각해보니 선생님이 매달 정기적으로 성묘를 가는 날이 사흘 뒤였다. 그날은 오전 수업밖에 없었다. 나는 선생님에게 이렇게 말했다.

"선생님, 조시가야의 은행잎들은 다 져버렸을까요?"

"아직은 괜찮을 것 같은데."

선생님은 그렇게 대답하면서 내 얼굴을 쳐다보았다. 그러고는 한

동안 눈을 떼지 않았다. 나는 말을 이었다.

"이번에 성묘 가실 때는 저도 데려가시면 안 돼요? 선생님하고 그 근처를 산책하고 싶어요."

"나는 성묘하러 가는 것이지, 산책하러 가는 것이 아니오."

"하지만 돌아오는 길에 산책도 하면 더 좋지 않을까요?"

선생님은 아무 말도 하지 않고 가만히 있었다. 그러더니 잠시 후 이렇게 말했다.

"나는 성묘만 할 따름이오."

그 말로 미루어 선생님은 성묘와 산책을 명확히 구분하려는 것 같았다. 직접적인 언급을 피하는 터에 나와 함께 가고 싶지 않다는 뜻인지는 정확히 알 수 없었지만, 그때 나는 선생님이 어린아이처럼 괜한 고집을 부리는 것 같았다. 그래서 나는 좀더 적극적으로 대응했다.

"그럼 성묘라도 좋으니 데려가 주세요. 저도 성묘할게요."

나는 성묘와 산책을 군이 구분할 이유가 없다고 생각했다. 내 말에 선생님은 미간을 미세하게 찡그렸다. 두 눈에 묘한 광채가 번득이기도 했다. 그것은 괴로움이나 혐오감, 혹은 두려움과는 다른, 불안감이 희미하게 섞인 눈빛이었다. 순간 조시가야에서 '선생님'이라고 불렀을 때의 기억이 또렷이 떠오르면서 그때와 지금의 표정이 하나로 겹쳤다.

"나는……."

선생님은 천천히 입을 뗐다.

"자네에게 말할 수 없는 나름의 사정이 있어서 누군가와 함께 그곳에 가고 싶지 않소. 아직까지 내 아내도 데려간 적 없소."

7

참으로 이상하다는 생각이 들었다. 그러나 나는 선생님을 연구할 생각으로 찾아가는 것이 아니었다. 그것은 일종의 습관 같은 것이었다. 돌이켜보면 그때의 내 행동은 내 삶에서 꽤 높이 평가할 만한 것이었다. 그러한 일관된 행동 덕분에 선생님과 인간적이고 따뜻한 교류를 할 수 있었다고 생각한다. 내 호기심이 조금이라도 선생님을 관찰하거나 연구하려는 방향으로 나아갔다면 분명 우리 둘을 잇는 우정의 끈은 곧바로 끊어졌을 것이다. 어렸던 나는 자신의 태도가 어떠한지 전혀 깨닫지 못했다. 그러므로 칭찬할 만한지는 모르지만, 조금 어긋난 방향으로 나아갔다면 둘 사이가 어떻게 되었을까? 나는 상상만으로도 소름 끼친다. 그렇지 않아도 선생님은 자신이 누군가의 연구 대상이 되는 것을 늘 경계했다.

나는 매달 두세 번은 꼭 선생님 댁을 방문했다. 내 발길이 한창 잦던 어느 날, 선생님이 갑자기 이렇게 물었다.

"자네는 무엇 때문에 나 같은 사람을 이리 자주 찾아오는가?"

"특별한 이유는 없습니다. 혹시 방해가 되는지요?"

"그런 뜻으로 한 말은 아니네만."

선생님이 나를 귀찮아하는 기색은 전혀 없었다. 나는 선생님의 교제 범위가 극히 제한적이고, 대부분 선생님의 동창이었으며, 더구나 그때 도쿄에 살던 친구라고는 두세 명밖에 되지 않는다는 것을 잘 알고 있었다. 선생님의 고향 친구들하고 함께 자리한 적 있는데 나만큼 선생님에게 친밀감을 느끼는 사람은 없었다.

선생님은 이렇게 말했다.

"나는 외로운 사람이네. 그러니 자네가 이렇게 찾아와 주는 것을 늘 고맙게 생각하고 있기에 그 이유를 물어본 것이네."

"그게 무슨 말입니까?"

내가 되물었으나 선생님은 아무 대답도 하지 않았다. 다만 내 얼굴을 물끄러미 바라보더니 대뜸 "자네 나이가 몇이나 되었나?"라고 물었다.

이런 문답이 무슨 의미가 있는지 전혀 알 수 없었지만 깊숙이 파고들지 못하고 그냥 집으로 돌아왔다. 그리고 나흘도 채 지나지 않아 다시 선생님을 찾아갔다. 선생님은 객실에서 나오자마자 크게 웃음을 터뜨렸다.

"하하, 또 왔군."

"네, 또 왔습니다."

이렇게 답하며 나도 웃었다.

다른 사람이 나에게 그런 식으로 말했다면 틀림없이 화를 냈을

것이다. 그런데 선생님한테는 전혀 그렇지 않았다. 화가 나기는커
녕 기분이 좋았다.

"나는 외로운 사람이네."

그날 밤 선생님은 이전에 했던 말을 또다시 되풀이했다.

"나는 외로운 사람이지만, 어쩌면 자네 역시 외로운 사람 아닌가?
나처럼 나이 든 사람은 외로워도 그럭저럭 지낼 수 있지만 젊은 자
네는 그렇지 않을 것이네. 마음껏 움직이고 싶겠지. 끊임없이 움직
이면서 어딘가에 부딪히고 싶을 거란 말이네."

"아닙니다, 선생님. 저는 조금도 외롭지 않습니다."

"젊을수록 외롭게 마련인데, 그렇다면 자네는 어째서 이리도 자
주 나를 찾아오는 것인가?"

그러고는 선생님은 조금 전에 했던 말을 되풀이했다.

"자네는 나를 만나면서도 필시 어딘가에 외로움이 자리하고 있을
것이네. 나는 자네를 위해 그 외로움을 뽑아낼 만한 힘이 없으니까.
자네는 머잖아 다른 쪽으로 구원의 손길을 뻗게 될 것이네. 그러면
내 집 쪽으로는 더 이상 발길을 돌리지 않겠지."

선생님은 이렇게 말하고 쓸쓸히 웃었다.

8

다행히 선생님의 예언은 실현되지 않았다. 아직 미숙했던 나는

그 예언에 내포된 의미를 제대로 파악하지 못했다. 나는 늘 하던 대로 선생님을 만나러 갔다. 그러다 언제부턴가 선생님 댁에서 식사를 하기 시작했다. 자연히 사모님하고 이야기를 나누었다.

보통 남자들이 그렇듯 나는 여자에 대해 그리 냉담한 편이 아니었다. 그러나 나이가 나이인 만큼 지금까지 연애다운 연애를 해본 적이 없다. 그래서인지 길거리에서 우연히 마주치는 낯선 여자들에게 관심이 많았다. 처음 현관에서 선생님의 부인을 보았을 때 기품이 넘친다는 인상을 받았고, 이후에도 그러한 인상은 조금도 변하지 않았다. 하지만 그것 말고는 딱히 인상적인 것이 없었다.

그렇다고 사모님이 아무 특징 없는 사람은 아니었다. 단지 그런 점을 살펴볼 기회가 없었다고 하는 편이 맞을 것이다. 나는 사모님을 언제나 선생님의 일부분이라는 마음으로 대했고, 사모님도 남편을 찾아오는 기특한 학생으로 나를 대했다. 따라서 가교 역할을 하는 선생님 말고는 우리 둘 사이에 어떤 연결 고리도 없었다. 그래서 사모님에 대한 나의 인상은 처음 보았을 때와 별반 다르지 않았다.

그러던 어느 날, 선생님 댁에서 술을 마실 때였다. 그때 사모님이 곁에 앉아 술을 따라주었다. 선생님은 그날따라 꽤 기분이 좋아 보였다. 선생님은 "당신도 한잔하지."라며 자기 술잔을 사모님에게 건넸다. 사모님은 괜찮다고 사양하다가 계속 권하자 어쩔 수 없다는 듯 잔을 받았다. 사모님은 눈썹을 살짝 찡그리면서 반쯤 따른 술잔을 입술에 갖다 댔다. 그러고는 두 사람이 이런 얘기를 주고받았다.

"웬일이에요. 이제껏 저한테 잔을 권한 적은 한 번도 없는 분이."

"당신이 싫어하니 그랬지. 하지만 가끔은 괜찮아. 기분이 좋아지니까."

"그렇지 않아요. 오히려 속이 쓰려 괴롭기만 한걸요. 하지만 당신은 꽤 즐거운가 봐요. 약주를 조금만 하셔도 말이에요."

"가끔 그렇지. 하지만 늘 그런 건 아니야."

"오늘 밤은 어때요?"

"오늘 밤은 기분이 좋군."

"그럼 이제부터 밤마다 조금씩 드시면 되겠네요."

"그래서야 쓰나."

"그렇게 하세요. 그러는 편이 쓸쓸해 보이지 않아 좋으니까요."

그 집에는 선생님 내외와 하녀 하나가 살고 있었다. 방문할 때마다 느끼는 것이지만 선생님 집은 늘 조용했다. 결코 큰 소리로 떠들거나 웃는 일이 없었다. 어떤 때는 집에 선생님하고 나 둘만 있다는 착각이 들기도 했다.

"아이라도 있으면 좋을 텐데……."

사모님은 나를 보며 말했다. 그래서 나는 "그렇겠네요."라고 맞장구를 쳤다. 그러나 진심으로 연민을 느껴서 그런 말을 한 것은 아니었다. 아이를 가져본 적 없던 나는 그때까지만 해도 아이를 그저 귀찮고 번거로운 존재로 여길 뿐이었다.

"아이 하나 데려올까?"

선생님이 말했다.

"그건 좀 그렇잖아요."

사모님이 또다시 나에게 고개를 돌리며 말하자 선생님이 "아이는 절대로 생기지 않을 거야."라고 대꾸했다.

그러자 이번에는 사모님이 아무 말도 하지 않았다.

"왜 그렇죠?"라고 내가 대신 물어보니 선생님은 "천벌이니까."라고 말하고는 크게 웃었다.

9

함께 살지 않았으니 깊은 속내까지 알 수는 없었지만 내가 아는 한 선생님 내외는 금실 좋은 부부였다. 일전에 객실에 함께 앉아 있을 때 선생님이 갑자기 하녀를 먼저 부르지 않고 사모님을 바로 부른 적 있다(사모님의 이름은 '시즈'였다). 선생님은 언제나 "이봐, 시즈!"라고 부르며 미닫이 쪽을 돌아보았다. 그 소리가 나에게는 꽤 다정하게 들렸다. 대답하고 들어오는 사모님의 태도는 무척이나 순종적이었다. 가끔 진수성찬을 차려놓고 사모님이 함께 자리했을 때는 두 분의 이런 관계가 한층 더 두드러졌다.

선생님은 가끔 사모님과 함께 음악회나 연극을 보러 갔다. 부부 동반으로 몇 차례 짧은 여행을 다녀온 적도 있었던 것으로 기억한다. 나는 선생님 내외가 하코네 여행 중에 보내준 그림엽서를 아직도 간직하고 있다. 두 사람이 닛코로 여행 갔을 때 보낸 편지에는 빨간 낙엽을 동봉했던 것도 기억에 남는다.

그때 내 눈에 비친 선생님 내외의 모습은 대략 이랬다. 하지만 그렇지 않을 때도 있었다. 그중 기억에 남는 일을 얘기하자면 이렇다. 어느 날 평소와 다름없이 선생님 집 현관문을 두들기려 하는데 객실 쪽에서 누군가의 목소리가 들려왔다. 자세히 들어보니 말다툼 소리 같았다. 선생님 집은 현관 다음이 바로 객실이기 때문에 현관문 앞에서 대략 어떤 상황인지 들을 수 있었다. 가끔씩 언성을 높이는 사람은 선생님이었다. 상대는 선생님보다 목소리가 작았기 때문에 확신할 수는 없었지만 아무래도 사모님인 것 같았다. 잘 모르겠지만 울고 있는 것 같기도 했다. 나는 현관 앞에서 한참을 망설이다 그냥 집으로 돌아왔다.

나는 불안감에 휩싸였다. 책을 읽어도 무슨 내용인지 머릿속에 들어오지 않았다. 한 시간쯤 지났을까, 창문 밑에서 나를 부르는 목소리가 들렸다. 선생님이었다. 나는 깜짝 놀라 창문을 열었다. 선생님은 잠시 산책을 하자고 했다. 시계를 꺼내 보니 밤 8시가 넘은 시각이었다. 나는 옷을 갈아입지도 않고 그대로 밖으로 나갔다.

그날 밤, 나는 선생님과 함께 맥주를 마셨다. 선생님은 원래 주량이 적었다. 웬만큼 마셨으면서도 전혀 취하지 않았다며 끝까지 가겠다고 객기를 부리는 인물과는 거리가 멀었다.

"오늘은 이쯤에서 그만해야겠네."

선생님이 쓴웃음을 지으며 말했다.

"선생님, 기분이 별로 안 좋으신가요?"

나는 선생님이 염려되었다. 조금 전 선생님 댁에서 있었던 일이 마음에 걸렸다. 생선 가시가 목에 걸린 듯 갑갑하고 불편했다. 이렇게 된 거 솔직하게 다 말해버릴까 싶었지만 괜한 짓이라는 생각도 들어서 나도 모르게 안절부절못했다.

그러자 오히려 선생님이 먼저 말을 꺼냈다.

"평소 자네답지 않게 조금 이상하군. 실은 나도 좀 그렇다네. 자네도 느꼈나?"

나는 아무 대답도 하지 못했다.

그러자 선생님이 말을 이었다.

"실은 낮에 집사람하고 사소한 말다툼을 했다네. 그 때문에 괜히 신경이 곤두선 모양이야."

"무, 무슨 일로……."

나는 다퉜다는 말이 도저히 입에서 나오지 않았다.

"집사람이 나를 오해해서 말이야. 아무리 그게 아니라고 해도 받아들이지 못하더군. 결국 집사람에게 크게 화를 내고 말았네."

"무엇을 오해하셨는데요?"

선생님은 내 물음에 굳이 대답하지 않았다.

"집사람이 생각하는 그런 인간이라면 내가 이렇게까지 괴로워하지 않을 거네."

그때 나는 선생님이 얼마나 괴로워하는지 알 수 없어서 몹시 난처했다.

10

집으로 돌아가는 길에 우리 둘의 침묵은 한 동네를 지나고 그다음 동네를 지나갈 때까지 계속 이어졌다. 그러던 중 갑자기 선생님이 말문을 열었다.

"내가 잘못한 거네. 화를 내고 나왔으니 집사람이 많이 걱정하고 있을 거야. 생각해보면 여자란 참 불쌍한 존재지. 더구나 집사람은 나 말고 달리 의지할 데가 없거든."

선생님은 잠시 말을 멈췄다가 내가 뭐라고 대꾸하기도 전에 말을 이었다.

"그렇게 말하니 마치 남편이 무척 강직한 존재라도 되는 것 같아 조금 우습군. 이보게, 자네 눈에는 어떻게 비치는가? 내가 강한 사람으로 보이나? 아니면 약한 사람으로 보이나?"

나는 "그 중간쯤으로 보입니다."라고 대답했다. 선생님은 조금 의외의 대답이라고 생각했던 것 같다. 선생님은 다시 입을 다물고 묵묵히 걸어갔다.

선생님 댁은 내가 묵고 있는 하숙집 부근을 지나가야 했다. 나는 선생님 혼자 집까지 걸어갈 생각을 하니 죄송스러워 "댁까지 모셔다 드릴게요."라고 말했다. 그러자 선생님은 손을 저으며 만류했다.

"나는 괜찮네. 너무 늦었으니 자네 먼저 들어가게. 나도 서둘러 들어갈 테니까. 집사람을 위해서."

선생님이 마지막에 덧붙인 '집사람을 위해서'라는 말에 묘하게도 내 마음이 따뜻해지는 듯했다. 그 한마디 덕분에 나는 집에 돌아가 마음 편히 잠자리에 들 수 있었다. 그 이후로도 오랫동안 나는 '집 사람을 위해서'라는 말을 잊지 않고 마음에 담아두었다.

이후에도 선생님 댁을 뻔질나게 드나들었던 나는 선생님과 사모 님 사이에 일어난 말다툼이 사실 대단한 문제가 아니라 흔히 있는 사소한 일이라는 것을 곧바로 짐작할 수 있었다. 더구나 어느 날 선 생님은 나에게 이런 감상까지 털어놓았다.

"나는 이 세상에서 아는 여자라고는 단 한 명뿐이네. 집사람 말고 다른 여자들에게는 조금도 관심 없거든. 그건 아내도 마찬가지네. 그렇게 보면 우리 부부는 세상에서 가장 행복한 한 쌍이어야겠지."

나는 그때 선생님이 왜 그런 말을 했는지, 그러고 나서 어떤 이야 기를 했는지 전혀 기억나지 않는다. 그러나 선생님이 매우 진지하 고 차분한 어조로 말했다는 것만큼은 또렷이 기억난다. 그때 내 귀 에 특별한 잔향을 남긴 것은 '세상에서 가장 행복한 한 쌍이어야'라 는 대목이었다. 선생님은 어째서 행복한 사람들이라고 하지 않고 '이어야'라는 모호한 표현을 썼을까? 나는 그 점이 몹시 의아해서 그 말에 크게 마음이 쏠렸다. 선생님은 행복한 걸까? 아니면 행복해야 하는데 그렇지 않다는 것일까? 나는 선생님의 진심이 무엇인지 무척 궁금했다. 그러나 그 궁금증은 얼마 지나지 않아 가슴속 깊은 어딘가에 묻혀버리고 말았다.

그러던 어느 날 선생님 댁을 찾아갔을 때 마침 선생님이 외출하고 없어서 나는 사모님하고 단둘이 마주 앉아 이야기를 나누었다. 선생님은 요코하마에서 출항하는 배를 타고 외국으로 떠나는 친구를 신바시까지 배웅하러 급히 떠났다고 했다. 당시 요코하마에서 배를 타고 해외로 나가는 사람은 대체로 신바시에서 아침 8시 30분 기차를 타는 것이 일반적이었다. 나는 어떤 책에 대해 선생님의 조언을 듣고자 약속을 잡고 방문했는데, 전날 작별 인사를 하러 온 친구를 그냥 보낼 수 없어서 계획에도 없던 일정이 생긴 것이었다. 사모님 말로는 선생님이 친구가 떠나는 것만 보고 바로 올테니 잠시 집에서 기다리라고 했다는 것이었다. 그래서 나는 객실에서 선생님을 기다리는 동안 사모님과 마주 앉게 된 것이다.

11

그때 나는 대학생이었다. 처음 선생님 댁을 방문했을 때에 비하면 꽤 어른이 된 기분이었다. 사모님하고도 웬만큼 친분을 쌓은 상태였다. 그래서 사모님하고 단둘이 마주 앉아 있어도 전혀 거북하지 않았다. 우리는 이런저런 이야기를 나누었다. 그러나 지극히 평

36

범하고 사소한 이야기여서 지금은 다 잊어버렸지만 단 한 가지 또렷이 기억나는 대목이 있다. 그 이야기를 하기 전에 미리 밝혀두고 싶은 것이 있다.

선생님은 도쿄제국대학 출신이었다. 나는 그 사실을 이미 알고 있었다. 그러나 선생님이 아무 하는 일 없이 그저 집에서 놀고먹는다는 사실을 알게 된 것은 도쿄로 돌아와 얼마간 시간이 흐른 뒤였다. 나는 어째서 저렇게 아무 일도 하지 않는지 이해할 수 없었다.

선생님은 세상에 이름을 전혀 알리지 않고 있었다. 따라서 선생님하고 가까이 지내는 나를 제외하고는 그분의 학문이나 사상에 경의를 표하는 사람이 있을 리 없었다. 나는 그러한 사실이 굉장히 안타까웠다. 그럴 때마다 선생님은 "나 같은 사람이 세상에 나가 잘난척하며 떠드는 것은 모두에게 민폐라네."라고 할 뿐 다른 말은 전혀 하지 않았다. 나는 그것이 겸손함이 아니라 세상에 대한 냉담함에서 나온 대답이라고 느꼈다. 실제로 선생님은 저명인사가 된 옛 동창의 이름을 대며 크게 혹평하는 경우가 종종 있었다. 그래서 나는 그런 모순된 태도에 대해 선생님한테 직접 불만을 제기한 적이 있다. 그러한 나의 행동은 선생님에 대한 반항이 아니었다. 오히려 세상이 선생님의 존재를 전혀 모른 채 돌아가는 것에 대한 아쉬움의 표현에 가까웠다. 그럴 때마다 선생님은 조금 침울한 얼굴로 "누가 뭐라고 해도 나는 세상 사람들에게 어떠한 감명도 줄 수 없는 존재이니 어쩔 도리가 없다네."라고 말하곤 했다. 그러고는 뭐라고 표현할 길 없는 건조한 표정으로 가만히 있었다. 나는 그 표정이 어떤 의미를 내포하고 있는지 전혀 알 수가 없었다. 오히려 무슨 말을 해도 소용없다는 강력한 의사 표시 같아서 더 이상 대꾸할 엄두가 나지 않았다.

사모님과 이야기를 나누는 동안 주제는 자연스레 선생님에게 집중되었다.

"선생님은 어째서 저리 집에만 계시고 사회 진출을 꺼리시는 건가요?"

"어쩔 수가 없답니다. 그런 일을 싫어하시니까요."

"외부 활동을 시시하고 하찮게 생각하신다는 건가요?"

"그건 나도 잘 모르겠지만 아마도 그런 의미는 아닐 거라고 생각해요. 그분도 분명 무언가 하고 싶은 일이 있겠지요. 하지만 할 수 없는 거겠죠. 나도 그 점을 안타깝게 생각한답니다."

"할 수 없다니요? 선생님한테 무슨 지병이라도 있나요?"

"아니요. 그런 건 없어요. 아주 건강하세요."

"그런데 왜 활동을 하지 않는 거죠?"

"나도 잘 모르겠어요. 이유라도 알면 이렇게 걱정되지 않을 거예요. 그걸 알 수가 없으니 그저 안타깝고 가여울 뿐이죠."

사모님의 목소리에는 남편에 대한 동정심이 가득했다. 그러면서도 입가에는 여전히 미소가 넘쳤다. 오히려 내가 그 이야기에 너무 심각하게 빠져 있었다. 나는 그 분위기에 젖어 말없이 가만히 있었다. 그러자 사모님이 갑자기 무슨 생각이라도 난 듯 입을 열었다.

"젊었을 때는 저러지 않았어요. 전혀 달랐죠. 그랬던 사람이 완전히 변해버린 거예요."

"젊은 시절이라면 언제를 말씀하시는 건가요?"

내가 얼른 물었다.

"학생 때요."

"선생님이 학생 때부터 알고 계셨던 거예요?"

순간 사모님의 얼굴이 붉어졌다.

12

사모님은 도쿄 출신이었다. 나는 그 이야기를 선생님은 물론 사모님에게 익히 들어 잘 알고 있었다. 사모님은 "실은 토박이가 아니라 잡종이에요."라고 말했다. 사모님의 부친은 돗토리 현의 이나바 출신이고, 모친은 도쿄가 에도라고 불리던 시절 이치가야에서 태어났기 때문에 농담처럼 그리 말한 것이다.

한편 선생님은 도쿄에서 꽤 멀리 떨어진 니가타 현 출신이었다. 따라서 사모님이 학생 때부터 선생님을 알았다면 같은 고향이기 때문은 결코 아니었다. 하지만 사모님의 얼굴빛이 발갛게 변한 것으로 보아 그 이상은 얘기해주지 않을 것 같아 더 이상 묻지 않았다.

처음 교류하면서부터 돌아가실 때까지 여러 가지 주제를 가지고 이야기하면서 선생님의 사상과 지식, 정서적인 면에 다가가 보았지만 결혼할 당시에 대해서는 거의 듣지 못했다. 나는 선생님이 워낙 과묵해서 그런다고 생각했다. 나이 많은 사람이 지난 과거를 운운하며 자신의 로맨스를 젊은 친구에게 자랑하듯 떠벌리는 것은 품위 없는 짓이라 여긴다고 생각했던 것이다. 하지만 때로는 선생님의 그런 고지식한 태도가 불만스러웠다. 선생님뿐만 아니라 사모님도 지금과 다른 이전 시대의 인습에 파묻혀 성장했기 때문에 자기의 과거를 자신 있게 드러낼 용기가 없는 것이라고 생각했다. 물론 양쪽 다 내 추측일 뿐이고, 이 모든 생각의 배경에는 선생님 내외가 결혼에 이르기까지 대단한 로맨스가 있었을 거라는 개인적인 믿음이 깔려 있었다.

이러한 내 믿음은 틀리지 않았다. 그러나 나는 선생님 내외의 단면만을 상상한 것에 불과했다. 사실은 선생님의 화려하고 아름다운 로맨스 이면에 무시무시한 비극이 숨겨져 있었던 것이다. 그리고 그 비극이 선생님을 얼마나 비참하게 만들었는지 배우자인 사모님조차 전혀 짐작하지 못했다. 선생님은 그 일을 마지막 순간까지 사모님에게 숨기고 세상을 떠났다. 선생님은 사모님의 행복을 깨뜨리기 전에 자기의 생명을 먼저 끊었던 것이다.

지금은 이 비극에 대해 말하지 않겠다. 그리고 비극이 탄생시킨 선생님과 사모님의 로맨스는 앞서 말한 그대로이니 더 말할 것이 없다. 두 사람 모두 나에게 어떠한 이야기도 털어놓지 않았다. 사모님은 용기가 부족했고, 선생님은 말할 수 없는 어떤 이유 때문에.

다만 내 기억 속에 남아 있는 사건이 하나 있다. 꽃들이 활짝 핀 어느 날 나는 선생님과 함께 우에노에 간 적이 있다. 그리고 그곳을 걷고 있는 아름다운 남녀 한 쌍을 보았다. 그들은 정답게 서로 딱 붙어서 꽃들이 만발한 거리를 걷고 있었다. 장소가 장소이니만큼 꽃보다 그 남녀에게 눈길을 돌리는 사람들이 많았다.

"신혼부부 같군."이라고 선생님이 말했다. 그래서 나는 "상당히 끈적끈적한데요."라고 대꾸했다. 선생님은 가끔 짓는 쓴웃음조차 띠지 않고 그 남녀가 보이지 않는 쪽으로 발길을 돌리며 이렇게 물었다.

"자네는 누군가를 사랑한 적 있나?"

나는 '없다'고 짧게 대답했다. 선생님이 계속 물었다.

"혹시 해보고 싶나?"

나는 아무 대답도 하지 않았다.

"일부러 안 하는 건 아니지?"

"네."

"자네는 방금 저 남녀를 보고 놀려댔네. 그건 누군가를 사랑하고 싶지만 아직 상대를 찾지 못한 것에 대한 불만이 내포된 태도라고 할 수 있지."

"그렇게 보이나요?"

"그러네. 사랑을 알고 그러한 감정을 느끼고 있는 사람이라면 분

명 좀더 따뜻한 반응을 보였을 테지. 하지만…… 그러니까 말이지,
자네, 사랑은 곧 죄악이네. 그 사실을 아는가?"

느닷없는 선생님의 말에 깜짝 놀란 나는 그만 말문이 막혀버리고
말았다.

13

선생님과 나는 군중 속에 섞여 있었다. 사람들 모두 즐거운 표정
을 짓고 있었다. 그곳을 빠져나와 꽃도 사람도 보이지 않는 숲에 이
를 때까지 그 이야기를 다시 언급할 기회가 없었다.

그러다 내가 불쑥 물었다.

"선생님, 사랑이 죄악입니까?"

"그러네. 죄악이지, 분명."

그렇게 대답한 선생님의 말투에는 조금의 망설임도 찾아볼 수 없
었다.

"왜죠?"

"이유는 곧 알게 될 것이네. 아니 이미 알고 있을 거야. 자네의 마
음은 이미 오래전부터 사랑으로 가득하지 않나?"

나는 내 마음속을 가만히 곱씹어보았다. 그러나 특별한 느낌 없
이 공허하기만 했다. 아무것도 느껴지지 않았다. 빈껍데기였다.

"선생님께서 말씀하신 것과 달리 저에게는 특별한 무언가가 전혀

없습니다. 선생님께 뭔가를 숨기려는 것도 결코 아니고요."

"아무것도 없기 때문에 차오르는 거라네. 가득 차면 안정될 거라고 생각하니 채우고 싶은 것이지."

"그런 느낌이 전혀 들지 않는데요."

"자네는 뭔가 허전함을 느껴서 그 빈 곳을 채우려고 나를 찾아오는 게 아닌가?"

"그럴지도 모릅니다. 하지만 그건 사랑이라는 감정하고는 다른 것 아닙니까?"

"아니네. 그것이 바로 사랑에 이르는 출구라네. 이성을 갈망하기 전에 동성인 나를 먼저 찾아온 거야."

"저는 그 두 가지가 전혀 다른 성질의 것이라고 생각됩니다."

"아니, 같은 거라네. 나는 남성으로서 도저히 자네를 만족시킬 수 없는 사람이네. 더구나 어떤 특별한 사정이 있어서 더욱 그럴 수가 없지. 그래서 자네에게 정말 미안하게 생각하네. 자네가 나를 떠나 다른 곳으로 가는 것은 막을 수 없는 순리네. 솔직히 나는 그것을 은근히 바라고 있다네. 하지만……."

나는 갑자기 슬펐다.

"제가 선생님한테서 멀어질 거라고 생각하시는 것은 어쩔 도리가 없지만, 저는 그런 생각을 한 번도 해본 적이 없습니다."

선생님은 내 말은 안중에 없었다.

"하지만 조심해야 하네. 사랑은 죄악이니까. 나를 아무리 찾아온

들 결코 만족할 수 없겠지만 그래도 위험하지는 않지. 이보게, 자네
는 긴 머리카락으로 온몸이 얽매였을 때 기분이 어떤지 아는가?"

나는 어떤 기분일지 상상할 수는 있었지만 실제로 어떤 느낌인지
는 알지 못했다. 더구나 선생님이 말한 죄악의 의미를 전혀 이해할
수 없었다. 나는 기분이 조금 불쾌했다.

"선생님이 말씀하신 죄악의 의미가 무엇인지 좀더 명확하게 말씀
해주세요. 말씀해주실 수 없다면 이 이야기는 이쯤에서 끝내 주세
요. 제가 그 죄악의 의미를 제대로 파악할 때까지 말입니다."

"내가 잘못했네. 나는 자네에게 진실을 말했을 뿐인데 어쩌다 보
니 자네를 놀린 꼴이 되어버렸군. 내가 미안하네."

선생님과 나는 박물관 뒤편에서 우구이스다니 방향으로 천천히
걸어갔다. 넓은 정원 한쪽에 얼룩조릿대가 우거져 있었는데, 제법
운치 있어 보였다.

"자네는 내가 왜 매달 조시가야에 있는 친구의 묘를 찾아가는지
아나? 그 이유를 알고 싶지 않나?"

전혀 예상치 못한 물음이었다. 더구나 선생님은 내가 그 물음에
제대로 답할 수 없다는 것을 잘 알고 있었다. 나는 한참을 말없이
있었다. 그러자 선생님은 이해한다는 듯 말했다.

"내가 또 큰 실수를 하고 말았군. 자네의 기분을 배려해서 설명한
다는 것이 되레 기분을 상하게 하다니. 이거 정말 안 되겠군. 이 얘
기는 이쯤에서 끝내도록 하지. 하지만 말일세, 사랑은 죄악이네. 알

겠나? 그러면서도 너무나 신성하지."

나는 선생님의 말을 점점 더 이해할 수 없었다. 이후 선생님은 사랑이라는 말을 더 이상 입에 올리지 않았다.

14

아직 나이가 어린 만큼 나는 자칫 편협한 생각에 빠지기 쉬웠다. 적어도 선생님의 눈에는 그렇게 비쳤던 모양이다. 학교에서 듣는 강의보다 선생님하고 나누는 대화가 나에게는 훨씬 유익했다. 교수님의 의견보다 선생님의 사상이 더 도움이 되었다. 다시 말해 교단에 서서 나를 지도해주는 고명한 분들보다 홀로 말을 아끼며 자신만의 세계를 구축하고 있는 선생님이 더 훌륭하다고 생각했다.

"너무 감정적으로 그러지 말게."

선생님이 말했다.

"그건 지극히 객관적인 판단입니다."

나는 자신만만했다. 하지만 선생님은 나의 자신감을 인정하지 않았다.

"자네는 지금 굉장히 흥분해 있네. 그것이 가라앉고 나면 곧바로 싫증을 느낄 테지. 내 눈에는 그렇게 보여서 몹시 안타깝군. 게다가 이제부터 자네에게 일어날 변화를 생각하면 더욱 가슴이 아프다네."

"선생님은 제가 그리 가벼운 사람으로 보이나요? 그렇게 믿음직스럽지 않은 사람으로요?"

"난 그저 딱하게 여길 뿐이네."

"딱하지만 믿을 수 없다는 말씀인가요?"

선생님은 이제 귀찮다는 듯이 정원 쪽을 바라보았다. 얼마 전까지 짙은 빨강으로 정원을 가득 메웠던 동백꽃은 이제 한 송이도 찾아볼 수 없었다. 선생님은 습관처럼 늘 객실에서 정원에 핀 동백꽃을 바라보았다.

"믿음직하지 않다고 말하지 않았네. 그런 의미가 아니네. 나는 인간이란 존재를 애초에 믿지 않네."

그때 담 너머로 금붕어 장수의 외침이 들려왔다. 그 외에는 아무 소리도 들리지 않았다. 큰길에서 2백 미터쯤 들어온 좁은 골목 안은 무척 조용했다. 집 안도 늘 그렇듯 쥐 죽은 듯 고요했다. 나는 옆방에 사모님이 있다는 것을 알고 있었다. 묵묵히 바느질 같은 소일거리를 하고 있을 사모님의 귀에 내 말소리가 들린다는 것도 잘 알고 있었다. 그러나 그때 나는 그 모든 것을 전혀 의식하지 않고 이렇게 말했다.

"그렇다면 사모님도 믿지 않나요?"

나는 대놓고 그렇게 물었다. 그러자 선생님은 불편한 표정을 살짝 지으며 직접적인 대답을 피했다.

"나 자신조차 믿지 못하네. 자기 자신도 못 믿는데 어떻게 다른 사람을 믿겠나. 스스로를 꾸짖는 일 말고는 할 수 있는 것이 없네."

"그렇게 생각하시면 누구든 할 수 있는 것이 없을 겁니다."

"그게 아니네. 그렇게 생각만 한 것이 아니네. 나는 그리 살아왔다네. 그리고 스스로에게 놀랐지. 너무나 두려워진 거네."

나는 이 문제를 놓고 좀더 깊이 이야기를 나누고 싶었다. 그런데 미닫이 저편에서 "여보, 여보!"라고 부르는 사모님의 목소리가 들려왔다. 두 번째 불렀을 때 선생님은 비로소 "뭐요?"라고 대꾸했다. 사모님은 "잠시 저 좀 보세요."라고 선생님을 옆방으로 불렀다. 그때 두 분 사이에 무슨 대화기 오갔는지 나는 모른다. 무언가를 생긱힐 틈도 없이 선생님은 곧 객실로 돌아왔다.

"어쨌든 나를 너무 믿지 말게. 곧 후회하게 될 테니까. 동시에 자신이 기만당한 것에 대한 복수를 준비하게 될 것이네."

"그건 또 무슨 뜻이죠?"

"상대에게 무릎을 꿇었다는 생각이 그 상대의 머리 위에 발을 올려놓고자 하는 결과를 낳는다는 말이네. 나는 미래에 당할 모욕을 피하고자 현재의 존경을 없던 일로 하고 싶네. 나는 지금보다 몇 곱절 더 쓸쓸한 미래를 기다리기보다 차라리 지금의 상태를 유지하고자 하네. 자유와 독립, 그리고 자기중심으로 가득 찬 이 시대에 태어난 우리는 그 대가로 필시 지독한 고독을 맛봐야 할 것이네."

나는 이러한 신념으로 무장한 선생님에게 무슨 말을 해야 할지 몰라 조용히 입을 다물었다.

그날 이후 나는 사모님의 얼굴을 볼 때마다 마음에 걸렸다. 선생님은 사모님도 그런 생각을 가지고 대하는 것일까 하는 물음이 머릿속에 맴돌았던 것이다. 그렇다면 사모님은 그런 현실에 만족하고 계실까? 사모님은 특별히 만족하지도, 그렇다고 불만을 품고 있는 것 같지도 않았다. 솔직히 사모님과 이야기를 나눌 기회가 드물어 그 속마음을 정확히 알 길이 없었다. 선생님이 함께하는 자리가 아닌 한 사모님과 얼굴을 마주하는 일이 거의 없었다. 더구나 사모님은 늘 한결같이 나를 대하는 터에 도무지 속내를 알기 힘들었다.

궁금한 점은 한 가지 더 있었다. 선생님은 어떻게 해서 인간에 대해 그와 같은 냉소적인 생각을 가지게 된 것일까? 냉철하게 자기반성을 하고 세태를 관찰한 결과인 걸까? 평소 선생님은 서재에 앉아 생각을 정리하곤 했다. 선생님 정도면 그것만으로도 그러한 이치에 다가설 수 있는 것일까? 그렇지는 않은 것 같았다. 선생님의 굳은 생각은 상당히 호소력 있었다. 불에 타다 남은 석조 가옥의 잔해와는 다른 무언가가 있었다. 내 눈에 비친 선생님은 분명 사상가였다. 그 사상가가 정리한 하나의 주의(主義) 이면에는 스스로 경험한 무언가가 깔려 있는 것이 분명했다. 타인의 이야기가 아니라, 본인이 직접 경험한 사실, 피가 끓고 맥박이 끊길 만한 사실을 가슴속 깊이 간직하고 있는 것이 분명했다.

그것은 나 혼자만의 추측이 아니었다. 사실 선생님은 이미 그렇게 고백한 적 있었다. 물론 구름처럼 추상적인 고백이었지만 내 머리 위에 정체를 알 수 없는 무서운 것이 덧씌워진 것 같았다. 그러나 그것이 왜 무서운지는 알 수 없었다.

선생님의 고백은 안개처럼 희미했고, 그런데도 무척이나 날카로웠다. 그리고 나는 그 실체를 부여잡고자 신경을 곤두세웠다.

나는 선생님의 냉소적인 인생관에 영향을 끼친 사건으로 열렬한 연애사(물론 선생님과 사모님 사이에 있었던)를 가정해보았다. 선생님께서 언제가 사랑은 죄악이라고 말했던 것으로 보아 충분히 추정해볼 만했다. 그런데 선생님은 사모님을 진심으로 사랑한다고 말했다. 그렇다면 두 분의 관계에서 이런 염세적인 신념이 생겨났을 리 없다. '상대에게 무릎을 꿇었다는 생각이 그 상대의 머리 위에 발을 올려놓고자 하는 결과를 낳는다'는 선생님의 말은 현재를 살아가는 사람이면 누구에게나 적용될 수 있는 일반적인 내용으로, 선생님과 사모님 사이에 일어난 사건이 영향을 미쳤다고 생각되지는 않았다.

조시가야에 있는 정체 모를 누군가의 묘. 그 존재도 가끔 머릿속에 떠오르곤 했다. 나는 그것이 선생님과 깊은 관련이 있는 묘라는 것을 알 수 있었다. 선생님의 삶에 가까이 다가갈수록 더 이상 좁혀지지 않는 거리감을 느끼던 나는, 선생님의 머릿속에 있는 생명의 편린으로서 그 묘를 받아들였다. 하지만 나에게 있어 그 묘는 이미 죽은, 생명 없는 것이었다. 그러므로 두 사람 사이에 놓인 생명의 문을 여는 열쇠가 되지 못했다. 오히려 두 사람 사이의 자유로운 왕래를 방해하는 요사스러운 존재로 느껴졌다.

그러던 어느 날 나는 사모님과 다시 마주 앉아 이야기를 나눌 기회를 갖게 되었다. 해가 짧아진 한가로운 가을날이었는데, 누구든 쌀쌀하게 느낄 만한 날씨였다. 그 무렵 선생님 댁 부근에서 도난 사건이 연이어 일어났다. 모두 초저녁에 일어났는데 대단한 물건을 도둑맞은 것은 아니지만, 도둑이 든 집에는 어쨌든 무언가 없어졌다. 그래서 사모님은 몹시 무서워했다. 그러던 중 선생님이 밤 외출을 해야 할 일이 생겼다. 지방 병원에 근무하던 고향 친구가 모처럼 도쿄로 올라와 다른 지인 두세 명과 함께 저녁 식사를 하기로 했던 것이다. 선생님은 나한테 사정을 설명하고 자기가 돌아올 때까지 집에 있어달라고 부탁했다. 나는 흔쾌히 승낙했다.

16

내가 선생님 댁에 도착한 시각은 해가 저물기 시작한 초저녁이었다. 모범적인 선생님은 이미 약속 장소로 간 모양이었다. 현관에서 나를 맞아준 사모님은 "늦으면 안 된다고 조금 서둘러 나가셨어요." 라고 말하며 친히 선생님의 서재로 나를 안내했다. 서재에는 책상과 의자 외에 멋진 양장 표지로 정성껏 제본된 책들이 유리문 너머의 전등 불빛을 받으며 가지런히 진열돼 있었다. 사모님은 나에게 화로 옆에 놓인 방석에 앉으라고 권하고는 "여기서 잠시 책이라도 읽고 계세요."라고 말하고 방을 나갔다. 나는 주인이 돌아오기만을 기다리는 손님이 된 것 같아 조금 불편했다. 나는 자세를 가다듬고 앉아 담배를 입에 가져갔다. 다실 쪽에서 사모님이 하녀에게 무언가 지시하는 소리가 들렸다. 서재는 막다른 복도 모퉁이에 자리하고 있어서 객실보다 조용하고 아늑했다. 사모님이 말을 끝내자 다시금 기나긴 적막이 찾아왔다. 나는 도둑놈이 오기를 기다리는 심성으로 숨죽이고 앉아 있었다.

30분쯤 지나자 사모님이 홍차를 들고 다시 서재로 들어왔다.

"어머! 갑갑하게 왜 그리 앉아 계세요."

사모님은 깜짝 놀란 눈빛으로 나를 바라보더니 낯선 손님처럼 점잔 빼고 있는 내 모습이 재미있다는 표정을 지었다.

"아닙니다. 전혀 갑갑하지 않습니다."

"하지만 지루하실 거예요."

"언제 도둑놈이 들이닥칠지 모르는데 전혀 지루하지 않습니다."

사모님은 선 채로 살며시 웃었다.

"여기는 구석진 방이라 경비하기가 쉽지 않은 것 같아요."

내가 말했다.

"그럼 저기 가운데로 자리를 옮기세요. 따분하실 것 같아 홍차를 조금 준비했는데 괜찮으시면 다실에서 드세요."

나는 사모님의 뒤를 따라 서재에서 나왔다. 다실에 들어서니 멋들어진 긴 화로 위에 놓인 철제 주전자에 한창 물이 끓고 있었다. 나는 다실에서 차와 과자를 대접받았다. 사모님은 잠이 잘 오지 않는다며 차를 마시지 않았다.

"선생님은 가끔 그런 모임에 나가시나요?"

"아니요. 여간해서는 나가지 않아요. 요즘 들어 더더욱 사람들을 꺼리는 것 같기도 해요."

그렇게 말하는 사모님의 태도에서 난처한 기색이 엿보이지 않기에 나는 좀더 적극적으로 물어보았다.

"그럼 사모님만 예외인가요?"

"아니요. 나도 싫어하는 사람 중 하나일 뿐이겠죠."

"그럴 리가요. 그렇지 않다는 것을 사모님께서도 잘 아시면서 어째서 그렇게 말씀하시는 거죠?"

내가 단언하듯 말했다.

"왜 그렇게 생각하시나요?"

"제 생각에는 선생님께서 사모님을 너무 좋아하신 나머지 다른 사람들 모두를 싫어하게 되신 것 같은데요."

"공부를 하셔서 그런지 이야기를 상당히 잘 꾸미시는군요. 하지만 남편은 세상사 모든 것이 싫다고 하니 나도 거기에 포함된 것 아닌가요?"

"그렇게 볼 수도 있겠지만 이 경우에는 제 말이 맞습니다."

"나는 이런 식의 대화를 좋아하지 않아요. 남자들은 늘 그렇게 입씨름을 즐기잖아요. 무척 재미있는 놀이라도 되는 것처럼. 빈 잔을 들고 끊임없이 술잔을 비우듯이 말이죠."

사모님의 그 말은 꽤 날카롭게 들렸다. 하지만 상대를 공격하는 말투는 아니었다. 사모님은 자신도 나름의 생각이 있다는 것을 상대방에서 밝히고, 상대가 자신의 생각을 인정하게끔 만드는 데 희열을 느낄 정도로 현대적인 사람은 아니었다. 사모님은 그저 마음 깊숙한 곳에 가라앉은 마음을 소중히 여기는 사람인 것 같았다.

17

나는 좀더 대화를 끌고 갈 자신이 있었다. 하지만 괜한 일에 집착하는 사람으로 보일까 봐 그만두었다. 사모님은 빈 잔 바닥을 쳐다보며 입을 굳게 다물고 있는 내 비위를 맞추려는 듯 "한 잔 더 드시겠어요?"라고 물었다. 나는 바로 찻잔을 사모님에게 건넸다.

"하나? 둘?"

사모님은 내 얼굴을 보며 각설탕을 몇 개 넣을지 물었다. 사모님의 태도는 매혹적이라고 할 수는 없지만 조금 전의 어색한 분위기를 바꿔보려는 듯 애교가 넘쳤다.

나는 가만히 앉아 묵묵히 차를 마셨다.

"왜 그러고 계세요?"

사모님이 의아한 듯 물었다.

"제가 무슨 말을 하면 또 시비를 건다고 생각하실 것 같아서요."

내가 이렇게 대답하자 사모님이 정색하며 "설마요!"라고 말했다. 그래서 사모님과 나는 공통 관심사라고 할 수 있는 선생님에 대해 좀더 이야기를 나눴다.

"아까 하던 이야기를 계속해도 될까요? 사모님께서는 그럴듯하게 둘러댄 것쯤으로 여기실지 모르겠지만, 저는 아무 근거 없이 대충 말씀드린 것이 아닙니다."

"그럼 말씀해보세요."

"혹여 사모님께서 지금 당장 어딘가로 사라져버린다면 과연 선생님께서 평소와 다름없이 살아가실 수 있을까요?"

"그건 모르죠. 그런 일은 본인에게 직접 물어보는 수밖에요. 내가 뭐라고 말할 수 있는 문제가 아니에요."

"사모님, 저는 진지합니다. 그러니 피하지 말아주세요. 솔직하게 대답해주세요."

"솔직하게 말하고 있는 거랍니다. 나는 정말 모르겠어요."

"그렇다면 사모님께서는 선생님을 얼마만큼 사랑하십니까? 이런 질문은 선생님께 드리는 것보다 사모님께 직접 여쭤보는 것이 옳다고 생각되는데요. 이 자리에서 바로 듣고 싶습니다."

"어머, 그런 걸 그렇게 정색하며 물어볼 필요가 있나요?"

"당연한 것이니 물어볼 필요 없다는 말씀이신가요?"

"네, 그래요."

"그 정도로 선생님께 충실하신 분이 갑자기 사라진다면 선생님께서 어떻게 되실 거라고 생각하시나요? 세상사 전부 지루하고 재미없을 따름인 선생님 곁에 사모님마저 안 계신다면 정말 괜찮으실까요? 선생님 입장이 아니라 사모님 입장에서 생각해보세요. 사모님이 보시기에 선생님은 행복하실까요? 아니면 불행하실까요?"

"글쎄요. 남편이 어떻게 생각할지는 모르겠지만 내 생각에는 너무 뻔한 것 같네요. 남편은 내가 없으면 불행할 겁니다. 아니, 더 이상 살아갈 수 없을지도 몰라요. 이렇게 말하면 너무 자신만만하다고 여길지 모르지만 나는 남편을 한 인간으로서 가능한 한 행복하게 해주고 있다고 믿어요. 어느 누구도 나만큼 남편을 행복하게 해줄 사람은 없다고 자신해요. 그러니까 이렇게 차분히 살아갈 수 있는 거죠."

"선생님께서도 그런 사모님의 신념을 누구보다 잘 알고 계시지 않을까요?"

"그건 전혀 다른 문제라고 생각해요."

"선생님께서 사모님을 싫어한다는 말씀인가요?"

"남편이 나를 싫어한다고 생각하지는 않아요. 그럴 이유가 없으니까요. 하지만 남편은 요즘 세상 그 자체보다 인간 자체가 싫어진 것 같아요. 그러니 그 인간들 중 하나인 나를 좋아할 리 있겠어요?"

그제야 나는 '선생님이 자기를 싫어한다'는 사모님의 말이 무슨 의미인지 알 수 있었다.

18

나는 사모님의 이해심에 탄복했다. 사모님의 태도가 전통적인 일본 여성과는 판이하게 다르다는 점도 나름의 충격이었다. 물론 사모님은 그 당시 유행하던 소위 신조어 같은 것은 전혀 사용하지 않았다.

그때 나는 여자와 깊이 사귀어본 적 없는 동정남이었다. 세상 물정을 잘 모르는 순진한 청년이었기에 본능적으로 여자를 동경의 대상으로 여기고 있었다. 추운 겨울날 하늘 높이 떠 있는 화창한 봄날의 구름을 올려다보는 것과 같은 황홀한 존재로, 막연한 상상력의 산물에 불과했다. 그래서 실제로 여자 앞에 나서면 순식간에 감정이 돌변하곤 했다. 나는 내 앞에 나타난 여자에게 마음을 빼앗기기보다 오히려 강한 반발심이 생겼다. 그러나 사모님 앞에서는 전혀 그러지 않았다. 보통 남녀 사이를 가로막고 있는 생각의 차이라는 벽도 거의 느껴지지 않았다. 나는 사모님이 여자라는 것을 잊고 있었다. 단지 사모님을 선생님의 성실한 비평가 혹은 동반자로 여겼던 것이다.

"사모님, 일전에 제가 선생님께서는 어째서 보통 사람들처럼 사회활동을 하지 않느냐고 여쭤보았을 때 이렇게 말하셨지요. 원래는 저러지 않으셨다고요."

"네, 맞아요. 그건 사실이에요."

"그 시절의 선생님은 어떤 분이셨죠?"

"학생이 생각하는, 또 내가 의지할 수 있는 믿음직스러운 분이셨
어요."

"그런 분께서 무슨 일로 갑자기 변하신 건가요?"

"갑자기 그런 건 아니에요. 조금씩 변해갔죠."

"사모님께서는 늘 선생님과 함께하셨지요?"

"물론이죠. 우리는 부부니까요."

"그럼 선생님께서 저렇게 변하신 이유를 알고 계실 것 같은데요."

"아니에요. 전혀 아는 것이 없어요. 솔직히 그래서 더 괴롭답니다.
학생이 그리 말하니 마음이 더욱 아프네요. 나도 영문을 모르겠어
요. 지금까지 수없이 그 이유를 물어보고 애원해보기도 했지만 아
무 말도 해주지 않았어요. 정말 아는 게 없어요."

"선생님께서는 뭐라고 말씀하셨는데요?"

"그냥 괜찮다, 걱정할 것 없다, 성격이 조금 바뀐 것뿐이라고 할
뿐 속마음을 털어놓지 않았어요."

나는 잠자코 있었다. 사모님도 아무 말 없었다. 하녀는 자기 방에
틀어박혀 꼼짝도 하지 않았다. 나는 도둑 일은 까맣게 잊고 있었다.

"학생은 나에게 그 책임이 있다고 생각하는 건가요?"

사모님이 돌연 이렇게 물었다.

"아닙니다."

"느낀 대로 솔직히 말해봐요. 다른 사람 눈에 그렇게 비치는 건 무척 괴로운 일이니까요."

그러고는 사모님은 계속 말을 이었다.

"그래도 나는 남편을 위해 최선을 다하고 있다고 생각해요."

"그 점은 걱정 마세요. 선생님께서도 그렇게 생각하고 계시니까요. 너무 걱정 마세요. 믿으세요. 그건 제가 보증하겠습니다."

사모님은 말없이 화로에 쌓인 재를 정돈하고 나서 물통의 물을 주전자에 따랐다. 주전자는 픽 소리를 내더니 곧 잠잠해졌다.

"한번은 도저히 참을 수 없어서 남편에게 물었어요. 내가 부족한 것이 있으면 솔직히 말해달라고요. 고칠 점이 있다면 노력해서 고치겠다고 말이에요. 그러자 남편이 잘못은 자신에게 있으니 그만하라고 했어요. 그 말을 듣고 나는 참을 수 없을 만큼 슬펐답니다. 모든 것을 속 시원히 다 이야기해주면 좋으련만……."

순간 사모님의 눈시울이 붉어졌다.

19

처음부터 나는 사모님을 그저 이해심 많은 여성으로만 대했다. 그런데 내가 열의를 가지고 진심으로 이야기하는 동안 사모님의 태도가 점점 달라졌다. 사모님은 내 머리에 호소한 것이 아니라 내 심장이 고동치게 했던 것이다. 자신과 남편 사이에는 아무 문제가 없다. 아니 그래야만 한다. 그런데 자신이 모르는 무언가가 있다. 하지만 아무리 노력해도 손에 잡히지 않는다. 사모님은 그것이 답답하고 괴로웠던 것이다.

사모님은 처음에는 남편의 시각이 워낙 염세적이니 자신도 당연히 거기에서 예외일 수 없다고 말했다. 그러나 실제로는 그렇게 간단히 넘어갈 문제가 아니었던 것이다. 홀로 그 문제에 골몰하던 끝에 사모님은 결국 정반대로 생각하기에 이르렀다. 남편이 자신을 미워한 나머지 세상 모든 것을 미워하며 염세적으로 변했다고 믿게 된 것이다. 그러나 아무리 애써 봐도 그 추측이 옳다는 증거를 찾을 수 없었다. 남편, 그러니까 선생님의 태도는 언제나 한결같이 친절하고 자상했던 것이다.

수수께끼와 같은 의혹을 하루하루 쌓인 정분으로 감싸 가슴속 깊이 간직해두었던 사모님은 그날 밤 그 비밀 보따리를 내 앞에 완전히 펼쳐 보였다.

사모님이 나에게 물었다.

"학생이 보기에 어떤가요? 남편이 저렇게 된 것이 나 때문이라고 생각하나요? 아니면 학생의 말대로 단순히 인생관이나 철학일 뿐인가요? 느낀 대로 솔직히 말해주세요."

나는 아무것도 숨기고 싶지 않았다. 하지만 내가 모르는 어떤 사실이 있다면 뭐라고 대답하든 사모님을 만족시킬 수 없을 것 같았다. 그리고 내가 모르는 어떤 사실이 있다고 믿었다.

"잘 모르겠습니다."

그 순간 사모님은 무척 실망스러운 듯 가련한 표정을 지었다. 나는 곧바로 말을 이었다.

"하지만 선생님께서 사모님을 싫어한다거나 미워하는 건 아니라고 단언할 수 있습니다. 저는 선생님의 말씀을 그대로 전하는 것뿐입니다. 선생님은 거짓말하는 분이 결코 아니시니까요."

사모님은 잠자코 있더니 한참 뒤 이렇게 말했다.

"실은 짐작되는 것이 있기는 해요."

"선생님께서 저렇게 되신 원인 말인가요?"

"네. 그것이 원인이라면 결코 내 탓은 아니니까, 나는 그것만으로도 마음이 한결 가벼워지겠지만……."

"대체 어떤 일입니까?"

사모님은 입을 다문 채로 무릎 위에 얹은 손을 가만히 내려다보았다.

"지금부터 말씀드릴 테니 한번 판단해보세요."

"제가 할 수 있는 범위 내에서 그렇게 해보겠습니다."

"하지만 전부 다 밝힐 수는 없어요. 그랬다간 남편이 크게 화를 낼 테니까요. 남편이 받아들일 만한 대목까지만 털어놓을게요."

나는 왠지 모를 긴장감에 그만 침을 꿀꺽 삼켰다.

"남편이 대학에 다닐 때 아주 친한 친구가 하나 있었어요. 그런데 그분이 졸업을 앞두고 돌연 세상을 떠났지요. 정말 갑작스러운 죽음이었어요."

사모님은 내 귀에 속삭이듯 작은 목소리로 "실은 자살한 거예요."라고 말했는데, 그건 마치 "무슨 일로?"라고 되묻기를 바라는 듯한 말투였다.

"그 이상은 말씀드릴 수 없어요. 하지만 그 일이 있고 나서부터 남편의 성격이 점점 변하기 시작했어요. 그 친구가 왜 그랬는지는 나도 모릅니다. 남편도 마찬가지일 거예요. 하지만 그때부터 무언가 달라진 것으로 보아 그 일과 관련이 있다고 생각되는 것이지요."

"그렇다면 그분의 묘인가요? 조시가야에 있는 것이?"

"그것도 알려드릴 수 없어요. 하지만 소중한 친구를 잃었다고 사람이 그렇게 변할 수 있는 걸까요? 나는 그 점이 너무나 궁금해요. 학생에게 판단해보라는 것도 바로 그 부분이에요."

나는 사모님의 말이 지나친 억측이라는 쪽으로 굳어졌다.

20

나는 내가 알고 있는 사실을 바탕으로 최대한 사모님을 위로하고자 했다. 사모님 역시 나에게 위로를 얻고 싶은 듯했다. 그래서 우리는 공통 관심사에 대해 좀더 많은 이야기를 나누었다. 그러나 나는 알고자 하는 사실의 핵심에 전혀 다가가지 못했다. 사모님이 불안한 것도 의혹을 해소하지 못했기 때문이라고 할 수 있었다. 정작 사모님도 사건의 본질에는 접근하지 못하고 있었던 것이다. 더구나 알고 있는 것조차 나에게 전부 털어놓을 수 없는 처지였다. 결국 위로하는 나 자신이나 위로받는 사모님이나 둘 다 길을 잃고 헤매는 꼴이었다. 그렇게 허둥거리던 사모님이 나에게 손을 내밀어 미덥지 않은 내 판단에 작은 희망을 걸고자 했다.

10시쯤 되자 현관에서 선생님의 구두 소리가 들렸다. 그러자 사모님은 지금까지의 일은 깡그리 잊은 것처럼 앞에 앉아 있는 나에게는 눈길 한 번 주지 않고 서둘러 자리를 떴다. 그러고는 문을 열고 복도로 걸어가다 마주 오는 선생님하고 부딪힐 뻔했다. 조금 맥 빠진 나는 천천히 자리를 털고 일어나 사모님의 뒤를 따라갔다. 하녀는 벌써 잠자리에 들었는지 보이지 않았다.

선생님은 꽤 기분이 좋아 보였다. 그런데 사모님의 기분도 그에 못지않은 것 같았다. 조금 전까지만 해도 무척 힘겨워하며 눈물로 눈가를 촉촉이 적시고 미간에 깊은 주름을 짓던 사람이 맞나 싶을 정도였다. 나는 그런 사모님을 주의 깊게 살펴보았다. 혹시 조금 전에 했던 말이 다 거짓은 아닐까? 도저히 거짓이라고 생각되지 않았지만 그 비슷한 것이라면 열변을 토하듯 내뱉은 하소연이 그저 나를 떠보기 위한, 내 앞에서 신세 한탄이라는 여자들 특유의 짓궂은 장난을 했던 셈이다. 나는 머릿속이 조금 복잡했다.

하지만 그때 나는 사모님을 그렇게 부정적으로 생각하지 않았다.

나는 사모님의 태도가 갑자기 밝아진 것을 오히려 다행으로 여겼다. 이런 상태라면 크게 염려할 필요 없다고 생각했던 것이다.

선생님은 웃으면서 "자네 정말 수고 많았네. 도둑놈에게는 별다른 기별이 없었는가?"라고 묻더니, "아무 일도 일어나지 않아 맥이 풀린 건 아니겠지?"라며 웃었다.

집으로 돌아가려고 하자 사모님이 "오늘 수고 많으셨어요."라고 가볍게 인사를 했다. 나는 그러한 태도가 바쁜 중에 폐를 끼쳐 미안하다는 뜻이 아니라, 선생님의 농담처럼 모처럼 왔는데 도둑이 들지 않아 미안하다는 식으로 들렸다.

그러고는 사모님은 아까 내놓았던 양과자를 종이에 싸서 내 손에 쥐어주었다. 나는 그것을 주머니에 넣고 인적 드문 가을날의 골목길을 빠져나와 사람들이 많은 시가지 쪽으로 발걸음을 옮겼다.

나는 그날 밤의 기억을 최대한 떠올려 여기에 상세히 적어보았다. 적어둘 만한 것이어서 기억을 되살려보았지만, 솔직히 사모님이 건네준 과자 봉지를 받아 들고 돌아오면서도 그다지 중요하게 생각되지 않았다.

나는 그다음 날 점심을 먹으러 학교에서 돌아와 지난밤 책상 위에 놓아둔 과자 봉지를 열어 초콜릿이 덮인 다갈색 카스텔라를 꺼내 단번에 먹어치웠다. 그리고 이 과자를 준 사모님과 선생님은 분명 행복한 한 쌍이라고 생각했다.

가을이 지나고 겨울로 접어들기까지 그다지 특별한 일은 없었다.

나는 선생님 댁에 드나들면서 바느질이나 세탁 등을 사모님에게 부탁했다. 이제껏 주반(일본식 속옷—옮긴이)을 입어본 적 없던 내가 셔츠 위에 검은 깃이 달린 상의를 겹쳐 입게 된 것은 이때부터였다. 자식이 없었던 사모님은 내 부탁이 소일거리가 된다면서 움직이니 오히려 더 건강해지는 것 같다고 말했다.

"이건 직접 손으로 짠 옷감이군요. 이렇게 질 좋은 옷감은 지금까지 본 적이 없어요. 하지만 이런 천을 바느질하려면 상당한 주의가 필요하답니다. 바늘이 잘 안 들어가거든요. 그만큼 힘이 들지요. 벌써 바늘을 2개나 부러뜨렸다니까요."

사모님은 이런 불편을 호소할 때도 귀찮은 기색을 전혀 내비치지 않았다.

21

겨울로 접어든 어느 날, 나는 고향으로 돌아가게 되었다. 어머니께서 편지를 보냈는데 아버지의 병환이 전보다 더 깊어졌다는 것이었다. 덧붙여 편지에는 지금 당장 무슨 일이 일어나지는 않겠지만 연세가 있으시니 가급적 시간을 내서 꼭 오라고 적혀 있었다.

아버지는 오래전부터 신장병을 앓고 계셨다. 중년을 넘기면 흔히 나타나듯이 아버지의 병도 만성적인 것이었다. 그래서 아버지 본인은 물론 가족 모두 조심하면 그렇게 위험하지는 않을 거라고 믿고

있었다. 아버지는 늘 요양을 잘해서 지금까지 그럭저럭 잘 버텨왔
다고 자랑하듯 말씀하시곤 했다. 그런데 어머니의 말에 따르면 그
렇게 몸 관리를 잘하시던 아버지가 마당에 나가 무언가를 하다가
갑자기 현기증을 일으켜 쓰러졌다는 것이다. 집안 식구들은 가벼운
뇌출혈이라 여기고 응급처치를 했는데, 의사한테 뇌출혈이 아니라
지병인 신장병 때문인 것 같다는 말을 듣고 그제야 졸도와 신장병
이 관련 있다고 생각하게 되었다고 한다.

　겨울방학은 아직 며칠 더 있어야 했다. 나는 학기가 끝날 때까지
는 별일 없겠지 하고 계속 학교를 다녔다. 그런데 하루 이틀 지나자
아버지께서 누워 계시는 모습, 어머니의 걱정 어린 표정 등이 머릿
속에 계속 떠올랐다. 나는 밀려드는 죄책감을 이기지 못하고 서둘
러 고향으로 내려가야겠다고 마음먹었다. 하지만 부모님한테 여비
를 보내달라고 할 수도 없고, 그렇다고 여비를 마련하기까지 시간
을 지체할 수도 없어 작별 인사를 할 겸 선생님을 찾아가 사정을 말
해보기로 했다.

　감기 기운으로 고생하고 있던 선생님은 내가 찾아가자 객실로 나
가고 싶지 않다며 나를 서재로 불러들였다. 서재 안은 겨울이라고
여겨지지 않을 만큼 유리창으로 따스한 햇살이 환하게 비쳐 들었
다. 선생님은 햇살 가득한 서재에 커다란 화로를 두고 삼발이 위에
놓은 놋대야에서 피어오르는 수증기를 들이마시며 호흡을 고르고
있었다.

"큰병도 아니고 이런 시시한 감기가 오히려 사람을 더 괴롭히는구면."

선생님은 쓴웃음을 지으며 내 얼굴을 바라보았다. 내가 아는 한 선생님은 병다운 병을 앓아본 적이 거의 없었다. 그래서 나는 선생님의 말에 웃음이 나왔다.

"저는 오히려 감기라면 참을 수 있지만 그 이상의 병은 사절하고 싶습니다. 선생님도 그렇게 생각하실 겁니다. 일단 한번 당해보시면 바로 아실 텐데요."

"과연 그럴까? 나는 기왕 걸릴 거라면 죽을병에 걸리는 게 낫다고 생각하는데."

나는 선생님의 말은 크게 신경 쓰지 않고 곧바로 어머니께서 보낸 편지 내용을 말하며 염치 불구하고 여비를 빌려줄 수 없냐고 부탁했다.

"걱정이 많겠군. 그 정도라면 비상금으로 모아둔 것이 있으니 가져가게."

선생님은 사모님을 불러 필요한 만큼 돈을 내주라고 했다. 사모님은 안방 어딘가로 가더니 바로 돈을 가져와 흰 종이 위에 정중히 내려놓으며 "걱정되시겠어요."라고 말했다.

"아버지께서 몇 차례 쓰러지신 건가?"

선생님이 물었다.

"글쎄요. 편지로는 잘 모르겠지만……. 그런데 자주 쓰러지는 그런 병인가요?"

"그렇다네."

그때 나는 선생님의 장모님도 아버지와 같은 병환으로 돌아가셨다는 사실을 처음 알게 되었다.

"쉬운 병이 아니군요."

내가 말했다.

"그렇다네. 내가 대신 아플 수 있다면 그러고 싶을 정도지. 그런데 구토를 하신다던가?"

"잘 모르겠어요. 편지에 그런 내용은 적혀 있지 않은 걸 보면, 아직 그 정도는 아닌 것 같아요."

"구토 증세가 없다면 아직은 괜찮아요."

곁에 있던 사모님이 말했다.

그날 밤 나는 기차를 타고 고향으로 출발했다.

22

아버지의 병환은 생각보다 심각하지 않았다. 내가 고향 집에 도착했을 때는 자리에서 일어나 앉아 "모두 걱정하니까 이렇게 있는 거야. 기왕 터질 거면 빨리 터지면 좋으련만."이라고 말씀하셨다. 그러나 그다음 날부터 어머니가 말리는데도 이부자리를 걷으라고 했다. 어머니는 마지못해 이불을 걷으면서 "아버지께서 네가 돌아오니 갑자기 기운이 넘치시는 모양이다."라고 말씀하셨다. 하지만 아버지가 괜한 허세를 부리는 것 같지는 않았다.

형은 회사 일로 먼 규슈에 가 있었다. 이 말은 뭔가 큰일이 나기 전에는 부모님을 찾아뵐 수 없다는 의미였다. 누이동생은 다른 먼 지방으로 시집을 갔다. 그러니 누이동생도 급한 경우가 아니면 쉽게 불러들이기 힘든 처지였다. 삼남매 중 그나마 가장 빨리 연락할 수 있는 자식은 아직 학생 신분인 나뿐이었다. 도쿄에서 공부를 하는 내가 어머니의 편지를 받고 방학도 되기 전에 집으로 돌아왔다는 사실에 아버지는 무척 기쁜 것 같았다.

"이만한 병으로 학교를 쉬게 하다니 미안하게 됐구나. 네 엄마가 괜한 호들갑을 떨었지 뭐냐."

아버지는 말씀만 그렇게 하시는 게 아니라 자리를 털고 일어나 다 나은 것처럼 행동했다.

"그리 가볍게 생각하시다 병이 도지기라도 하면 큰일 나요."

내가 그렇게 말하자 아버지는 유쾌한 듯 미소를 지을 뿐 고집을 꺾지 않았다.

"나는 이제 괜찮다. 평소처럼 조심하면 돼."

아버지는 정말 괜찮아 보였다. 집 안 곳곳을 자유롭게 다니는 데다 지친 기색도 없었다. 또 전혀 어지럽지도 않다고 했다. 하지만 안색이 좋지 않아 조금 걱정되었다. 물론 어제오늘 일이 아니었던 만큼 가족들은 그 점을 크게 신경 쓰지 않았다.

나는 선생님께 편지를 썼다. 덕분에 고향 집에 잘 도착했고 정월에 도쿄로 올라가 찾아뵐 테니 조금만 기다려달라고 양해를 구했다. 그리고 아버지의 병세가 생각보다 나쁘지 않아 당분간 안심할수 있겠다는 것, 현기증이나 구토 증세도 없다는 것 등을 자잘하게 늘어놓았다. 마지막으로 짧게 선생님의 감기 기운이 어떤지 여쭀다. 나는 선생님의 감기를 크게 염두에 두지 않았던 것이다.

나는 편지를 보내면서 선생님의 답장을 조금도 기대하지 않았다. 그 편지를 보내고 나서 부모님과 선생님에 대해 이야기를 나누다 문득 선생님의 시재가 머릿속에 떠올렸다.

"이번에 올라갈 때는 표고버섯이라도 좀 가져다 드리렴."

"예. 그런데 선생님께서 표고버섯을 좋아하시는지 모르겠어요."

"맛이 뛰어난 건 아니지만 특별히 싫어하는 사람도 없으니 괜찮을 거다."

표고버섯과 선생님. 나는 그 둘이 썩 어울리는 조합은 아니라고 생각했다.

며칠 후 선생님에게서 답장이 왔다. 솔직히 나는 조금 놀랐다. 더구나 특별한 용건이 전혀 없어서 더 놀랐다. 편지를 읽고 나는 선생님이 너무 자상해서 친히 답장을 보낸 거라고 생각했다. 그렇게 생각하니 내 손에 들린 편지 한 통이 커다란 기쁨을 주었다. 더구나 선생님한테 받은, 기념할 만한 첫 편지에 감동이 밀려들었다. 첫 편지라고 하니 혹시 오해하지 않을까 해서 남기는 말이지만 그 뒤로 선생님과 나 사이에 자주 편지가 오간 것은 아니었다. 선생님이 살아 있는 동안 나는 편지를 딱 두 통밖에 받지 못했다. 그중 하나가 지금 말한 간단한 답장이고, 나머지 하나는 선생님이 세상을 떠나기 전에 보낸 장문의 편지였다.

아무튼 아버지는 병이 더 이상 악화되지 않으려면 운동을 삼가야 했다. 그래서 아침에 일어나면 바깥출입은 거의 하지 않고 집에만 계셨다. 날씨가 풀려 따스한 햇살을 쬐려고 마당에 나가신 적이 있는데 그때도 만일을 대비해 내가 아버지를 계속 쫓아다녔다. 불안한 마음에 내 어깨에 팔을 얹으라고 했지만 아버지는 살짝 웃기만 할 뿐 그렇게 하지 않았다.

23

나는 아버지의 무료함을 덜어드리고자 자주 장기를 두었다. 아버지와 나는 둘 다 무던한 성격이어서 고다츠(일본의 전통적인 탁자형 난방 기구로 이불 속에 넣는 것이다.—옮긴이) 위에 장기판을 두고 말을 움직일 때만 이불 속에 넣었던 손을 꺼냈다. 그러다 말이 탁자 아래로 떨어져도 중요한 승부수가 나타날 때까지 둘 다 전혀 모를 때가 있었다. 곁에 있던 어머니가 고다츠 아래로 떨어진 말을 발견하고 부젓가락으로 집어내는 우스운 경우도 종종 있었다.

"바둑판은 너무 높고 다리까지 붙어 있어서 이렇게 고다츠 위에 올려놓고 두기가 힘든데 장기판은 전혀 문제없지. 우리 같은 남자들에게는 꼭 필요한 물건이야. 자, 한 판 더 두자꾸나."

아버지는 자신이 이기면 꼭 한 판 더 두자고 하셨다. 그런데 이번에는 패했는데도 한 판 더 두자고 하시니 언제부턴가 이기든 지든 상대와 마주 앉아 장기를 두는 것 자체가 즐거운 듯했다. 나도 장기를 처음 둘 때는 꽤 흥미로웠다. 신선놀음처럼 유유히 즐기는 것이 꽤 재미있다고 생각했다. 하지만 시간이 지날수록 젊은 나는 좀더 자극적인 것을 원하게 되었다. 나는 이따금 장기말을 손에 쥔 채 머리 위로 팔을 뻗어 크게 하품을 하곤 했다.

나는 도쿄의 생활을 떠올렸다. 그러자 심장의 피가 끓어오르고 가슴이 세차게 요동쳤다. 나는 그 고동 소리가 흐릿한 자의식 속에 잠들어 있던 선생님에 대한 간절한 마음이 빚어낸 것이라는 느낌이 들었다.

나는 마음속으로 아버지와 선생님을 비교해보았다. 세상 사람들이 볼 때 둘 다 살아 있는지 죽었는지 알 수 없을 만큼 평범한 남자들이었다. 일반적인 기준으로 평하자면 양쪽 다 빵점에 가까운 분들이었다. 더구나 장기만 좋아하는 아버지는 오락 상대로서 나하고는 잘 맞지 않았다. 한편, 말로는 설명할 수 없는 끌림으로 시작된 선생님과의 교제는 친숙함을 넘어 언제부턴가 내 사고(思考)에 절대적인 영향을 끼치고 있었다. 단순히 사고라고 하니 왠지 경직된 느낌이 든다. 그냥 '마음'이라고 부르겠다. 아무튼 내 살 속에 선생님의 힘이 스며들어 있다고 해도, 내 핏속에 선생님의 생명이 흐르고 있다고 해도 그때의 나로서는 조금도 과장된 표현이 아니었다. 그러나 나는 눈앞에 있는 아버지가 나와 피를 나눈 진짜 아버지이고, 선생님은 의심할 여지 없이 남남이라는 사실을 새삼 깨닫고는 무언가 굉장한 진리라도 발견한 듯 신기하게 여겨졌다.

내가 지루함에 몸서리를 치기 시작할 때쯤 눈앞의 아들이 귀하게만 보였던 부모님의 눈에도 서서히 지루함이 고개를 들기 시작한 것 같았다. 이런 반응은 방학이나 휴가 때 고향 집을 방문해본 사람이라면 누구나 경험해보았을 것이다. 처음 일주일은 극진하게 대접받지만 웬만큼 시간이 지나면 서서히 열기가 식어 급기야 있어도 좋고 없어도 좋은 존재로 하락하게 된다. 나도 고향 집에 돌아간 지 얼마 지나지 않아 신분이 하락하는 것을 느꼈다. 더구나 아버지와 어머니는 도쿄라는 최신 문물의 집합소에서 서양 문화에 찌든 나를 제대로 이해하지 못하는 것 같았다. 굳이 비유하자면, 유생의 집에 기독교도가 방문한 것처럼 우리는 쉽게 조화를 이루지 못했다. 물론 나는 이런 부조화를 내색하지 않으려고 노력했다. 하지만 이미 몸에 밴 행동은 아무리 애써도 지울 수 없었고, 어느새 부모님도 신경이 쓰이는 것 같았다. 결국 나는 고향 집에서 하루하루를 보내는 데 염증을 느끼고, 서둘러 도쿄로 돌아가고 싶은 마음뿐이었다.

다행히 아버지의 병세는 위험한 단계가 아니었다. 악화될 기미는 전혀 보이지 않았다. 좀더 확실하게 하고자 멀리서 용하다고 소문난 의사 선생님을 모셔다 진찰을 받아봤는데, 역시나 익히 아는 것 말고 별다른 이상은 발견되지 않았다. 나는 겨울방학이 끝나기 조금 전에 도쿄로 돌아가려고 했다. 그런데 참으로 이상한 것이 내가 이만 돌아가겠다고 하자 부모님의 안색이 달라지면서 크게 말리는 것이었다.

"벌써 돌아가려고? 방학이 끝나려면 아직 좀 남았잖니?"

어머니께서 말씀하셨다.

아버지께서도 서운해하시며 말했다.

"오랜만에 왔는데 사나흘 너 있다 가려무나?"

하지만 나는 마음을 바꾸지 않고 예정대로 출발했다.

24

도쿄로 돌아오니 새해가 되면 대문에 장식하는 소나무는 이미 사라지고 없었다. 거리 곳곳에는 차가운 바람만 몰아칠 뿐 어디를 보아도 정월 풍경이라고는 없었다.

나는 곧바로 선생님 댁을 찾아가 지난번에 빌린 돈을 갚았다. 어머니의 말씀대로 표고버섯을 가져가는 것도 잊지 않았다. 선물이랍시고 무작정 내놓기가 뭣해 어머니께서 보내신 선물이라고 몇 마디 덧붙여 사모님께 드렸다. 표고버섯은 새 과자 상자에 담겨 있었다. 사모님은 늘 그렇듯 정중하게 감사의 뜻을 표하고 상자를 들어보더니 너무 가벼워서 놀랐는지 "이건 무슨 과자인가요?"라고 물었다. 사모님은 당황스러울 때면 가끔 이렇게 순진한 태도를 보이곤 했다.

두 분 모두 아버지의 병환을 걱정하며 이것저것 물어보았다. 그러고는 선생님이 말했다.

"자네 이야기를 대략 들어보니 당장 무슨 일이 생기거나 하지는 않겠군. 하지만 가벼운 병이 아니니 늘 주의를 기울여야 하네."

선생님은 신장병에 대해 매우 상세히 알고 있었다.

"자기가 병에 걸렸다는 사실조차 모르는 것이 그 병의 특징이네. 내가 아는 어떤 장교는 그 병으로 결국 세상을 떠났는데 정말이지 거짓말처럼 순식간에 갔다네. 함께 자고 있던 부인이 어떻게 손써볼 틈도 없이 말이야. 한밤중에 갑갑하다며 부인을 한 번 깨웠는데 다음 날 아침에 그대로 숨을 거뒀지 뭔가. 부인은 남편이 그냥 늦잠을 자는 줄 알았다더군."

그때까지 아버지의 건강에 대해 안심하고 있던 나는 선생님의 말을 듣고 괜스레 불안했다.

"저희 아버지도 그럴까요? 그렇지 않다고 장담할 수 없겠군요."

"의사는 뭐라던가?"

"완치는 힘들다고 했습니다. 하지만 너무 걱정할 단계는 아니라고요."

"의사가 그리 말했다면 괜찮겠지. 방금 한 얘기는 환자 자신이 병을 전혀 인지하지 못한 경우네. 더구나 제법 성깔 있던 군인 양반이었거든."

그 말에 나는 조금 안심이 되었다. 내 변화무쌍한 낯빛을 가만히 지켜보던 선생님이 이렇게 덧붙였다.

"사람이란 원래 건강하든 그렇지 않든 어차피 무력한 존재네. 언제 무슨 일로 어떻게 죽을지 전혀 알 수 없으니 말일세."

"선생님께서 그런 일까지 생각하고 계십니까?"

"내가 아무리 건강해도 불안감이 전혀 없는 것은 아니네. 솔직히 평생 이렇게 건상할 리 없잖은가."

선생님은 입가에 엷은 미소를 띠고 말을 이었다.

"더구나 별다른 이유 없이 허무하게 명을 달리하는 경우도 있잖나. 그리고 자기도 모르는 사이 죽는 사람도 있지. 인위적인 폭력으로 말이네."

"인위적인 폭력이라니, 무슨 뜻인가요?"

"정확히 정의할 수는 없지만, 대략 자살 같은 것이 인위적인 폭력이라고 할 수 있지."

"그럼 누군가를 살해하는 것도 인위적인 폭력에 해당하겠군요."

"그런 생각은 해본 적 없지만 그것도 틀린 말은 아닌 듯하군."

나는 이렇게 선생님과 담소를 나누고 집으로 돌아왔다. 오랜만에 도쿄의 하숙방에 들어서니 아버지의 병환이 크게 걱정되지 않았다. 선생님이 들려준 죽음에 대한 이야기도 기억 저편으로 사라졌다.

오히려 내 머릿속에는 지금까지 몇 차례 시도하다가 포기했던 졸업
논문을 슬슬 시작할 때가 되었다는 생각이 차올랐다.

25

그해 6월에 졸업할 예정이었던 나는 학교 규정대로 4월까지 졸
업 논문을 완성해야 했다. 하루, 이틀, 사흘, 남은 날짜를 손으로 헤
아려보니 머릿속이 하얘졌다. 그럴 수밖에 없는 것이 다른 친구들
은 오래전부터 자료를 모으거나 노트를 정리하느라 정신없었는데
나는 그때까지 논문에 관해 아무것도 준비하지 않았던 것이다. 단
지 해가 바뀌면 열심히 해야지 하는 결심만 했을 뿐이었다. 그러다
남들보다 늦게 결심을 실행하려는 순간 바로 거대한 벽에 가로막히
고 말았다. 지금까지 머릿속으로만 구상해온 터라 글을 써볼 엄두
조차 나지 않고 막막하기만 했다.

나는 머리를 감싸고 고민했다. 그러다 결국 논문의 주제를 좁히
기로 마음먹었다. 그리고 다듬어진 생각들을 계통적으로 정리하는
수고를 덜고자 책에 나온 자료들을 순서대로 나열하고 마지막에 그
럴듯한 결론만 조금 덧붙이기로 했다.

내가 고른 논문의 주제는 선생님의 전공과도 관련된 것이었다.
논문 주제를 정할 때 선생님한테 의견을 물어본 적이 있는데 선생
님도 괜찮은 것 같다고 했다. 하지만 더 이상 앞으로 나아가지 못하

고 제자리를 빙빙 돌기만 하자 당황스러웠던 나는 참고할 만한 좋은 책을 추천받으려고 선생님을 찾아갔다. 선생님은 자기가 알고 있는 지식을 흔쾌히 알려주었다. 그러고는 필요한 책을 두어 권 빌려주겠다고 했다. 다만 조언해주는 것 말고는 도와줄 게 전혀 없다고 말했다.

"요즘 책을 별로 읽지 않아서 새로운 사실은 잘 모른다네. 차라리 교수님에게 물어보는 것이 좋겠네."

그 말을 듣고 나는 열성적인 독서가인 선생님이 요즘은 책을 잘 읽지 않는다는 사모님의 말을 떠올렸다. 그래서 논문 이야기는 일단 접어두고 무작정 독서 이야기를 쏟아내기 시작했다.

"선생님, 요즘은 왜 책을 읽지 않으세요?"

"별다른 이유는 없네. 단지 아무리 책을 많이 읽어도 썩 훌륭한 사람이 되지 못하는 것 같아서 말이야. 그리고……."

"또 다른 이유가 있나요?"

"특별한 이유는 아니네. 단지 예전에는 다른 사람들에게 어떤 질문을 받았을 때 뭐라도 답해주지 않으면 직성이 풀리지 않았네. 대답 못하는 것을 수치스럽게 생각했지. 그런데 요즘은 모른다는 것이 별로 수치스럽게 생각되지 않아서 말이야. 그래서 예전처럼 책을 읽지 않는다네. 그다지 의욕이 나지 않거든. 뭐, 간단히 말해 나이가 들었다는 것이지."

선생님은 꽤 담담하게 말했다. 세상을 등진 사람의 말처럼 톡 쏘는 맛이 느껴지지 않아 대꾸할 마음도 생기지 않았다. 나는 선생님이 나이 들었다는 말에 동의할 수 없었다. 또 선생님이 방금 한 말이 인상적이지도, 훌륭하다는 생각도 들지 않았다.

그날 이후 나는 논문의 늪에 빠져 허우적대는 환자처럼 정신없이 지냈다. 나는 전해에 졸업한 친구들이나 선배들에게 논문 마감일의 진풍경을 속속들이 전해 들었다. 그중 마감 당일 자동차까지 타고 와서 힘겹게 제출한 경우와, 마감 시간을 15분이나 넘겼는데 주임교수의 호의로 겨우 제출한 경우가 인상적이었다. 논문 마감일이 다가올수록 나는 불안해서 어찌할 줄을 몰랐다. 매일 책상 앞에 앉아 온 정신을 집중했다. 동시에 어두컴컴한 서고에 파묻혀 마치 황금이라도 캐내려는 듯 두 눈을 번뜩이며 책등에 적힌 문자들을 살펴보았다.

매화꽃이 피면서 차디찬 바람은 남쪽으로 향했다. 그러자 곧 여기저기서 벚꽃 소식이 터져 나왔다. 하지만 나는 앞만 보고 달리는 말처럼 논문을 완성하는 데 전념했고, 그 맹렬한 질주는 4월 하순경 논문이 완성될 때까지 계속되었다. 당연한 이야기지만 나는 그때까지 선생님을 찾아뵙지 못했다.

26

내가 자유의 몸이 된 것은 벚꽃이 모두 떨어진 앙상한 가지에 초록빛 새순이 희미하게 돋아나기 시작한 초여름이었다. 나는 새장에서 탈출한 새처럼 넓은 세상을 만끽하며 자유롭게 날갯짓했다. 나는 선생님 댁으로 향했다. 길을 걸어가면서 어지럽게 엉킨 탱자나무 울타리에 움튼 새싹을 보았고, 따스한 햇살을 받아 한층 고운 빛깔을 뽐내는 석류나무의 마른 줄기에 달린 갈색 잎에 눈길이 쏠렸다. 태어나 처음 본 풍경처럼 그 모든 것이 너무나 신기하게 느껴졌다.

내 표정이 밝은 것을 보고 선생님이 말했다.

"이제 논문 작업이 끝난 건가? 그거 다행이군."

나는 활짝 웃으며 말했다.

"덕분에 무사히 끝마쳤습니다. 이제 자유입니다."

그때 나는 할 일을 다 끝냈으니 이제 당당하게 놀아도 된다는 생각에 무척 들떠 있었다. 더구나 논문에 대해 상당한 자신감과 만족을 느끼고 있었기 때문에 나는 선생님 앞에서 논문 내용을 하나하나 떠벌렸다. 선생님은 여느 때와 다름없이 "당연하지!" "그렇군." 이라고 맞장구를 쳐주었지만, 그 이상의 평은 하지 않았다. 나는 불만보다 조금 아쉬움을 느꼈다. 하지만 그날 나는 선생님의 소극적인 반응에 의기소침하기에는 기운이 넘쳤다. 무엇보다 새로이 활력을 찾기 시작한 자연 속을 선생님과 함께 걷고 싶었다.

"선생님, 이렇게 집에만 있지 말고 산책이라도 나가시죠. 오늘 날씨가 정말 좋습니다."

"어디로?"

나는 어디든 상관없었지만 나가는 김에 한적한 교외가 좋을 것 같았다.

한 시간 뒤, 나는 바람대로 선생님과 함께 시내를 빠져나와 시골도 도시도 아닌 한적한 곳을 찾아 별다른 목적 없이 걷기 시작했다. 나는 주변 울타리에서 여리고 부드러운 새순을 한 잎 따 풀피리를 불었다. 풀피리는 가고시마 출신 친구의 흉내를 내다가 자연스럽게 익힌 것으로 나는 제법 그럴듯하게 잘 불었다.

혼자 분위기에 취해 계속 풀피리만 불어대자 선생님은 무심한 표정으로 주위를 살짝 둘러보고는 다른 곳으로 발길을 옮겼다.

조금 걸어가자 울창한 나무숲 둔덕 가운데 똬리를 틀고 있는 것처럼 자리 잡은 주택 밑으로 좁은 길이 쭉 나 있는 것이 보였다. 문기둥에 붙은 문패를 보니 주거용 주택이 아니었다. 완만하게 경사진 길에 면한 입구에 이르자 선생님이 말했다.

"한번 들어가 볼까?"

나는 주변을 둘러보며 말했다.

"여기는 정원수를 키우는 식물원 같은 곳이군요."

나무들 사이로 한참을 돌아서 안쪽으로 들어가니 왼편에 집이 있었다. 문을 열고 안으로 들어갔는데 사람 그림자는 전혀 보이지 않았다. 단지 현관문 앞에 놓인 커다란 어항 속에 금붕어가 유유히 노닐고 있었다.

"조용하군. 이렇게 마음대로 들어가도 되려나?"

"괜찮겠지요. 문도 열려 있으니."

우리는 좀더 안쪽으로 들어가 보았다. 그러나 역시 사람 그림자는 전혀 보이지 않았다. 단지 철쭉꽃만 가득 피어 있었다. 선생님은 그중 주황색의 키 큰 나무를 가리키며 "이건 키리시마 철쭉이네."라고 말했다.

한쪽 모퉁이의 열 평 남짓한 공간에는 작약이 가득 심어져 있었는데 아직 꽃필 때가 아니어서 작약 꽃은 한 송이도 없었다. 선생님은 그 작약 옆에 있는 낡은 평상에 대지로 크게 몸을 뻗고 누웠다. 나도 적당히 자세를 잡고 앉아 담배를 피웠다.

선생님은 푸르디푸른 맑은 하늘을 바라보았다. 나도 내 주위를 둘러싼 어린잎의 빛깔에 넋을 놓고 있었다. 그 어린잎을 하나하나 자세히 살펴보니 저마다 색깔이 달랐다. 같은 단풍나무라고 해도 그 빛깔이나 형태가 제각각이었던 것이다.

잠시 후 가느다란 삼나무 묘목 가지에 걸쳐둔 선생님의 모자가 바람에 날려 바닥에 떨어졌다.

27

나는 자리에서 일어나 모자를 집어 들고 여기저기 묻은 흙을 손으로 털면서 선생님을 불렀다.

"선생님, 모자가 떨어졌습니다."

"그래, 고맙네."

몸을 반쯤 일으켜 모자를 받아 든 선생님은 누운 것도 앉은 것도 아닌 어정쩡한 자세로 묘한 질문을 했다.

"좀 엉뚱한 질문인데 자네 집안에 재산은 좀 있는가?"

"예? 아, 글쎄요. 그리 넉넉하지는 않습니다."

"대충 어느 정도인가? 물론 실례인 줄은 알지만."

"정확히 잘 모릅니다. 단지 선산과 논밭이 조금 있는 정도입니다. 현금은 거의 없는 것 같은데요."

선생님이 우리 집 경제 사정을 물어본 것은 그때가 처음이었다. 나도 선생님 댁을 뻔질나게 드나들었지만 어떻게 집안 살림을 꾸려 가는지 물어본 적이 없다. 선생님과 교류하면서 그것이 가장 궁금 했지만 대놓고 묻는 것은 실례라는 생각에 말을 꺼낸 적은 한 번도 없었다.

새잎의 빛깔로 지친 눈을 정화하던 나는 오랫동안 마음속에 지니고 있던 궁금증을 해소하고 싶은 욕구가 솟구쳤다. 그래서 무심코 선생님에게 물어보았다.

"선생님은 어떠신가요? 재산이 넉넉한 편이신가요?"

"내가 그렇게 부자로 보이나?"

선생님은 늘 검소한 생활을 했다. 게다가 식구도 얼마 되지 않았고 자택도 그리 넓지 않았다. 그러나 외부인인 내가 보기에도 제법

82

유복한 환경이라는 것을 알 수 있었다. 선생님 집안은 사치스러운 것은 아니었지만 그렇다고 궁색하거나 쪼들릴 만큼 가난하지도 않았다.

나는 "그런 것 같은데요."라고 대답했다.

"돈이 조금 있는 건 사실이지만 결코 부자라고 할 수는 없지. 부자라면 좀더 대궐 같은 집에서 살겠지."

선생님은 그렇게 말하더니 몸을 일으켜 평상 위에 양반다리를 하고 앉았다. 그러고는 대나무 막대기 끝으로 땅바닥에 동그라미를 그리더니 그 정중앙에 찍듯이 막대기를 똑바로 세웠다.

"내 이래 봬도 왕년에는 상당한 부자였다네."

선생님은 혼잣말처럼 조용히 말했다. 나는 그 말에 아무 대꾸도 하지 않았다. "그래, 원래는 부자였지."라고 선생님은 같은 말을 반복하고는 내 얼굴을 바라보며 미소 지었다. 나는 여전히 아무런 대꾸도 하지 못했다. 솔직히 선생님이 무슨 의도로 그런 말을 하는지 알 수 없었기 때문이다. 잠시 후 선생님은 새로운 주제를 꺼냈다.

"자네 아버지의 병환은 좀 어떠신가?"

나는 지난 정월 이후 아버지의 상태가 어떤지 전혀 알지 못했다. 매달 고향 집에서 보내주는 생활비와 동봉된 편지의 아버지 필적은 늘 한결같았고, 자신의 건강에 대해 아무런 언급도 하지 않았다. 나는 글씨가 또박또박 쓰여진 것으로 보아 병을 앓고 있는 환자의 필체로는 생각되지 않아 이렇게 대답했다.

"특별한 언급은 없으셨으니 별일 없을 겁니다."

"그렇다면 다행이지만, 병이 병인지라."

"역시 조심해야겠지요? 하지만 당분간은 괜찮으실 듯합니다. 특별한 말씀은 없으셨거든요."

"그런가?"

나는 선생님이 우리 집안의 재산이나 아버지의 병환에 대해 물어본 것을 대수롭지 않게 받아들였다. 평소처럼 별다른 의도 없이 주고받는 일상적인 대화라고 생각했다. 그러나 그 말의 깊숙한 내면에는 그 두 가지를 연결하는 숨은 의미가 있었다. 선생님의 과거사에 대해 아는 것이 전혀 없었던 나는 그 의미를 전혀 알아차릴 수 없었다.

28

"자네 집안에 재산이 조금이라도 있다면 지금 확실하게 정리해두는 것이 좋을 걸세. 쓸데없는 참견이라고 생각하겠지만 아버지가 조금이라도 건강하실 때 자네 몫을 확실히 챙겨두는 게 좋아. 정작 일이 터지면 가장 복잡한 골칫거리가 재산 문제니까 말이야."

"그런가요?"

나는 선생님의 말에 귀 기울이지 않았다. 나는 우리 집안에서 그런 일에 신경 쓰는 사람은 아무도 없다고 믿었다. 솔직히 선생님이 평소와 달리 지극히 현실적인 문제를 강조하는 것이 조금 의외였다. 하지만 선생님에 대한 신뢰가 남달랐던 나는 그것에 대해 별다른 대꾸를 하지 않았다.

"아버지가 돌아가실 거라고 가정한 건 미안하네. 하지만 인간이란 언젠가는 죽게 마련이지. 아무리 건강해도 미래의 일은 알 수 없는 법이거든."

평소 선생님답지 않게 무척 진지한 말투였다.

"그만한 일로 기분 상하거나 하지는 않습니다, 선생님."

나는 분위기가 가라앉을까 봐 이렇게 말했다. 그러자 선생님이 다시 물어보았다.

"자네 형제가 몇이라고 했지?"

그러고는 재차 우리 집안에 대해 이것저것 자세히 물어보더니 마지막으로 이렇게 말했다.

"자네 친척들은 다 좋은 사람들인가?"

"나쁜 사람은 없다고 생각합니다. 대부분 시골 분들이거든요."

"자네 말은 시골 사람들은 나쁘지 않다는 건가?"

선생님이 집요하게 묻는 바람에 나는 당황했다. 선생님은 이런 내 기분을 아는지 모르는지 계속 말을 이었다.

"시골 사람들은 도시 사람들보다 오히려 더 쉽게 나쁜 물이 들 수 있다네. 자네는 친척 중에 특별히 나쁜 사람은 없다고 믿는 것 같지만 이 세상에는 좋은 사람, 나쁜 사람이 따로 있는 게 아니라네. 그런 경우는 없어. 평소에는 모두 착하게 굴지만 어떤 일을 계기로 순식간에 나쁜 사람으로 돌변하게 되지. 그러니 절대 방심하지 말게."

선생님은 도저히 멈출 기세가 아니었다. 마침내 내가 한마디 하려는데, 갑자기 개 짖는 소리가 크게 들렸다. 선생님과 나는 깜짝 놀라 뒤돌아보았다.

평상 뒤편의 무성한 삼나무 묘목 옆으로 얼룩조릿대가 세 평쯤 되는 땅을 감추듯이 자라나 있었다. 그 얼룩조릿대 위로 개가 얼굴을 내밀고 맹렬하게 짖어댔다. 그때 대략 열 살 정도 되어 보이는 어린아이가 달려와 개를 꾸짖더니, 배지가 달린 검은 모자를 눌러 쓰고는 선생님 앞으로 달려와 인사했다. 그러고는 "작은아버지, 들어오실 때 집에 아무도 없었나요?"라고 물었다.

"그래, 아무도 없더구나."

"누나랑 엄마가 부엌 쪽에 계셨는데."

"그래? 거기 있었나?"

"작은아버지도 참! 잘 지냈냐고 한마디 해주시면 좋을 텐데요."

선생님은 가볍게 웃으며 지갑에서 동전을 몇 개 꺼내 아이의 손에 쥐어주었다.

"어머니께 여기서 조금 쉬었다 가겠다고 전해주렴."

제법 똑똑해 보이는 아이는 밝게 웃으며 고개를 끄덕이더니 "이제는 제가 대장할 차례예요."라고는 철쭉꽃 사이를 헤치며 길을 따라 내려갔다. 아이에게 혼쭐이 났던 개도 꼬리를 동그랗게 말고 뒤

쫓아갔다. 달려가는 아이의 뒷모습을 지켜보니 또래로 보이는 아이들 두어 명이 그 뒤를 따라 달려가는 것이 눈에 들어왔다.

29

예기치 않게 꼬마와 개가 나타나는 바람에 선생님의 얘기는 마무리되지 못했다. 결국 나는 그 의미를 제대로 파악할 수 없었다. 그때 나는 선생님이 물어보았던 재산이니 상속이니 하는 문제에 전혀 관심이 없었다. 내 성격도 그렇지만 학생 신분이라 그런 문제에 신경 쓸 여유가 없었다. 돌이켜보면 사회 경험이 턱없이 부족했던 탓도 있지만 사실 눈앞에 직면한 문제가 아니었기 때문이다. 더구나 아직 젊었던 나는 돈이라는 매혹적인 존재를 일부러 멀리하는 경향이 있었다.

그때 선생님의 말씀 중 유일하게 끝까지 듣고 싶었던 것은 사람이란 누구나 한순간에 나쁜 사람이 돼버린다는 말의 의미였다. 별달리 어려운 말이 아니어서 무슨 말인지는 이해했지만, 선생님이 그렇게 생각하는 깊은 뜻을 자세히 듣고 싶었다.

꼬마들과 개가 지나간 뒤 새잎으로 가득한 정원에는 다시금 쥐 죽은 듯한 정적이 찾아왔다. 우리는 침묵의 늪에 빠진 것처럼 조금도 움직이지 않고 그대로 앉아 있었다. 아름답던 하늘이 점차 빛을 잃어가기 시작했다. 눈앞에 있는 나무들은 대부분 단풍나무였는데

가지에 예쁘게 돋아난 연녹색 잎들이 점점 거무스름해졌다. 이따금 멀리 떨어진 길가에서 짐수레를 끌고 가는 소리가 울렸다. 나는 그것이 마을의 누군가가 정원수 같은 것을 싣고 사찰로 가는 소리라고 멋대로 생각했다. 조용히 생각에 잠겨 있던 선생님은 그 소리에 돌연 자리를 털고 일어나더니 말했다.

"이제 그만 슬슬 돌아가세. 해가 길어졌다고는 하지만 순식간에 날이 저물 것 같군."

나는 자리에서 일어나는 선생님 곁으로 다가가 등에 붙은 검불들을 두 손으로 털어주었다.

"아이고, 이거 고맙네. 혹시 송진 같은 게 달라붙지는 않았나?"

"아니요, 깨끗합니다."

"이 옷은 집사람이 얼마 전에 새로 지어준 거라네. 더럽히면 잔소리를 하겠지. 여러 가지로 고맙군."

선생님과 나는 왔던 길을 거슬러 올라가 경사진 길 중턱에 있는 집 앞으로 갔다. 들어올 때는 아무런 인기척이 없더니 지금은 주인으로 보이는 아주머니와 중학생쯤 되어 보이는 여자아이가 물레를 돌리고 있었다. 우리는 커다란 어항 옆에 서서 "실례합니다."라고 인사했다. 그러자 물레를 돌리던 아주머니가 선생님을 알아보고는 조금 전 아이에게 동전을 준 것에 대해 감사를 표했다.

집으로 가는 길에 나는 선생님에게 물었다.

"선생님, 아까 말씀하신 것 말입니다. 사람은 누구나 한순간에 나쁜 사람으로 돌변한다는 게 대체 무슨 의미인가요?"

"흠, 특별한 의미는 없네. 지어낸 말이 아니라 사실을 말한 것이니까."

"그건 알겠지만, 제가 궁금한 것은 '한순간'이라는 말의 의미입니다. 도대체 어떤 경우를 두고 하는 말인가요?"

선생님은 아무 말 없이 그저 웃기만 했다. 이제 와서 그 얘기를 다시 꺼내고 싶지 않은 눈치였다. 잠시 침묵이 흐른 뒤 선생님이 말했다.

"돈이네. 돈 앞에서는 성인군자도 나쁜 사람이 되지 않나."

시시하게도 너무 뻔한 대답이었다. 선생님은 내가 말귀를 못 알아듣는다 여기고 그리 말한 것 같은데, 나에게는 기대 이하였다. 나는 아무 말 없이 발걸음을 재촉했다. 그러자 선생님이 내 속도를 따라오지 못하고 뒤처졌다. 선생님은 앞서 가는 나를 불러 세우더니 천천히 다가와 내 얼굴을 마주 보며 이렇게 말했다.

"이것 보게. 내 말 한마디에 자네 감정이 갑자기 이렇게 돌변하지 않았는가?"

30

그때 나는 선생님이 너무나 얄미웠다. 그래서 발을 맞춰 걷기만 하고 궁금한 것이 있어도 일부러 아무것도 묻지 않았다. 하지만 선생님은 이런 내 기분을 아는지 모르는지 아무런 관심이 없는 눈치였다. 여느 때처럼 과묵한 태도에 내 속만 타들어 갔다. 나는 침묵의 시위를 멈추고 무슨 말이든 해서 선생님의 감정을 흔들어놓고 싶었다.

"선생님!"

"왜 그러는가?"

"선생님은 아까 조금 흥분하셨습니다. 평상에서 쉬고 계실 때 말입니다. 지금까지 그런 모습을 한 번도 본 적 없는데 오늘은 평소와 상당히 다른 모습이었습니다."

선생님은 아무 말도 하지 않았다. 나는 원하던 반응이라고 생각하면서도 확신이 들지 않았다. 나는 일단 입을 다물고 상황을 지켜보기로 했다. 그 순간 선생님이 갑자기 길가로 내려가더니 깨끗이 손질된 울타리 밑에서 옷자락을 걷어 올리고 소변을 보았다. 나는 멍하니 그 모습을 지켜보며 서 있었다.

"이거 잠시 실례했네."

선생님은 이렇게 말하고 계속 걸어갔다. 선생님의 돌발적인 행동에 당황한 나는 어떻게 해보려던 생각을 접고 말았다.

한참 걷다 보니 주변이 점점 소란스러워지기 시작했다. 지금까지 간간이 눈에 띄던 경사진 밭이나 평지가 사라지고 길 양편에 가득 늘어선 집들이 보였다. 그래도 집들 사이사이에 완두콩 덩굴이 대나무 가지를 타고 올라간 모습이나 마당에 닭을 가둬 키우는 모습이 평화롭게 느껴졌다. 시내로 외출했다 돌아오는 사람들이 끝없이 우리를 스쳐 지나갔다. 이런 광경에 정신이 팔린 나는 조금 전까지 마음에 품고 있던 문제들을 깡그리 잊고 있었다. 선생님이 다시 언급하기 전까지.

"자네가 보기에 내가 아까 그렇게 흥분한 것 같던가?"

"네? 아, 그런 정도는 아니지만 조금……."

"괜찮네. 그렇게 보였다고 해도 상관없네. 사실 정말 흥분했으니까. 나는 재산과 관련된 이야기만 나오면 그렇게 되네. 자네는 어떻게 생각할지 모르겠지만 나는 집착이 무척 강한 사람이지. 누군가에게 모욕을 듣거나 사기를 당하면 아무리 세월이 지나도 결코 잊지 못한다네."

선생님은 아까보다 더욱 격앙되어 있었다. 그러나 내가 놀란 것은 그 말투가 아니라 선생님이 말한 내용 때문이었다. 나에게 그런 깊숙한 이야기까지 하다니 뜻밖이었다. 선생님에게 그런 집착이 있다고는 상상조차 해본 적이 없었다. 늘 부드럽고 온화한 분이라고 생각했고, 속세를 떠나 자신만의 시선으로 세상을 바라보는 모습을 동경하기까지 했다. 그런데 우발적으로 선생님의 감정을 흔들어놓고자 했던 나는 이런 예상치 못한 고백에 바짝 긴장하고 말았다. 선생님은 계속 말을 이었다.

"나는 속았네. 그것도 같은 핏줄인 친척에게 말이네. 그가 나를 속였단 말이네. 나는 그 일을 절대 잊을 수 없네. 내 아버지 앞에서

선한 척하던 그들이 아버지가 돌아가시자마자 곧바로 본색을 드러
내고 악행을 저질렀지. 그들에게 받은 모욕과 손해는 이 나이가 될
때까지 생생하게 기억하고 있네. 아마 죽을 때까지 절대 잊지 못할
거야. 하지만 복수를 하지는 못했네. 아니, 생각해보면 나는 한 개인
에게 복수하는 것 이상을 하고 있다고 봐야겠군. 그들을 증오할 뿐
아니라 그들로 대표되는 인간 자체를 증오하게 되었으니까. 나는
그걸로 충분하다고 생각하네."

나는 선생님의 아픈 과거사를 듣고 어떤 위로를 해야 좋을지 몰
라 가만히 입을 다물고 있었다.

31

그날의 대화는 더 이상 진전되지 않고 그렇게 끝났다. 나는 선생
님의 태도에 위축되어 더 이상 대화를 끌고 갈 엄두가 나지 않았다.

선생님과 나는 시가지에서 조금 떨어진 곳에서 전차를 탔다. 전
차를 타고 오는 동안 우리는 거의 한 마디도 하지 않았고, 목적지에
도착하자마자 바로 헤어졌다. 헤어질 때는 선생님의 모습이 달라져
있었다. 오히려 평소보다 밝은 표정으로 이렇게 말했다.

"지금부터 6월까지는 마음 편히 지내겠구먼. 하지만 자네 생애에
서 가장 마음 편한 시기는 이때뿐인지도 모르네. 그러니 후회하지
않도록 마음껏 즐기게."

나는 빙긋 웃으며 모자를 벗어 들고 선생님의 얼굴을 바라보며 '어떻게 저런 분이 누군가를 증오할 수 있을까'라고 자문했다. 선생님의 눈매나 입가 어디에도 염세적인 그림자는 없었다.

나는 사상적으로 선생님에게 크나큰 가르침을 받았다. 그러나 가르침을 얻고자 해도 그렇지 못할 때가 종종 있었다. 또한 선생님의 얘기는 결말이 나지 않은 채 끝나는 경우도 많았다. 그날 교외로 나가서 나눴던 대화도 그중 하나였다.

그러던 어느 날, 나는 건방지게도 선생님에게 나의 불만을 털어놓았다. 선생님은 그런 나를 웃으며 바라보았다. 나는 이렇게 열변을 토했다.

"선생님, 제 머리가 아둔해서 제대로 알아듣지 못하는 것은 큰 잘못이 아닙니다. 오히려 요점을 명확히 말씀해주지 않는 선생님께서 너무하시는 겁니다."

"이보게, 나는 숨기는 게 아무것도 없다니까."

"아닙니다. 분명 숨기고 계십니다."

"자네는 내 사상이나 의견 같은 것을 내 과거와 혼동하고 있는 것 아닌가? 나는 특별할 게 없는 평범한 사상가이지만 내 나름대로 열심히 연구하고 깨달은 것들을 일부러 숨기거나 하지는 않네. 내가 그런 것을 숨길 이유가 없지. 하지만 내 과거는 전혀 다른 문제네."

"저는 그렇게 생각하지 않습니다. 선생님의 과거를 토대로 구축된 사상이니 저에게는 대단히 중요합니다. 그 둘을 별개로 생각할 수 없다고 생각합니다. 그건 영혼이 없는 인형을 받아 든 것과 같고, 그런 것에는 결코 만족할 수 없습니다."

선생님은 뜻밖의 말이라는 듯 내 얼굴을 빤히 쳐다보았다. 담배를 쥐고 있던 선생님의 손이 살며시 떨렸다.

"자네 참 대담하군."

"저는 단지 진지할 뿐입니다. 그렇기 때문에 선생님의 인생을 통해 큰 가르침을 얻고 싶은 것입니다."

"내 과거를 굳이 밝혀서라도 말인가?"

순간 '굳이 밝혀서'라는 말이 위협적으로 들렸다. 나는 앞에 앉아 있는 사람이 존경하는 선생님이 아니라 한 사람의 죄인을 취조하는 듯한 기분이었다. 선생님의 얼굴이 창백하게 변했다.

"자네, 지금 진지한 것 맞나?"

선생님은 재차 묻더니 말을 이었다.

"나는 과거의 경험으로 인해 사람들을 믿지 않게 되었네. 그건 자네도 예외가 아니네. 하지만 이젠 자네를 믿고 싶네. 자네는 너무나 순수하거든. 솔직히 나는 세상을 떠나기 전에 단 한 명이라도 좋으니 마음을 터놓고 이야기할 수 있는 사람이 있었으면 했네. 자네가 그 한 명이 될 수 있겠나? 자네는 진정 진지하다고 자부하는가?"

"저는 늘 진지하게 살아왔고, 따라서 지금도 진지하게 말씀드릴 뿐입니다."

"알겠네. 그럼 다 얘기해주지. 내 과거를 남김없이 다 털어놓겠네.

그 대신…… 아니지, 그건 상관없겠군. 하지만 내 과거가 자네에게 큰 도움이 될지는 모르겠네. 어쩌면 듣지 않는 편이 나을지도 모르네. 그리고…… 아니 지금은 굳이 얘기할 필요 없으니 그렇게 알고만 있게. 적당한 때가 되면 다 알려줄 테니까."

선생님의 비장한 말을 듣고 집으로 돌아온 나는 왠지 모를 부담감을 떨칠 수 없었다.

32

내 논문은 생각보다 좋은 평가를 받지 못한 것 같았다. 그래도 일단은 심사에 통과했으니 크게 신경 쓰지 않기로 했다. 졸업식 날 나는 상자에 넣어두었던 곰팡내 나는 낡은 동복을 꺼내 입었다. 졸업식장은 무척 더웠는데도 학칙상 동복을 입어야 했다. 다른 졸업생들도 나와 마찬가지로 몹시 힘겨운 기색이었다. 우리는 바람 한 점 통하지 않는 두꺼운 장막으로 몸을 감싼 채 한참을 서 있었다. 손에 들고 있던 손수건이 흥건히 젖을 즈음 졸업식이 끝났다.

나는 얼른 집으로 돌아와 두꺼운 동복부터 벗어버렸다. 창문을 열고 졸업장을 망원경처럼 둘둘 말아 그 구멍으로 바깥을 둘러보았다. 그러고 나서 졸업장을 책상 위에 던져두었다. 나는 방 한가운데 대자로 누워 지난 시간들을 돌이켜보았다. 동시에 다가올 미래를 생각해보기도 했다. 나는 둘둘 말린 졸업장이 과거와 미래를 연결

하는 어떤 의미를 담고 있는 것 같기도 하고, 단순히 종이 쪼가리에 지나지 않는 듯도 하면서 기분이 묘했다.

그날 저녁 나는 식사 초대를 받아 선생님 댁을 방문했다. 이번 약속은 오래전에 정해진 것이었다. 졸업하는 날 괜히 다른 곳에서 시간 허비하지 말고 선생님 댁에서 함께 저녁을 먹으며 담소를 나누자는 의미였다.

탁자는 객실 근처로 옮겨져 있었다. 술 장식이 달린 두꺼운 테이블보가 전등 불빛을 받으며 깔끔하게 깔려 있었다. 선생님 댁에서 식사를 할 때는 항상 양식당에서 볼 수 있는 새하얀 테이블보에 각종 식기들이 놓여 있었다. 그리고 그 테이블보는 늘 새것처럼 깨끗했다.

"테이블보는 와이셔츠 깃과 같네. 얼룩진 것을 쓰느니 아예 짙은 색으로 마련하는 것이 낫지. 기왕 하얀색을 쓸 거면 티끌 하나 묻어서는 안 되네."

나는 선생님의 말을 듣고 과연 진정한 청결주의자라고 생각했다. 그러고 보니 선생님의 서재는 먼지 하나 없을 정도로 깔끔하고 완벽하게 정리되어 있었다. 조금 산만한 편이었던 나는 그런 모습이 조금 유난스럽게 느껴졌다.

나는 언젠가 사모님에게 "선생님께서 상당히 까다로우신가 봐요."라고 물어본 적이 있다. 그때 사모님은 "하지만 옷은 크게 신경 쓰지 않아요."라고 대답했다. 그런데 곁에서 그 이야기를 듣고 있던 선생님이 이렇게 말하고 웃었다.

"솔직히 말해서 난 정신적인 결벽주의자라네. 그래서 늘 고민을 달고 살지 않나. 생각해보면 참으로 멍청한 성격 아닌가."

나는 정신적인 결벽주의자라는 말이 속된 표현으로 신경질적이라는 말인지 아니면 윤리적으로 결벽하다는 말인지 그 의미를 알 수 없었다. 사모님도 별반 다르지 않은 눈치였다. 그날 밤 나는 선생님과 마주 앉았다. 사모님은 우리 둘을 양쪽으로 두고 정원이 보이는 자리에 앉았다. 선생님은 "축하하네."라며 술 한 잔을 따라주었다. 나는 그 잔을 받으며 그다지 흥분되거나 하지는 않았다. 그리 축하받을 만한 일이 아니라고 생각했기 때문이다. 선생님의 말투 또한 내 마음이 크게 들뜰 정도로 야단스럽지 않았다. 선생님은 가볍게 웃으며 잔을 들어 올렸다. 나는 선생님의 미소가 진심 어린 것이기는 하지만, 마음에서 우러나온 것은 아니라는 생각이 들었다. 선생님의 미소는 단지 '세상 사람들은 이런 경우에 누구나 축하한다고 말하지'라고 말하는 것 같았다.

반면 사모님은 "정말 장하세요. 부모님께서 얼마나 기뻐하시겠어요."라고 마음에서 우러나는 축하의 말을 해주었다. 그 순간 병석에 누워 계신 아버지의 얼굴이 떠올랐다. 하루빨리 졸업장을 들고 고향에 내려가야겠다는 생각이 머릿속을 스쳤다.

나는 조금 처진 기분을 달래고자 선생님에게 말했다.

"그런데 선생님은 졸업장을 어떻게 하셨어요?"

그러자 선생님이 사모님을 바라보며 말했다.

"졸업장? 그러고 보니 어디에 뒀더라? 어딘가에 잘 있겠지."

"그래요, 분명 집 안 어딘가에 있을 거예요."

두 분 다 졸업장이 어디 있는지 모르는 것 같았다.

33

식사 준비가 끝나자 사모님은 하녀를 물리고 자신이 직접 시중을 들었다. 이것은 겉으로 드러나지 않게 손님을 대접하는 선생님 집 안 특유의 관례였다. 처음 한두 번은 적응하기 힘들었지만, 시간이 지날수록 아무렇지 않게 밥그릇을 사모님에게 내밀었다.

"밥? 아니면 반찬? 식성이 아주 좋네요."

사모님도 언제부턴가 나를 편하게 대하며 농담을 하기도 했다. 그러나 졸업식 날 저녁은 날이 날인 만큼 사모님의 농담에 대꾸할 만큼 식욕이 왕성하지 못했다.

"벌써 그만 드시게요? 양이 많이 줄었네요."

사모님은 하녀를 불러서 식탁을 치우고 후식으로 아이스크림과 과자를 내오라고 했다.

"이건 집에서 직접 만든 거랍니다."

특별한 소일거리가 없었던 사모님은 시간 날 때마다 아이스크림 같은 것을 손수 만들었다. 나는 아이스크림을 두 그릇이나 먹었다.

"그나저나 자네 이제 학교도 졸업했는데 앞으로 계획이 뭔가?"

문지방에 걸터앉아 휴식을 취하던 선생님이 갑자기 물었다. 그때 나는 졸업했다는 사실에만 마음이 쏠렸지 앞으로 뭘 해야겠다는 구체적인 계획이 없었다. 당황한 채로 아무 말도 하지 못하고 있는데 사모님이 "혹시 교사요?"라고 물었다. 내가 아무 말도 하지 않자 이번에는 "그럼 공무원?"이라고 물었다. 순간 선생님이 빙그레 웃었다. 나도 멋쩍게 따라 웃었다.

"사실 아직 뚜렷한 계획이 없습니다. 직업이나 직장 같은 것을 생각해본 적이 없기든요. 더구나 직접 경험해보지 않고는 뭐가 좋고 나쁜지 알 수 없으니 지금 뭐라고 말씀드릴 수가 없네요."

"그것도 틀린 말은 아닌 것 같네요. 하지만 그건 어느 정도 경제적 여유가 있기 때문에 가능한 것 아닐까요? 당장 돈을 벌어야 끼니를 때우는 사람들 같으면 그렇게 여유 있지 않을 거예요."

그러고 보니 졸업하기 전부터 중학교 교사 자리를 알아보던 친구가 있었다. 나는 속으로 사모님의 말이 맞다고 인정했다. 그러나 겉으로는 이렇게 대답했다.

"아무래도 제가 선생님의 영향을 크게 받은 것 같습니다."

"좋은 영향을 주지 못하셨군요."

사모님이 말했다.

그러자 선생님이 쓴웃음을 짓더니 말했다.

"그건 아무래도 상관없으니 지난번 내가 말한 대로 자네 아버지께서 살아 계신 동안 물려받을 재산이 있다면 확실히 챙겨두도록 하게. 그렇지 않으면 큰 낭패를 볼 수 있으니까."

나는 선생님하고 교외로 산책을 나갔던 날 주고받은 이야기를 떠올렸다. 그날 돌아오는 길에 선생님은 몹시 흥분해서 한마디 했다. 그 격렬한 말은 상당히 위협적으로 들렸다. 다만 자세한 내막을 알지 못했던 나는 그 말이 그리 가슴에 와 닿지 않았다.

"그런데 사모님, 댁의 재산은 넉넉하신가요?"

"갑자기 왜 그런 걸 물어보세요?"

"선생님께 여쭤봤는데 아무런 얘기도 해주지 않아서요."

사모님은 웃으면서 선생님의 얼굴을 살짝 쳐다보았다.

"자랑할 정도가 못 되어서 그런가 보죠."

"그래도 선생님처럼 생활하려면 얼마나 필요한지 알아야 고향에 내려가서 할 말이 있을 게 아닙니까? 그러니 대충이라도 말씀해주세요."

선생님은 정원 쪽으로 고개를 돌리고 조용히 담배만 피웠다. 나는 별수 없이 사모님을 상대할 수밖에 없었다.

"딱히 얘기할 만큼 넉넉하지 않아요. 그냥 굶지 않을 정도죠. 그건 그렇고, 학생은 이제 어떻게 할 건가요? 설마 선생님처럼 빈둥거리지는 않겠죠?"

"이봐, 나는 빈둥대기만 하는 건 아니지."

선생님은 살짝 고개를 돌리고 사모님의 말을 부정했다.

34

그날 밤 나는 10시가 넘어서야 집으로 돌아갈 채비를 했다. 이삼일 뒤 고향으로 돌아갈 계획이었기에 나는 그 자리에서 일단 작별 인사를 했다.

"당분간 못 뵙겠네요."

"9월쯤에나 만날 수 있겠네요."

나는 이미 학교를 졸업했기 때문에 군이 9월에 돌아올 이유가 없었다. 하지만 덥기로 유명한 8월의 도쿄를 자진해서 맛볼 이유두 없었다. 나에게는 스스로의 입지를 다질 만한 귀중한 시간이란 것이 전혀 없었다.

"아무래도 그쯤 될 것 같습니다."

나는 별 생각 없이 그렇게 말했다. 그러자 사모님이 자신들의 계획을 알려주었다.

"건강 유의하세요. 실은 우리도 여행을 떠날지 모른답니다. 이번 여름은 유난히 더울 거라고 해서요. 혹시 가게 되면 그림엽서라도 보낼게요."

내가 어디로 가실 거냐고 묻자 "뭐, 아직 특별히 정해둔 곳은 없답니다."라고 대답했다. 선생님은 말없이 웃으며 나와 사모님의 대화를 듣고만 있었다.

내가 막 자리에서 일어나려고 하자 선생님이 갑자기 나를 붙잡고 물었다.

"그런데 자네 아버지는 좀 어떠신가?"

나는 아버지의 병세가 어떤지 거의 모르고 있었다. 별다른 소식이 없는 것으로 보아 크게 나빠지지는 않았을 거라고 생각했다.

"자네 그리 쉽게 생각하면 안 되네. 그리 만만하게 볼 병이 아니야. 요산 중독 증세가 보이면 그때는 정말 위험하거든."

나는 요산 중독이라는 말도, 그게 어떤 건지도 몰랐다. 더구나 지난겨울 고향 집에서 의사의 진단을 받았을 때도 그런 얘기는 전혀 없었다.

"정성껏 보살펴드리세요."

사모님이 한마디 건넸다.

"독성이 머리끝까지 퍼지면 그때는 정말 끝이네. 자네, 절대 우습게 여기지 말게."

나는 아는 것이 전혀 없어서 실감도 나지 않았다. 조금 불안한 느낌도 들었지만 심각하게 여겨지지는 않았다.

"어차피 완치하기 힘든 병이라 하니 걱정한다고 해결되지는 않겠지요."

"그렇게 생각하면 그렇기도 하지요."

사모님은 아버지와 같은 병을 앓다가 돌아가신 어머니 생각이 났는지 조금 침울한 표정으로 고개를 숙였다. 나도 아버지의 얼굴이 떠올라 돌연 기분이 착 가라앉았다. 그러자 문득 선생님이 사모님에게 말했다.

"시즈, 당신은 나보다 먼저 떠나게 될까?"

"갑자기 그게 무슨 말이에요?"

"뭐, 특별한 이유가 있는 건 아니고, 그저 궁금해서 물어보는 거야. 남편이 부인보다 먼저 떠나는 게 세상 이치 같아서 말이야."

"꼭 그래야 한다는 법은 없죠. 다만 남편이 아내보다 연상인 경우가 많으니까 그런 말이 나온 것 아닐까요?"

"그래서 남자가 먼저 떠난다는 건가? 그럼 나도 그렇게 되겠군."

"당신은 예외예요."

"그런가?"

"그럼요. 당신은 이렇게 건강하잖아요. 게다가 지금까지 중병을 앓은 적도 없고요. 아무래도 내가 먼저 가게 될 것 같아요."

"그럴까?"

"네, 꼭 그럴 거예요."

그때 선생님은 내 얼굴을 쳐다보았다. 나는 멋쩍게 웃었다.

"그러다 혹여 내가 먼저 떠나면 그때는 어쩔 생각이오?"

"어쩌다니, 뭘요?"

사모님은 더 이상 아무 말도 하지 않았다. 선생님의 죽음에 대한 상상으로 사모님의 마음이 비애에 젖은 것 같았다. 하지만 사모님은 다시 고개를 들고 예의 온화한 표정을 지었다. 그러고는 일부러 나를 보며 농담하듯 아무렇지 않게 말했다.

"어떻게 하기는요. 어쩔 수 없죠. 안 그래요? 노소부정(老少不定, 죽음에는 늙은이와 젊은이의 선후(先後)가 없다.—옮긴이)이라고 할 수 있겠죠."

35

자리에서 일어나려던 나는 다시 앉아 두 분의 이야기가 끝날 때까지 지켜볼 수밖에 없었다.

"자네는 어떻게 생각하나?"

선생님이 나에게 물었다. 하지만 나는 기본적으로 선생님과 사모님 중 누가 먼저 세상을 떠날지 판단할 입장이 아니었다. 나는 어색한 웃음만 짓다가 짧게 대답했다.

"사람의 목숨에 대해서는 아는 것이 없습니다."

"그건 이미 정해진 운명이에요. 이미 타고나는 것이니 우리가 어쩔 수 있는 문제가 아니에요. 아버님과 어머님도 거의 비슷한 시기에 돌아가셨는데 누가 그러리라 예상했겠어요."

"예? 돌아가신 날을 말씀하시는 건가요?"

"같은 날 돌아가신 건 아니지만 거의 같은 날이라고 할 수 있죠. 한 분이 먼저 떠나시고 나머지 한 분이 바로 뒤따라가셨거든요."

이건 처음 듣는 이야기였다. 그렇게 연이어 돌아가시다니 정말이지 기묘한 일이었다.

"어떻게 두 분이 연이어 돌아가셨죠?"

내 질문에 사모님이 곧바로 대답하려고 했지만 선생님이 가로막았다.

"그런 이야기는 이제 그만하지. 이제 와서 그런 이야기를 해봤자 무슨 소용 있겠어."

선생님은 손에 쥐고 있던 부채를 일부러 탁 소리 나게 쳤다. 그러고는 사모님에게 말했다.

"시즈, 내가 죽으면 이 집은 당신이 가져."

사모님이 웃으며 말했다.

"기왕 주시는 거 땅도 주세요."

"그건 이제 남의 것이 되었으니 그럴 수 없지. 대신 내 물건은 모두 당신 거야."

"그거 정말 고맙군요. 하지만 책들은 나한테 아무 소용 없어요."

"헌책방이 있잖아."

"저걸 다 팔면 얼마나 받을까요?"

선생님은 대답하지 않았다. 그러나 선생님은 자신의 죽음이라는 먼 훗날의 일에 대해 이야기의 끈을 쉽게 놓으려고 하지 않았다. 더구나 자기가 아내보다 먼저 죽을 거라고 단정하듯 말했다. 사모님도 처음에는 농담으로 받아들이며 맞장구를 쳐주다가 점점 이야기가 무겁게 흘러가자 참기 힘든 듯했다.

"오늘은 조금 지나치신 것 같네요. 계속 내가 죽으면, 죽으면 하는데, 이젠 그만하시는 게 좋겠어요. 정말 기분이 좋지 않네요. 당신이 세상을 떠나면 원하는 대로 해드릴 테니 그런 말은 이제 그만하세요."

선생님은 입을 다문 채 정원 쪽을 바라보며 가만히 웃고만 있었다. 상황이 정리된 것 같아 나는 자리에서 일어났다. 선생님과 사모님이 현관 앞까지 배웅해주었다.

사모님은 "아버님께 잘해드리세요."라고 끝까지 충고를 아끼지 않았다. 반면 선생님은 "그럼 가을에 보세."라고 짧게 한마디 했다.

나는 인사를 하고 현관문을 열고 밖으로 나갔다. 현관과 대문 사이에 서 있는 박달나무 한 그루가 내 앞길을 가로막는 것처럼 가지를 사방으로 뻗고 있었다. 두세 걸음 앞으로 나가 검은 잎으로 덮인 우듬지를 올려다보며 가을에 필 꽃과 그 향기를 상상해보았다. 박달나무는 오래전부터 선생님의 집과 한 묶음으로 생각할 만큼 상징적인 존재였다.

잠시 걸음을 멈추고 박달나무 앞에 서서 다음번에 방문할 날을 기약하며 감상에 젖어 있는데 갑자기 현관 앞 전등불이 꺼졌다. 두 분이 집 안으로 들어가신 것 같았다. 나는 대문을 열고 홀로 밖으로 나왔다.

나는 곧장 집으로 가지 않았다. 고향으로 떠나기 전에 살 것도 조금 있었고, 사모님의 진수성찬에 부담을 느낀 위를 진정시킬 필요도 있었다. 그래서 일단 번화한 시가지로 향했다. 그곳은 아직 초저녁 같았다. 특별한 용건도 없어 보이는 사람들 틈바구니에서 우연히 오늘 함께 졸업한 친구 녀석을 만났다. 나는 억지로 술집까지 끌려가 맥주 거품처럼 흘러넘치는 녀석의 이야기를 들어야만 했다. 결국 나는 자정이 지나서야 겨우 집으로 돌아왔다.

36

그다음 날 나는 무더위를 무릅쓰고 고향에서 부탁한 물건들을 사러 돌아다녔다. 고향 집에서 보낸 편지를 보았을 때는 별것 아니라고 생각했는데 막상 사러 다니다 보니 번거롭기 그지없었다. 땀을 닦으며 전차를 타고 가자니 이렇게 번거로운 일을 당연하다는 듯이 부탁한 시골의 가족들이 무척 뻔뻔스럽게 느껴졌다.

나는 빈둥거리며 대충 여름을 보낼 생각은 추호도 없었다. 고향 집으로 돌아가서 할 일들을 미리 정해두었기 때문에 그것을 실행하는 데 필요한 책들도 사야 했다. 나는 반나절은 틀어박혀 있을 각오로 단골 서점에 갔다. 그러고는 관심 분야의 책들을 하나하나 자세히 살펴보았다.

부탁받은 물건 중에 가장 사기 힘들었던 것은 여성용 장식 깃이었다. 용도에 따라 종류가 너무 많아서 막상 뭘 사야 할지 도무지 결정할 수 없었다. 더구나 가격도 천차만별이었다. 저렴할 것 같아 물어보면 비싸고, 비쌀 것 같으면 오히려 저렴했다. 또 아무리 비교해봐도 대체 무슨 차이가 있어 이렇게 가격이 다른지 알 수 없었다.

나는 정말이지 혼란스러웠다. 일찍이 사모님께 부탁하지 않은 것을 후회했다. 어렵사리 장식 깃을 사고 나서 가방을 하나 샀다. 고급 제품은 아니었지만 그래도 제법 그럴듯한 금장식이 달려 있어 촌사람들을 놀래기에 충분했다.

내가 가방을 산 이유는 어머니의 부탁 때문이었다. 어머니께서는 졸업하면 새 가방을 하나 사서 부탁한 물건들을 모두 넣어 집으로 돌아오라고 몇 번이나 편지에 당부하셨다. 나는 그 구절을 읽을 때마다 웃음이 나왔다. 어머니의 의도를 모르는 바가 아니었지만 너무나 빤한 생각이 우스웠던 것이다.

나는 선생님한테 말했듯이 사흘 뒤 기차를 타고 고향으로 내려갔다. 지난겨울부터 아버지의 병환에 대해 선생님한테 수차례 주의를 들었던 나는 걱정되기는 했지만 이상하리만큼 태연했다. 오히려 아버지께서 돌아가시면 홀로 남게 될 어머니가 더 걱정이었다. 아무래도 마음 한구석에는 아버지를 어차피 돌아가실 분으로 낙인찍고 있었던 모양이다. 나는 규슈에 있는 형에게 편지를 쓸 때도 아버지의 건강이 회복되기는 힘들 것 같다고 했다. 그러면서 일이 바쁘더라도 올여름에는 짬을 내서 집에 다녀가는 게 좋겠다는 둥, 자식 된 도리로 시골에 두 분만 계시는 것이 마음에 걸린다는 둥, 온갖 감상적인 문구를 동원했다. 물론 내 솔직한 심정이기도 했다. 그러나 편지를 쓰고 나서는 기분이 사뭇 달라졌다.

나는 기차를 타고 가면서 모순된 인간의 마음에 대해 생각해보았다. 그리고 나 자신이 몹시 줏대 없는 경박한 사람 같아 기분이 씁쓸했다. 나는 선생님 내외를 떠올려보았다. 특히 며칠 전 저녁 식사를 하면서 나눴던 대화가 귓가에 맴돌았다.

"누가 먼저 세상을 떠날까?"

나는 그날 저녁 선생님과 사모님 사이에 오간 대화를 곱씹어보았다. 그리고 그 물음에는 어느 누구도 답할 수 없다고 생각했다. 그러나 누가 먼저 세상을 뜰지 미리 알고 있다면 선생님은 어떻게 하실까? 사모님은 또 어떻게 하실까? 나는 두 분 다 평소와 같을 거라고 생각했다(점점 죽음에 나가가는 아버지를 고향 집에 놔둔 채 내가 아무것도 할 수 없는 것처럼). 나는 인간이 덧없는 존재임을 깨달았다. 또한 스스로의 힘으로 어찌할 수 없는 경박한 존재임을.

제2부

부모님과 나

1

고향 집으로 돌아왔을 때 예상과 달리 아버지의 상태가 지난겨울
에 찾아뵈었을 때와 크게 달라지지 않았다는 사실에 조금 놀랐다.

"아이고, 이제야 왔구나! 그래그래, 무사히 졸업했다니 내 마음이
뿌듯하구나. 잠깐 기다려라. 내 얼른 씻고 올 테니."

마당에서 무언가 하고 계시던 아버지는 햇볕을 막기 위해 낡은
밀짚모자 뒤에 매단 손수건을 사정없이 흔들어대며 우물이 있는 뒤
쪽으로 가셨다. 학과 일정만 차질 없이 따라가면 졸업은 하게 마련
이라고 생각하던 나는 그 자체를 매우 흡족해하는 아버지의 말씀에
어떤 반응을 보여야 할지 몰랐다.

"이렇게 졸업을 하다니 정말이지 장하다!"

아버지는 몇 번이나 그렇게 말씀하셨다. 나는 그처럼 기뻐하는
아버지의 모습과 졸업식 날 저녁 "축하하네!"라고 말하던 선생님의
표정을 비교해보았다. 그리고 겉으로는 축하하면서도 마음속으로

는 조금 비꼬는 듯했던 선생님이 그리 대단하지도 않은 일에 흥분하며 기뻐하는 아버지보다 고상하게 느껴졌다. 그러니까 나는 무지에서 비롯된 아버지의 태도가 꽤 촌스러워 보였던 것이다.

"대학 졸업이 그렇게 대단한 일은 아니에요. 졸업생이 매년 수백 명이나 되는걸요."

나는 아버지에게 그렇게 말했다. 그러자 아버지는 조금 이상하다는 표정을 짓더니 말했다.

"나는 네가 졸업한 것만 가지고 이러는 게 아니란다. 물론 졸업한 것도 대단하지만, 꼭 그것만 꼬집어 그리 말한 게 아니야. 그걸 네가 좀 알아줬으면 한다만……."

나는 아버지의 말씀을 끝까지 듣고 싶었다. 하지만 아버지는 그다지 얘기하고 싶지 않은 듯 잠시 뜸을 들이더니 말씀하셨다.

"실은 말이다, 그 칭찬은 나에게도 하는 것이란다. 너도 알다시피 나는 지금 건강이 좋지 않잖니. 지난겨울 네가 찾아왔을 때 고작 삼사 개월 버티면 잘 버틴 거라고 생각했단다. 그런데 하늘이 도왔는지 지금까지 이렇게 잘 버티고 있지 않니. 움직이는 데 별 불편 없이 말이다. 이런 상황에서 네가 무사히 졸업한 모습을 보고 내가 어찌 기쁘지 않을 수 있겠니. 타지에서 고생하는 귀한 아들이 내가 죽은 뒤에 졸업하는 것보다 이렇게 마주 볼 수 있을 때 졸업한 것이 부모로서는 무엇보다 기쁘단다. 물론 많이 배운 네 입장에서는 그깟 대학 졸업이 뭐 대수냐고 할 수도 있겠지만 내 입장은 조금 다르단다. 그러니 내가 이렇게 호들갑을 떨 수밖에. 무슨 말인지 알겠지?"

나는 아무 말도 할 수 없었다. 도저히 고개를 들 수도 없었다. 어떻게 사과를 드려야 할지 그저 죄송한 마음뿐이었다. 아버지는 지난겨울부터 담담히 죽음을 각오하고 계셨던 모양이다. 더구나 내가 졸업하기 전에 그 일이 일어날 거라고 생각하셨던 것 같다. 그런 나의 졸업을 아버지께서 얼마나 기다렸을지 전혀 짐작하지 못한 나 자신이 너무 한심하고 어리석게 느껴졌다.

나는 가방 속에서 천천히 졸업장을 꺼내 부모님 앞에 내려놓았다. 아버지는 눌려서 구겨진 졸업장을 들어 정성껏 펴고는 말씀하셨다.

"이렇게 소중한 건 둘둘 말아서 잘 들고 올 것이지."

"안에 뭐라도 받쳤으면 그나마 괜찮았을 텐데."

어머니도 사뭇 아쉬운 듯 말씀하셨다. 아버지는 졸업장을 잠시 바라보더니 사람들 눈에 잘 띄는 자리에 올려두고자 하셨다. 다른 때 같으면 그 자리에서 무슨 말로든 말렸겠지만 그때는 아버지가 원하는 대로 가만히 있었다. 부모님의 말을 조금이라도 거스르고 싶지 않았다. 그런데 심하게 구겨진 졸업장은 아무리 펴도 다시 오그라들어 자리에 올려놓을 때마다 이내 쓰러지고 말았다.

2

나는 어머니를 조용히 불러 아버지의 병세가 어떤지 여쭤보았다.

"아버지께서 아무렇지 않은 듯이 마당에서 무언가 하시는데 괜찮은 건가요?"

"정말이지 아무렇지 않은 모양이야. 많이 호전된 거겠지."

내 생각과 달리 어머니는 무척 태연하셨다. 도시로부터 멀리 떨어진 숲과 논밭에 둘러싸여 살아온 시골 여인에게 이런 일은 미지의 영역이었다. 그런 어머니께서 지난번 아버지가 갑자기 쓰러졌을 때 얼마나 놀라셨을까? 나는 어머니를 가만히 바라보다 계속 말을 이었다.

"지난겨울에 의사 선생이 더 나아지기는 힘들다고 하셨잖아요."

"그러니 사람의 몸만큼 신기한 것도 없다는 거겠지. 분명 힘들다고 했는데 지금까지 아무 일 없으니 말이다. 처음에는 나도 되도록 움직이지 말라고 극구 말렸는데, 네 아버지 성격이 성격인지라 늘 괜찮다고 하며 저리 움직인단다. 워낙 기력이 좋은 사람이니 이젠 그러려니 한단다. 원래 내 말은 아랑곳하지 않잖니."

나는 지난번 집에 왔을 때 이부자리를 치우라고 하고 수염을 다듬던 아버지의 모습을 떠올렸다. 그러자 어머니께서 왜 이토록 태연한지 이해할 만했다. 그래도 항상 주의를 기울여야 한다고 말하려고 했지만, 왠지 입이 떨어지지 않아 잠자코 있었다. 대신 아버지의 병환에 대해 내가 아는 것을 전부 말씀드렸다. 물론 대부분의 내용은 선생님과 사모님께 들은 것이었다. 어머니는 내 말에 그다지 관심을 기울이지 않는 것 같았다. 단지 "어머, 같은 병을 앓으셨구나. 그런데 연세가 어떻게 되셨다던?"이라고 사소한 것만 물어볼 뿐이었다.

나는 더 이상 말씀드려 봤자 소용없을 것 같아서 아버지에게 직접 말씀드렸다. 다행히 아버지는 내 주의를 진지하게 들었다. 하지만 듣기만 할 뿐 고집을 꺾지 않고 이렇게 말씀하셨다.

"잘 알겠다. 네 말도 일리가 있구나. 하시만 내 몸은 누구보다 내가 잘 안단다. 지난 몇 년간의 경험을 통해 뭐가 도움이 되는지도 내가 가장 잘 알고 있지."

아버지의 말씀을 곁에서 듣고 있던 어머니는 쓴웃음을 보이며 나에게 슬쩍 한마디 하셨다.

"거봐라."

"그래도 아버지는 이미 웬만큼 각오를 하고 계세요. 제 졸업을 누구보다 기뻐하시는 것도 그 때문이에요. 생전에 볼 수 없을 줄 알았는데 이렇게 졸업장을 가지고 돌아온 것을 보니 너무 기쁘다고 말씀하셨어요."

"그러니까 말씀은 늘 그렇게 하시지만, 속으로는 아직 문제없다고 생각하신다니까."

"정말 그럴까요?"

"그렇다니까. 네 아버지는 앞으로 10년, 아니 20년은 끄떡없다고 생각하셔. 물론 이따금 듣기 거북한 말씀은 하시지. 내가 홀로 남게 되면 어쩔 거냐, 뭐 그런 이야기 말이야."

나는 문득 아버지가 돌아가시고 어머니 혼자 계시는 낡고 넓은 이 시골집을 상상해보았다. 과연 아버지 없이 어머니 홀로 살림을 꾸려가실 수 있을까? 형은 어떻게 할까? 어머니는 뭐라고 하실까? 더구나 나는 여기를 떠나 도쿄에서 마음 편히 지낼 수 있을까? 그 순간 내 머릿속에 선생님께서 수차례 염려하셨던 재산 분배에 대한 이야기가 떠올랐다.

한편, 어머니는 나름의 논리로 생각해낸 것인지, 어떤 통계를 보고 그러는 것인지, 어디에서 비롯되었는지 알 수 없는 진부한 말씀을 계속하셨다.

"누가 뭐라든 스스로 죽는다, 죽는다 입버릇처럼 떠들어대는 사람이 더 오래 살더구나. 네 아버지도 가끔씩 앓는 소리를 하지만 앞으로 몇 해를 더 사실지 아무도 모르는 일이야. 오히려 입 다물고 멀쩡하게 지내는 사람들이 더 위험한 법이지."

나는 어머니의 말씀을 묵묵히 듣고만 있었다.

3

아버지와 어머니는 내 졸업을 축하하는 의미로 동네잔치를 열고 싶다고 하셨다. 나는 집에 내려온 날부터 두 분이 그런 일을 벌일지도 모른다는 생각에 심히 걱정하고 있었다. 나는 부모님께 거절 의사를 확실히 전했다.

"너무 떠들썩하게 그러실 것 없어요."

솔직히 나는 시골 손님들이 싫었다. 먹고 마시는 것만 신경 쓰고, 뭔가 좋은 건수가 없을까 하고 기회만 엿보는 사람들이었다. 나는 어릴 때부터 그런 사람들이 우리 집에 찾아오는 것을 싫어했다. 그런데 나를 위해 그런 사람들이 찾아오다니, 상상만으로도 화가 치밀었다. 하지만 부모님께 그런 내 마음을 솔직하게 밝힐 수 없는 노릇이었다. 그래서 나는 그저 괜찮다고 우기는 수밖에 없었다.

"너는 계속 너무 거창하네 어쩌네 하지만 전혀 그렇지 않단다. 더구나 대학 졸업이 그리 흔한 일이 아니잖니. 잔치를 여는 게 당연해. 그냥 넘어가면 못쓴다."

어머니는 졸업을 마치 장가라도 가는 일처럼 여기시는 듯했다.

"반드시 손님을 초대해야 하는 건 아니지만, 그렇다고 그냥 넘어가면 말들이 많단다."

아버지도 한마디 거들었다. 아무래도 사람들이 뒤에서 이러쿵저러쿵할까 봐 신경 쓰이는 눈치였다. 하긴 어디에나 자기들이 원하는 대로 돌아가지 않으면 이래저래 수군거리는 사람들이 있게 마련이다.

아버지는 "시골에서는 눈치를 좀 볼 필요가 있잖니."라고 말씀하셨다. 그래도 내가 받아들이지 않자 어머니께서는 "아버지 체면도 있잖니."라며 그만 고집을 꺾으라는 눈빛을 보냈다. 나는 더 이상 거절할 명분이 없었다. 그래서 일단 두 분의 뜻에 따르기로 했다.

"저는 어디까지나 저를 위해 굳이 잔치를 열 필요 없다고 말씀드리는 거예요. 하지만 그 일로 안 좋은 소리를 들을지도 모른다면 또 다른 문제죠. 두 분 체면이 깎일까 봐 그러시는 거라면 더 이상 반대하지 않겠어요."

"그런 뜻으로 한 말은 아니다만……."

아버지는 언짢은 표정을 지었다.

"애야, 아버지가 말씀하시는 건 일종의 의리란다. 그러니까 주변 사람들과 잘 지내려면 처신이 중요한데 그러니까……."

조금 어색한 분위기가 흐르자 어머니는 알아들을 수 없는 말들을 연신 쏟아내셨다. 아버지와 나보다 몇 곱절은 더 많은 말을 하신 것이다.

"가방 끈이 길면 매사 따지려 든다니까."

아버지는 한마디 하시더니 입을 다물었다. 그러나 이 한마디로 아버지께서 평소 나에게 어떤 불만을 품고 있는지 알게 되었다. 나 자신의 뻐딱한 말투가 부모님께 상처를 주었다는 사실은 전혀 깨닫지 못하고 단지 아버지가 괜한 트집을 잡고 있다고 생각했다.

그날 밤, 아버지는 다시 태도를 바꿔 언제 손님을 초대하면 좋을지 물어보았다. 당시 특별한 일 없이 집 안 구석에서 빈둥거리던 나에게 그렇게 물어보았다는 것은 그만큼 아버지가 한풀 꺾였다는 뜻이었다. 나는 더 이상 고집을 피우는 것은 도리가 아니라고 생각했다. 그래서 바로 아버지와 상의해 잔칫날을 정했다.

그런데 잔칫날이 되기 며칠 전 아주 큰 사건이 일어났다. 메이지 천황이 위독하다는 것이었다. 신문을 통해 일본 전역으로 퍼져 나간 이 소식은 촌구석에서 어렵사리 합의한 나의 졸업 축하 잔치를 단번에 물거품으로 만들었다.

"때가 때이니만큼 취소해야겠구나."

안경을 쓰고 신문을 보시던 아버지가 이렇게 말씀하셨다. 다른 말씀은 하지 않았지만 아무래도 자신의 병에 대해 진지하게 생각하시는 것 같았다.

나는 지난 졸업식 때 늘 그렇듯 친히 참석하신 폐하의 모습을 떠올려보았다.

4

가족 셋이 지내기에는 꽤 넓은 오래된 주택에서 한적함과 씨름하던 나는 창고에서 찾아낸 헌책들을 읽기 시작했다. 그러나 마음은 여전히 불편했고 내용이 눈에 잘 들어오지 않았다. 떠들썩한 분위기와 한밤중에도 불빛 가득한 도쿄의 하숙방에서 멀리 기차 소리를 들으며 한 장 한 장 읽어가던 때가 그리웠다.

나는 가끔 책상에 기대어 선잠을 잤다. 때로는 아예 베개까지 꺼내 제대로 낮잠을 자기도 했다. 그러다 요란한 매미 소리에 잠을 깼다. 꿈속에서도 들린 것 같은 그 소리는 천지를 뒤흔들듯 귀청을 울려댔다. 하지만 그 소리를 가만히 듣고 있다 보면 왠지 슬픈 기분에 젖어들었다.

나는 펜을 들고 몇몇 친구들에게 짧거나 긴 편지를 연이어 썼다. 도쿄에 남아 있는 친구도 있었고, 나처럼 먼 고향으로 내려간 친구도 있었다. 그중 답장을 준 친구도 있었고, 아무 소식도 없는 경우도 있었다. 나는 선생님을 잊지 않았다. '고향에 돌아온 후의 나'라는 제목으로 원고지 세 장 분량의 글을 써서 보내기도 했다. 나는 그 편지를 봉할 때 선생님이 아직 도쿄의 댁에 계시는지 궁금했다. 당시 선생님과 사모님이 함께 집을 비울 때면 50대의 미망인으로 보이는 짧은 머리의 여자가 집을 봐주곤 했다.

언젠가 선생님에게 그 사람이 누구냐고 물었다. 그러자 선생님은 누구일 것 같으냐고 오히려 반문했다. 나는 선생님의 친척분이 아니냐고 했다. 그러자 선생님은 "난 친척이 없네."라고 짧게 대답했다. 선생님은 고향에 있는 친척들하고는 전혀 교류하지 않았다. 내가 궁금하게 여겼던 그 여자는 선생님이 아닌 사모님의 친척이었다. 선생님에게 편지를 보낼 때 문득 폭이 좁은 허리띠를 뒤로 매고 있던 그 아주머니의 뒷모습이 떠올랐다.

선생님과 사모님이 어딘가로 여행을 떠난 뒤 이 편지가 도착한다면 과연 그 아주머니가 선생님이 계신 곳으로 편지를 보내줄 만큼 배려심이 있을지 의문이었다. 특별한 내용이 있는 것은 아니지만 편지가 선생님에게 전해졌으면 했다. 나는 외로웠던 것이다.

나는 선생님의 답장을 계속 기다렸다. 하지만 답장은 끝내 오지 않았고, 나는 크게 실망했다.

아버지는 지난겨울처럼 장기를 두자고 하지 않았다. 먼지만 가득 쌓인 장기판은 마루 한쪽 구석에 처박혀 있었다. 얼마 전 폐하가 위독하다는 기사가 난 뒤로 아버지는 무언가 골똘히 생각에 잠기셨다. 매일 신문이 오기만을 기다렸다 맨 먼저 읽었다. 그러고는 관련 소식이 있으면 일부러 나한테 가져와 보여주며 말씀하셨다.

"이것 좀 봐라. 오늘도 대왕님 기사가 났구나."

아버지는 폐하를 두고 늘 대왕님이라고 불렀다.

"황송하게도 대왕님 병환 또한 이 아비와 같은 것 같구나."

이렇게 말씀하시는 아버지의 얼굴에 수심이 가득했다. 나는 그 말을 듣는 순간 아버지가 언제 또 쓰러지실지 모른다는 생각에 걱정이 밀려왔다.

"하지만 대왕님은 금방 좋아지실 거다. 나 같은 사람도 이렇게 멀쩡히 살아 있으니 말이다."

아버지는 겉으로는 건강을 자신하면서도 눈앞에 닥칠 위험을 예감하고 계신 것 같았다.

"아버지는 진심으로 자신의 병을 걱정하고 계세요. 어머니 말씀과 달리 전혀 낙관적이지 않단 말이에요."

내 말에 어머니는 무척 당황한 듯 얼굴이 굳어졌다.

"얘야, 일단 아버지께 장기라도 두자고 한번 얘기해보렴."

나는 마루 구석에서 잠자고 있던 장기판을 꺼내 먼지를 털었다.

5

아버지는 점점 쇠약해졌다. 늘 못마땅하게 느꼈던 주인 잃은 밀
짚모자는 쓰레기처럼 방치되었다. 나는 검게 그을린 선반 위에 놓
인 그 모자를 볼 때마다 아버지가 가여웠다. 아버지가 마당에 나와
움직이실 때는 느끼지 못했는데 이렇게 전혀 움직이지 못하는 모
습을 보니 예전처럼 움직일 수 있으면 좋겠다는 생각뿐이었다. 나
는 아버지의 건강에 관해 어머니와 이야기를 나누었다. 그러자 어
머니는 "그건 너희 아버지 기분 탓이야."라고 말씀하셨다. 어머니는
아버지가 병든 천황과 자신이 같은 처지라고 생각한다는 것이었다.
하지만 나는 꼭 그런 것만은 아닌 것 같았다.

"어머니, 기분 탓이라고 단정할 수 없어요. 정말로 건강이 나빠지
신 게 아닐까요? 아무래도 저는 그런 생각이 들어요."

나는 어머니께 이렇게 말하면서, 하루빨리 의사 선생님을 모셔
와야겠다고 생각했다.

"올여름에는 너한테 고생만 시키는구나. 힘들게 공부해서 졸업까

지 했는데 축하는커녕 아버지 건강이 저리 되다니 미안하게 됐구나. 더구나 천황님도 병중이시라 여러모로 걱정이다. 이럴 줄 알았으면 네가 왔을 때 바로 잔치를 열걸 그랬어."

내가 집에 온 것은 7월 5일인가, 6일쯤이었다. 부모님이 잔치 얘기를 꺼낸 것은 그로부터 일주일쯤 지났을 때였고, 이래저래 일주일 정도 논쟁을 벌이고 나서 그 일이 벌어져 아버지의 기운이 빠지게 된 것이다. 덕분에 나는 마음에도 없던 사교 활동을 하지 않아도 되어 좋았지만, 이런 속사정을 어머니께서 아실 리 없었다.

얼마 후 천황 폐하가 승하하셨다는 소식이 보도되었다. 아버지는 신문을 움켜쥐고 "으아아악!" 하고 마구 울부짖었다.

"으흐흑, 결국 대왕님도 저렇게 떠나고 마셨구나. 그렇다면 이제 곧 나도……."

아버지는 차마 말을 잇지 못했다. 나는 얇은 검정색 천을 사려고 시내로 나갔다. 그걸로 깃봉을 싸고, 남은 일부를 깃대 끝에 길게 매달아 대문 옆에 길 쪽으로 비스듬히 세워놓았다. 길게 늘어진 검은 천이 바람 한 점 없는 허공에 축 늘어져 있었다.

나는 대문 주위를 둘러보았다. 고향 집 대문의 지붕은 짚으로 덮여 있었는데 비바람에 하도 시달려 잿빛에 가까웠고, 여기저기 팬 곳도 많았다. 나는 홀로 문밖에 나가 흐느적대는 검정 천과 함께 매달린 국기를 멍하니 바라보았다. 그러고는 시선을 조금 돌려 깃발 뒤의 빛바랜 지붕을 보았다. 예전에 선생님이 "자네 집은 어떤 구조로 되어 있나? 내가 살던 곳과는 많이 다르겠지?"라고 물어보았던 기억이 떠올랐다. 그 때문인지 내가 태어난 오래된 이 집을 직접 보여드리면 좋겠다고 생각했다. 물론 창피하다는 생각이 드는 것은 어쩔 수 없었다.

나는 다시 집 안으로 들어가 책상 앞에 앉아 신문을 읽으며 도쿄의 이곳저곳을 머릿속에 그려보았다. 일본에서 가장 번화한 그곳이 현재의 침울한 분위기를 어떻게 극복하고 있을지 상상해보았다. 그리고 침울한 분위기 속에서 제구실을 못하고 있는 도시를 비웃기라도 하듯 홀로 빛나고 있을 등불 같은 선생님 댁을 빙 둘러보았다. 그때 나는 그 등불이 눈에 보이지 않는 소용돌이 속으로 빨려들어가고 있다는 것을 전혀 예상치 못했다.

나는 이번에 경험한 일을 선생님에게 편지로 알리고자 펜을 들었다. 그러나 열 줄을 넘기지 못하고 그만두었다. 그리고 쓰다 만 편지를 북북 찢어 쓰레기통에 버렸다. 지금까지 경험으로 보아 어차피 선생님은 아무런 답장을 보내주지 않으리라 생각되었기 때문이다. 그 순간 나 자신이 너무 외로운 존재로 느껴졌다. 그래서 편지를 쓰고자 했던 것이고, 답장을 기다렸던 것이리라.

6

8월 중순경 한 친구로부터 편지가 왔다. 지방의 어느 중학교에서 교사를 구하고 있는데 가보지 않겠느냐는 내용이었다. 원래 자신에게 들어온 자리인데 자기는 더 좋은 동네로 이미 결정이 나서 나에게 그곳을 소개해주고 싶다는 것이었다. 나는 곧바로 거절한다는 편지를 썼다. 그러면서 친구 중에 교사직을 구하는 녀석이 있으니 그쪽을 소개해주면 안 되겠냐고 물었다.

나는 답장을 보내자마자 그 이야기를 부모님께 알렸다. 두 분 모두 별다른 이견이 없었다.

"굳이 그 먼 곳으로 가지 않아도 분명 좋은 자리가 있을 거다."

이런 말씀을 통해 나는 두 분이 나에게 은근히 큰 기대를 걸고 있다는 것을 알 수 있었다. 평생 시골 촌구석에서 살아오신 부모님은 이제 막 졸업한 아들에게 분수에 맞지 않는 지위와 수입을 기대하고 계신 것 같았다.

"대학을 나왔다고 해도 요즘 같은 세상에 취업하기 쉽지 않아요. 게다가 저는 형하고 전공이나 세대가 달라서 그렇게 되기 힘들 거예요."

"그래도 대학을 졸업한 마당에 서둘러 자리를 잡지 않으면 우리가 곤란하단다. 사람들이 댁의 둘째 아들은 대학까지 나와서 뭘 하냐고 물었을 때 아무 대답도 할 수 없다면 얼마나 민망하겠니."

아버지의 미간에 깊은 주름이 잡혔다. 한평생 고향 마을에서 살아온 아버지는 동네 주민들에게 대학을 나오면 월급이 얼마나 되고 어떤 대우를 받는다는 식의 이야기를 익히 들어 알고 있었다. 그렇

기 때문에 하루빨리 내가 제대로 된 일자리를 얻었으면 하고 은근
기대하셨다. 대도시로 진출하고자 했던 나는 부모님이 보기에 뜬구
름 잡는 비정상적인 사람이라 할만 했다. 물론 나도 가끔 그런 생각
이 들기도 했다. 나는 부모님과 너무도 다른 내 생각을 전부 털어놓
을 수 없었기에 부모님 앞에서 조용히 입을 다물고 있을 수밖에 없
었다.

"네가 늘 이야기하는 그 선생님이라는 분에게 부탁해보는 건 어
떻겠니? 때가 때이니만큼."

어머니는 선생님을 그런 식으로밖에 해석할 수 없는 분이셨다.
하지만 어머니께서 말씀하신 선생님이라는 사람은 고향으로 돌아
가면 아버지가 살아 계실 때 확실하게 자기 몫의 재산을 챙기라는
충고를 아끼지 않는 분이지 졸업했으니 일자리를 알아봐 주겠다고
말하는 분이 아니었다.

"그런데 그 선생님은 뭘 하는 분이니?"

아버지께서 물었다.

"실은 아무 일도 하지 않아요."

나는 아주 오래전에 이미 부모님께 그렇게 얘기했다. 두 분 다 분
명히 기억하고 계실 텐데 전혀 모른다는 투로 말씀하셨다.

"아무 일도 하지 않다니, 그건 또 무슨 말이냐? 네가 그렇게 존경
하는 사람이라면 무슨 일이든 하고 계시겠지."

아버지는 은근히 비꼬는 투로 말씀하셨다. 아버지에게 능력 있는

사람이란 사회적 지위가 높고, 남들이 부러워하는 자리에서 일하는 사람을 의미했다. 그렇기 때문에 아무 일도 하지 않는 선생님은 분명 문제 있는 사람일 거라고 생각하시는 것 같았다.

"내 비록 일정한 수입이 있는 건 아니지만 그렇다고 마냥 놀고 있는 건 아니잖니."

아버지는 서슴없이 이런 말까지 하셨다. 나는 아무 대꾸도 하지 않고 잠자코 있었다.

"네 말대로 훌륭한 분이 틀림없다면 필시 좋은 일자리 하나쯤 알아봐 주실 거나. 혹시 부탁은 해봤니?"

이번에는 어머니께서 말씀하셨다.

"아니요."

"왜 부탁하지 않았니? 편지로 한번 여쭤보는 건 어떻겠니?"

"네."

나는 대충 대답하고 얼른 자리에서 일어났다.

7

아버지는 자신의 병을 내심 걱정하고 계셨다. 그러나 의사가 왕진을 올 때마다 이것저것 계속 물어보면서 상대를 귀찮게 하는 성격은 아니었다. 의사도 불필요한 말로 환자를 불안에 떨게 하지는 않았다.

아버지는 자기가 죽은 뒤의 일을 생각하고 계신 것 같았다. 적어도 당신이 없는 집안의 모습을 상상해보는 것 같았다.

"자식들 공부시키는 것이 좋은 일만도 아니군. 애써 가르쳐놓으면 그 자식 놈은 집으로 돌아오지도 않으니 말이야. 이건 마치 부모와 자식 사이를 떨어뜨리려고 공부시킨 꼴이로군."

형은 대학을 마치고 아주 먼 지방에 살고 있었다. 나 역시 일단 도쿄에서 살 생각을 굳히고 있었다. 힘들게 키운 자식들이 이 모양이니 아버지의 푸념이 틀린 말도 아니었다. 아버지는 긴 세월 동안 살아온 정든 시골집에 홀로 남겨질 어머니가 무척 걱정되는 모양이었다. 아버지는 시골집에 대한 애착이 대단했다. 어머니도 아버지와 크게 다르지 않았다. 그렇기 때문에 아버지는 더욱 불안했던 것이다. 그런데도 아버지는 나에게 도쿄로 돌아가 좋은 직장을 구하라고 하셨다. 나는 그것이 모순된 생각이라는 것을 잘 알면서도 도쿄로 돌아갈 수 있다는 사실에 내심 기뻤다.

나는 부모님 앞에서 최대한 좋은 직장을 구하고자 최선을 다하는 척해야 했다. 나는 선생님께 집안 사정이 너무 어려워 직장을 구해야 하니 일할 곳을 좀 알아봐 달라고 부탁하는 편지를 썼다. 물론 큰 기대를 하는 건 아니었다. 그러나 이 편지에 대한 답장은 보내줄 거라는 확신이 들었다. 나는 편지를 보내기에 앞서 어머니와 이야기를 나눴다.

"어머니 말씀대로 선생님한테 편지를 썼어요. 한번 읽어보시겠어요?"

그러나 어머니는 내 예상대로 읽지 않았다.

"그러니? 그럼 어서 보내렴. 그런 일은 서두를수록 좋단다."

어머니는 나를 아직 어린애로 여겼다. 그런데 나도 그렇게 구는 면이 없지 않았다.

"하지만 편지만으로는 아무래도 부족할 것 같아요. 그래서 9월쯤 도쿄로 직접 찾아갈 생각이에요."

"그렇게 하렴. 아무래도 직접 가야 좋은 자리가 생기겠지. 좀더 서두르는 건 어떻겠니?"

"아니에요. 일단 답장이 오면 그때 다시 말씀드릴게요."

나는 이런 일에 있어 빈틈없이 꼼꼼한 선생님을 믿고 있었다. 그래서 선생님의 답장을 진지하게 기다렸다. 그러나 내 기대는 완전히 빗나갔다. 일주일이 지나도 아무런 소식이 없었다.

"아무래도 피서를 떠나신 모양이에요."

나는 어머니께 대충 그렇게 둘러댔다. 사실 어머니께 하는 말이라기보다 나 자신에게 하는 말이기도 했다. 그렇게라도 생각하지 않으면 왠지 불안했던 것이다.

이따금 나는 현재의 상황을 완전히 잊고 당장 도쿄로 떠나야겠다는 생각을 하기도 했다. 그런 점에서는 아버지도 마찬가지였다. 아버지는 자신이 없는 미래를 몹시 걱정하면서도 아무런 조치도 취하지 않았다.

결국 나는 선생님이 충고한 재산 분배 이야기를 한 마디도 꺼내지 못하고 그저 세월만 보낼 뿐이었다.

8

9월 초가 되자 나는 이젠 도쿄로 돌아가야겠다고 마음먹었다. 나는 아버지께 당분간 종전처럼 생활비를 보내달라고 부탁했다.

"여기서 이렇게 계속 지내다가는 아버지 말씀대로 좋은 일자리를 구할 수 없겠어요."

나는 아버지가 기대하는 그럴듯한 직장을 구하려고 도쿄로 간다는 식으로 말했다. 그러고는 말끝에 직장을 구할 때까지 지원해달라고 덧붙였다. 마음속으로 그런 좋은 일자리는 나하고 인연이 없다고 생각하면서도 말이다. 하지만 세상 물정을 모르는 아버지는 내 말을 곧이곧대로 믿었다.

"도쿄로 가면 금방 일자리를 구하게 될 테니 일단은 어떻게든 해보마. 하지만 너무 지체되면 곤란하단다. 괜찮은 직장을 구하면 바로 독립하거라. 원래는 학교를 마치면 바로 독립해야 하는 거란다. 그런데 요즘 젊은이들은 돈을 쓸 줄만 알지 벌 생각은 하지 않는 것 같더구나."

아버지께서는 그것 말고도 이런저런 잔소리를 잔뜩 늘어놓았다. 그러다 "옛날에는 부모가 늙으면 자식들이 당연히 봉양했는데 요즘은 그 반대가 되었구나."라고 몇 번이나 푸념 섞인 말씀을 하셨다. 나는 묵묵히 듣고 있다가 대충 마무리된 것 같아 조용히 자리에서 일어나려고 했다. 그러자 아버지는 언제 떠날 거냐고 물었다. 나는 빠를수록 좋았다.

"일단 어머니하고 의논해서 정하도록 하거라."

"그럴게요."

그때 나는 아버지 앞에서 의외로 얌전하게 굴었다. 가급적 아버지의 심기를 건드리지 않고 떠나려는 나름의 처세였다. 아버지는 다시 불러 세우고 말씀하셨다.

"네가 도쿄로 떠나면 다시 쓸쓸해지겠구나. 사정이야 어떻든 나와 네 어머니, 단둘뿐이니까. 그나마 내가 멀쩡하면 걱정이 덜할 텐데 언제 무슨 일이 날지 몰라 걱정이 앞서는구나."

나는 마음이 약해진 아버지를 위로해드리고 서둘러 내 방으로 돌아왔다. 나는 여기저기 흩어진 책들 사이에 앉아 기운 빠진 아버지의 표정과 말씀을 떠올려보았다.

어딘가에서 매미 울음소리가 들려왔다. 그 소리는 지난번과 다르게 느껴졌다. 여름방학 때마다 집으로 내려와 가만히 매미 울음소리를 듣고 있으면 이상하게도 슬픔이 밀려들곤 했다. 나는 매미의 맹렬한 울음소리에 점점 더 애수에 젖어들었고, 그럴 때마다 가만히 자리에 앉아 자신을 돌이켜보았다.

그런데 올여름은 조금 기분이 달랐다. 매미 울음이 마치 스님의 불경 외는 소리처럼 느껴졌다. 그러더니 나를 둘러싸고 있는 사람들의 운명이 큰 윤회의 수레바퀴 속을 돌아가고 있는 것 같았다. 나는 두려움과 고독에 지친 아버지의 표정과 말씀을 떠올리면서 한편으로는 아무런 답장도 보내지 않는 선생님을 생각했다. 선생님과 아버지는 언제나 정반대의 모습으로 내 머릿속에 떠오르곤 했다.

나는 아버지에 관해 거의 모든 것을 알고 있었다. 내가 아버지 곁을 떠나 독립한다면 부모와 자식 간의 미련만 남을 뿐이다. 반면 선생님에 관해서는 그다지 아는 것이 없었다. 전에 들려주겠다고 했던 과거사도 전혀 들은 바가 없었다. 말하자면 나에게 선생님은 미지의 존재와도 같았다. 나는 내가 모르는 그 부분을 밝혀내 좀더 깊이 들어가고 싶었다. 선생님과 관계가 끊어지면 너무나 고통스러울 거라는 생각이 들었다. 나는 서둘러 어머니와 의논해 도쿄로 떠날 날짜를 정했다.

9

도쿄로 돌아갈 날이 다가올 때쯤, 그러니까 이틀 전 저녁에 아버지가 또 쓰러지셨다. 나는 이미 책과 옷가지를 정리해 떠날 준비를 마친 상태였다. 아버지는 욕조에 들어가 이제 막 몸을 닦으려 할 때 정신을 잃은 것 같았다. 아버지의 등을 밀어주려고 욕실에 들어간 어머니가 큰 소리로 나를 불렀다. 아버지는 알몸인 채로 어머니 품에 안겨 있었다. 내가 어렵사리 부축해 방으로 옮기자 아버지는 겨우 정신을 차리고는 이제 괜찮다고 말씀하셨다. 나는 만일을 대비해 머리맡에 앉아 물수건으로 아버지의 머리를 식혀드렸다. 그리고 9시가 넘어서야 겨우 저녁을 먹었다.

다음 날 아버지는 생각보다 상태가 나아진 것 같았다. 어머니와 내가 말리는데도 굳이 혼자 화장실에 다녀왔다.

"이제 괜찮다."

아버지는 지난번 쓰러졌을 때 했던 말씀을 그대로 되풀이하셨다. 내가 보기에도 그럭저럭 문제없어 보였다. 나는 이번에도 지난번과 비슷할 거라고 생각했다. 그러나 의사 선생님은 그저 조심해야 한다고 말할 뿐 명확하게 말해주지 않았다. 불안했던 나는 도쿄로 출발할 날이 되었는데도 도저히 떠날 수 없었다.

"좀더 상황을 지켜보고 결정할게요."

나는 어머니께 이렇게 말씀드렸다. 어머니도 "그렇게 해주겠니?"라고 반기셨다.

어머니는 아버지가 정원에 나가거나 뒷문 주변을 돌아다닐 때는 무신경하다가 막상 일이 터지자 지나칠 정도로 걱정하며 어쩔 줄 몰라 했다.

"너는 오늘 도쿄로 떠나는 것 아니었니?"

아버지가 물었다.

"맞아요. 하지만 조금 미루기로 했어요."

이렇게 대답하자 아버지는 "나 때문이냐?"라고 되물었다. 나는 잠시 망설였다. 그렇다고 하면 아버지의 병환이 심각하다는 것을 직접적으로 말하는 셈이었다. 나는 아버지의 마음을 불편하게 만들고 싶지 않았다. 그러나 아버지는 내 마음을 정확히 꿰뚫고 계신 듯 "미안하게 됐구나."라고 말씀하시고는 정원 쪽으로 고개를 돌렸다.

나는 내 방으로 돌아가 방바닥에 놓인 짐 보따리를 바라보았다. 짐 보따리는 언제든 출발할 수 있도록 단단히 묶여 있었다. 나는 그 앞에 멍하니 서서 짐을 다시 풀까 생각했다.

불안감 속에서 이삼일이 지났다. 그런데 아버지가 또 쓰러지셨다. 의사 선생님은 가만히 누워 절대 안정을 취해야 한다고 주의를 주었다.

"이제 어쩌면 좋으냐?"

어머니는 아버지에게 들리지 않을 만큼 작은 목소리로 나에게 물었다. 어머니는 무척 불안해하셨다. 나는 형과 누이동생에게 전보를 보낼 준비를 했다. 겉으로 보기에 아버지는 큰 병에 걸린 사람 같지 않았다. 그저 감기에 걸린 정도로밖에 보이지 않았다. 더구나 식욕도 평소보다 더 좋았다. 그래서 아무리 주의를 줘도 전혀 듣지 않았다.

"어차피 죽을 바에야 맛있는 거나 실컷 먹고 죽어야지."

나는 맛난 음식만 찾는 아버지가 우습기도 했고, 한편으로는 슬프기도 했다. 왜냐하면 아버지는 진짜 맛있는 음식을 먹을 수 있는

도시에서는 한 번도 살아본 적이 없기 때문이다. 밤이 되자 아버지
는 찰떡을 구워 오라고 하시더니 우걱우걱 맛나게 드셨다.

"어찌 저리 배를 주린 것일까? 아무래도 아직 속은 괜찮은 것 같
구나."

어머니는 다른 사람들이 보면 걱정할 만한 행동에 오히려 안도감
을 느끼는 것 같았다. 그러면서도 병든 환자에게나 쓰는 '배를 주리
다'는 표현을 뭐든 드시고 싶어 한다는 뜻으로 사용하는 것을 보면
어머니의 마음도 꽤 복잡하다는 것을 알 수 있었다.

큰아버지가 문병을 오시자 아버지는 억지를 부리며 돌아가지 못
하게 붙잡았다. 심심해서 그런다고 하지만, 사실은 어머니와 내가
원하는 것을 마음껏 먹지 못하게 한다고 불평을 호소하려는 것 같
았다.

10

아버지의 병세에 특별한 변화 없이 일주일이 지났다. 그동안 나
는 규슈에 있는 형에게 장문의 편지를 썼다. 누이동생에게 연락하
는 일은 어머니께 맡겼다. 나는 속으로 이번이 아버지의 건강에 대
해 알리는 마지막 편지가 될 것이라고 생각했다. 그래서 상황이 다
급해지면 전보를 보낼 테니 곧바로 달려오라고 적었다.

형은 무척 바쁜 사람이었다. 또한 누이동생은 임신 중이었다. 따

라서 정말 심각한 상황이 아니면 쉽사리 부르기 힘들었다. 그렇다고 모든 상황이 끝난 뒤에 오는 것 또한 부끄러운 일이므로 나는 전보를 치는 시기와 내용을 두고 혼자 심각하게 고민했다.

"앞으로 아버님의 상태가 어떻게 변할지 이제는 저도 정확히 알수가 없습니다. 단지 언제든 일이 터질 수 있다는 것만은 염두에 두고 계세요."

일부러 먼 곳에서 모셔 온 의사 선생님이 이렇게 말했다. 그래서 나는 어머니와 상의해 그 의사한테 집에 상주할 간호사 한 명을 소개받았다. 아버지는 머리맡에 와서 인사를 하는 흰옷 입은 여자를 보고 묘한 표정을 지었다.

아버지는 자신의 병이 회복될 수 없다는 사실을 오래전부터 알고 계셨다. 하지만 눈앞에 닥친 죽음의 그림자는 전혀 느끼지 못하고 계신 것 같았다.

"이제 곧 괜찮아질 테니 그때는 도쿄로 놀러 가자꾸나. 사람은 언제 죽을지 모르니 뭐든 미리 해두는 것이 좋아."

곁에 있던 어머니는 "저도 데리고 가세요."라고 맞장구를 쳤다. 그러다가도 아버지는 가끔 몹시 비관적인 태도를 보였다.

"내가 죽으면 네 어머니를 잘 부탁한다."

'내가 죽으면'이라는 말은 꽤 일찍 내 마음속에 각인되어 있었다. 도쿄를 떠나기 전 선생님이 사모님에게 같은 말을 몇 번이나 되풀이했기 때문이다. 나는 미소를 지으며 말하던 선생님과 불편해하던 사모님의 모습을 떠올렸다. '내가 죽으면'이라고 했던 선생님의 말은 어디까지나 가정에 불과했다. 하지만 지금 직면한 일은 언제 일어날지 모르는 현실이었다. 그렇기 때문에 나는 사모님처럼 아버지를 대할 수 없었다. 나는 어떻게든 아버지를 위로해드려야 했다.

"아버지, 그런 나약한 말씀은 하지 마세요. 빨리 나으셔서 도쿄로 놀러 가셔야죠. 어머니와 함께 말이에요. 이번에 가보시면 깜짝 놀라실 거예요. 엄청나게 달라졌거든요. 전차 선로가 엄청 많이 늘어났고, 그에 맞춰 근방도 번화한 거리가 되었어요. 더구나 구획도 세밀하게 나뉘어져 하루가 달리 번성하고 있다니까요."

나는 시답잖은 말까지 덧붙여가며 계속 떠들어댔다. 그런 나를 쳐다보는 아버지의 표정을 보니 기분이 조금 나아지신 듯했다.

아버지의 병세가 깊어지니 자연스레 집에 드나드는 사람들도 많았다. 근처에 사는 친척들은 이틀에 한 사람 정도 교대하듯 문병을 왔다. 개중에는 비교적 먼 곳에 살아 평소에는 만나기 힘든 사람도 있었다. "이거 꽤나 심각하다기에 찾아왔더니 아직 크게 걱정할 상황은 아닌가 보구먼. 얼굴도 말끔한 것이 건강해 보여."라고 말한 사람도 있었다. 내가 집에 왔을 때만 해도 쥐 죽은 듯 조용하던 집이 점점 북적대기 시작했다.

그러던 중에 아버지의 병세가 점점 악화되기 시작했다. 그래서 나는 어머니, 그리고 큰아버지와 한자리에 모여 회의한 끝에 형과 누이동생에게 전보를 쳤다.

형에게서 곧바로 오겠다는 답장이 왔다. 매제한테도 바로 출발하겠다는 통지가 왔다. 하지만 누이동생은 지난번에 유산을 했기 때문에 두 번 다시 그런 일이 일어나지 않도록 이번에는 조심해야 한다면서 매제 혼자 올 계획인 것 같았다.

11

무척이나 뒤숭숭한 집안 분위기 속에서도 아직은 개인적인 시간을 보낼 여유가 조금은 있었다. 가끔 자리에 앉아 책을 열 페이지 정도 읽을 때도 있었다. 단단히 동여맸던 내 짐 보따리는 언제부턴가 끈이 풀어져 하루가 다르게 부피가 줄어들었다.

나는 도쿄를 떠날 때 세웠던 계획들을 새삼 돌이켜보았다. 그중 3분의 1도 실행하지 못했다. 나는 허망했다. 지금까지 이런 기분을 여러 번이나 맛보았지만 이번 여름만큼 최악인 때도 없었다. 이래서 인생이 어려운 거라고 나름 자위해보았지만 조금도 위로가 되지 않았다. 나는 우울함을 느끼는 한편 아버지의 병환을 걱정했다. 그러다 아버지께서 돌아가신 뒤의 일을 상상해보았고, 늘 그랬듯이 선생님을 떠올려보았다. 나는 사회적 신분이나 교육 수준 등이 전혀 다른 두 분을 사이에 놓고 말로는 표현할 수 없는 묘한 감정에 휩싸였다.

아버지가 계신 방에서 나와 책 무더기에 파묻혀 있을 때 어머니께서 잠시 내 방으로 오셨다.

"낮잠이라도 자지 그러니. 너도 무척 지쳤을 텐데."

어머니는 내 기분이 어떤지 전혀 알지 못했다. 물론 내가 그런 것을 섭섭해할 만큼 어린 나이는 아니었다. 나는 괜찮다고 말씀드렸다. 어머니는 마음이 심란한지 방문 앞에 그대로 서 계셨다.

"아버지께서는 뭐 하고 계세요?"

내가 물었다.

"지금 막 잠드셨단다."

어머니는 그렇게 말씀하시고는 대뜸 방으로 들어오시더니 내 곁에 앉아 물었다.

"그런데 그 도쿄에 계시다는 선생님한테는 아직 아무 소식 없는 거니?"

어머니는 지난번에 내가 했던 말을 그대로 믿고 계셨다. 그때 나는 선생님한테 반드시 답장이 올 거라고 자신 있게 말했다. 하지만 마음속으로는 전혀 기대하지 않았다. 결국 나는 어머니를 기만한 셈이었다.

"다시 한번 편지를 보내보면 어떻겠니?"

어머니가 거듭 말씀하셨다. 나는 어머니의 마음을 편하게 해드릴 수 있다면 그런 거짓된 행동을 몇 번이고 할 용의가 있었다. 단지 그런 목적으로 선생님에게 부담을 드릴 수 없다는 생각에 마음이 괴로울 뿐이었다.

나는 아버지에게 꾸중을 듣거나 어머니의 기분을 상하게 하는 것보다 선생님에게 부정적인 존재로 비쳐지는 것이 더 두려웠다. 지난번 보낸 편지에 대한 답장이 아직까지 없는 것도 그 때문이 아닐까 하는 걱정이 들었다.

　"편지를 쓰는 건 어렵지 않지만 이런 일은 편지만으로 해결될 일이 아니에요. 아무래도 가까운 시일 내에 도쿄로 가서 직접 찾아뵈어야 할 것 같아요."

　"네 말이 맞다만 아버지가 저러고 계시니 언제 짬이 날지 참으로 걱정이구나."

　"그렇다고 아버지를 두고 무작정 떠날 수도 없잖아요. 일단 여기서 기다릴 수밖에요."

　"그야 당연하지. 언제 어떻게 될지 알 수 없는 아버지를 두고 어떻게 혼자 떠날 수 있겠니."

　나는 지금 상황이 얼마나 심각한지 전혀 깨닫지 못하는 어머니가 가여웠다. 그러면서도 어머니가 그런 이야기를 왜 굳이 지금 꺼내는지 알 수 없었다. 내가 아버지의 간호를 잊고 잠시 방에 앉아 책 읽을 여유를 갖는 것처럼 어머니도 잠시 현실을 잊고 딴 생각에 빠지는 것인가 하고 조금 의아했다.

　"실은……."

　갑자기 어머니가 말문을 열었다.

　"실은 말이다. 아버지가 살아 계실 때 네가 취직하는 것을 보시면

142

얼마나 기뻐하실까 생각했단다. 쉽지 않은 일이겠지만, 그나마 아직 기운이 남아 있을 때 네가 일자리를 구하면 그것이 진정한 효도 아니겠니?"

참으로 어리석은 나는 부모님께 효도는커녕 아무것도 해드릴 수 없는 처지였다. 결국 나는 선생님에게 단 한 줄도 편지를 쓸 수 없었다.

12

형이 도착했을 때 아버지는 방에 누워 신문을 읽고 계셨다. 평소에도 아버지는 다른 일은 제쳐놓더라도 신문만은 꼭 챙겨보셨다. 그런데 자리에 눕게 되자 지루함을 달래려는 것인지 더욱더 신문에 집착하셨다. 어머니와 나는 굳이 만류하지 않고 가급적 아버지가 원하는 대로 내버려두었다.

"신문을 읽으실 정도라면 아직 걱정 없네요. 굉장히 심각한 줄 알았는데 생각보다 괜찮으시네요."

오랜만에 집에 온 형은 이렇게 운을 떼고는 아버지와 이야기를 나누었다. 그런데 꽤 밝은 분위기 속에서 나누는 대화가 내 귀에는 상당히 부자연스럽게 들렸다. 예상대로 아버지 방에서 물러나 나하고 마주 앉은 형의 얼굴이 무척 심각해 보였다.

"저렇게 신문을 읽게 놔둬도 괜찮은 거니?"

"말려봤지만 요지부동이니 어쩔 도리가 없어."

형은 내 변명을 잠자코 듣고 있다가 한참 뒤 "내용은 전부 이해하시는 걸까?"라고 혼잣말하듯 했다. 아무래도 형은 아버지의 이해력이 평소보다 둔해진 것 같다고 여기는 모양이었다.

"그런 걱정은 할 필요 없어. 조금 전에 아버지 머리맡에 앉아 한참 이야기를 나눴는데 이상한 점은 전혀 없었으니까. 저런 상태라면 크게 걱정하지 않아도 될 거야."

형과 비슷한 때에 도착한 매제는 상당히 낙관적인 전망을 내놓았다. 아버지는 매제를 앞에 두고 누이동생에 대해 이것저것 물어보시더니, "홑몸도 아닌데 함부로 기차를 타고 이리저리 흔들리면 안되지. 무리해서 문병 온다고 하면 오히려 내가 더 걱정된다네."라고 말씀하셨다. 그러고는 "얼른 자리를 털고 일어나 아기 얼굴을 보러 갈 테니 걱정하지 말라고 전해주게."라고 덧붙였다.

천황의 장례식 때 자신의 부인과 함께 자살한 노기 대장(일본 육군 대장 노기 마레스케—옮긴이)의 소식도 신문을 달고 사시는 아버지가 맨 먼저 아셨다. 아버지가 큰 소리로 "큰일 났다! 큰일 났어!"라고 소리치는 바람에 아무 영문도 모르던 가족들 모두 깜짝 놀랐다.

"그때는 정말 아버지가 어떻게 되신 줄 알았다니까."

나중에 형이 이렇게 고백했다. 매제도 형의 말에 공감했다.

그 무렵 신문에는 실로 하루하루가 기다려지는 소식들로 가득했다. 나는 아버지 머리맡에 앉아 조용히 신문을 읽었고, 여유가 있을 때는 살며시 내 방으로 신문을 가져와 꼼꼼히 훑어보았다. 신문에 실린 군복 차림의 노기 대장과 그 부인의 모습은 나의 뇌리에서 오랫동안 잊혀지지 않았다.

시골 구석구석을 슬픔에 빠뜨린 비보에 주위의 나무와 풀까지 고개 숙일 때 뜻밖에도 선생님이 보낸 전보가 도착했다. 양복 입은 사람만 나타나도 개가 짖어대던 이곳에서는 한 통의 전보도 대단한 사건으로 비쳐졌다. 맨 먼저 전보를 받고 몹시 놀란 어머니는 급히 나를 사람들 없는 곳으로 불러내 물었다.

"대체 무슨 일이냐?"

어머니는 내가 전보를 뜯는 것을 곁에서 지켜보았다. 전보에는 잠깐 만나고 싶은데 도쿄로 올 수 있느냐고 간략하게 적혀 있었다. 예상치 못한 내용에 나는 고개를 갸웃했다.

"틀림없이 부탁했던 일자리 얘기일 거다."

어머니는 전보 내용을 그런 식으로 이해했다. 나도 그럴지 모른다는 생각이 들기도 했지만 조금 이상했다. 그러나 형과 매제까지 불러들인 마당에 아버지를 두고 도쿄로 떠날 수 없었다. 나는 어머니와 상의하여 지금 당장은 갈 수 없다는 전보를 보내기로 했다. 아버지가 위독하다고 간략하게 덧붙였지만 그래도 마음이 편치 않아서 그날 바로 자세한 사정을 적어 편지를 보냈다. 취직 자리가 났다고 생각하신 어머니는 "운때가 맞지 않으니 어쩔 도리가 없구나."라며 무척 아쉬워하셨다.

13

나는 선생님에게 꽤 긴 편지를 썼다. 어머니와 마찬가지로 나도 이번만큼은 선생님이 중요한 말을 할 거라는 기대에 부풀었다. 편지를 보내고 이삼일 지나자 새로운 전보가 도착했다. 거기에는 오지 않아도 괜찮다는 문구만 달랑 적혀 있었다. 나는 그것을 어머니께 보여드렸다.

"편지로 자세히 적어서 보낼 생각인가 보구나."

어머니는 선생님이 나를 위해 근사한 일자리를 알아봐 주었다고 믿는 것 같았다. 나도 혹시나 하는 기대감이 들었지만, 평소 선생님 성격과는 전혀 어울리지 않는 일이었다. 선생님이 내 일자리를 알아봐 준다는 것은 결코 있을 수 없는 일이었다.

"어쨌든 제가 보낸 편지가 벌써 도착했을 리 없으니 이 전보는 그전에 부친 것 같네요."

나는 어머니에게 지극히 당연한 말을 했다. 어머니도 "그렇겠지."라고 대꾸했다. 내가 보낸 편지를 받기 전에 이 전보를 다시 보냈다는 사실이 선생님의 의도를 파악하는 데 아무런 도움이 되지 않는다는 것을 잘 알면서도 말이다.

그날은 마침 주치의가 시내에서 병원 원장까지 데리고 방문하기로 한 날이어서 어머니와 나는 더 이상 그 이야기를 나눌 수 없었다. 두 의사는 환자에게 관장과 같은 다양한 처치를 하고 돌아갔다.

의사는 아버지에게 절대 안정을 취하라고 말했다. 그다음부터 가족들이 번갈아가며 아버지의 대소변을 받아내기 시작했다. 평소 깔끔하기로 소문난 아버지는 결단코 반대했지만 몸이 말을 듣지 않자 어쩔 수 없이 누운 채로 볼일을 보셨다. 병이 깊어져서 그런지 그 뒤부터 크게 개의치 않고 자연스럽게 배설했다. 이따금 이불이나 요까지 더럽혀 가족들이 눈살을 찌푸려도 본인은 태연한 표정으로 일관했다. 그러던 중 소변의 양이 점차 줄어들기 시작했다. 의사는 좋지 않은 증상이라고 했다. 식욕도 점점 떨어졌다. 가끔 무언가 드시려고 입에 넣고 씹기는 해도 그 이상은 스스로의 힘으로 해결하지 못했다. 그렇게 집착하던 신문도 혼자 힘으로는 집어 들지도 못해서 베개 옆에 놓인 안경집에 먼지만 쌓여갔다.

그러던 어느 날, 지금은 꽤 먼 곳에 살고 계시는 아버지의 어릴 적 친구 사쿠라는 분이 문병을 오셨다. 아버지는 "오, 사쿠."라고 부르더니 흐리멍덩한 눈빛으로 친구를 바라보며 말씀하셨다.

"사쿠, 정말 고맙네. 자네는 이렇게 건강하다니 너무나 부럽군. 아무래도 난 이제 틀린 모양이야."

"아니, 무슨 그런 말을 하는가. 아들 둘을 대학까지 보내놓고 이만한 병에 그런 약한 모습을 보이면 쓰나. 나를 좀 보게나. 마누라는 이미 저세상으로 떠났고, 찾아올 자식들도 없네. 건강하면 뭐 하겠나? 그저 목숨만 붙어 있는 꼴이지."

아버지가 다시 관장을 한 것은 친구분이 다녀가고 이삼일 지난 뒤였다. 아버지는 의사 선생님 덕분에 속이 무척 편해졌다며 기뻐하셨다. 이제는 살 만하다고 느끼시는 모양이었다. 곁에 있던 어머니는 그런 아버지를 보고 마음이 놓이셨는지 아니면 아버지의 기운을 북돋워주려고 그랬는지, 선생님에게 전보가 온 것을 아버지의 희망대로 내가 도쿄에서 일자리를 얻은 것처럼 말씀하셨다. 그 자리에 함께 있던 나는 입술이 바싹 말랐지만 어머니의 말을 가로막을 수도 없어서 묵묵히 있었다. 어머니의 말에 당연히 아버지의 안색이 밝아졌다.

"그거 정말 잘됐군요."

매제가 한마디 거들었다.

"어떤 자리인지는 아직 모르는 거니?"

형이 물었다. 나는 이제 와서 사실은 그렇지 않다고 말할 수 없었다. 그래서 그렇다는 것도, 또 아니라는 것도 아닌, 모호한 대답을 하고 서둘러 자리를 피했다.

14

아버지의 병세는 이제 마지막 계단을 남겨두고 잠시 주춤하는 것 같았다. 집안 식구들은 언제 터질지 모를 폭탄을 품고 있는 듯 매일매일 긴장의 끈을 놓지 않고 잠자리에 들었다.

아버지는 주위 사람들이 보기에 딱할 정도로 심한 고통에 시달리

148

지는 않았다. 그래서 간호 자체는 그리 힘들지 않았다. 혹시나 하는 마음에 가족들이 교대로 자리를 지켰지만 나머지 사람들은 밤에 충분한 수면을 취할 수 있었다. 그러던 어느 날 잠이 오지 않아 뒤척이고 있는데 아버지의 신음 소리 같은 것이 들려 벌떡 일어나 아버지 방으로 갔다. 그날 밤은 어머니가 당번이었다. 문틈으로 방 안을 살펴보니 어머니는 아버지 옆에서 팔베개를 하고 잠들어 있었다. 아버지도 깊은 잠에 빠진 것처럼 조용했다. 나는 발소리를 죽이며 다시 내 방으로 돌아왔다.

나는 형하고 같이 잤다. 매제는 손님 대접을 한답시고 객실을 내주었다. 나는 형이 누워 있는 모기장 속으로 다시 들어가 자리에 누웠다.

"세키 군도 안됐어. 저렇게 발이 묶여 며칠째 돌아가지도 못하고 있으니."

세키는 매제의 성씨였다.

"그래도 별 문제 없으니 저러는 거겠지. 그보다 형이 더 곤란하지 않아? 이렇게 오래 자리를 비워서."

"어쩔 수 없잖니. 다른 일도 아니고."

형과 나는 나란히 누워 이런 말을 주고받았다. 형과 나는 우리 힘으로 아버지를 도울 방법이 없다고 생각했다. 어차피 해결할 수도 없는데 굳이 이렇게 자리를 지키고 있어야 하나 싶은 마음도 있었다. 그런 의미에서 우리는 단지 아버지의 죽음을 기다리고 있을 뿐이었다. 불만이 있어도 자식 된 도리로 내색하지 못할 뿐이었다. 그리고 우리는 서로 어떤 생각을 하고 있는지 너무나 잘 알고 있었다. 형이 말했다.

"아버지 말이야, 잘하면 나으실 것 같지 않니?"

사실 그럴 가망이 전혀 없어 보이지도 않았다. 근처에 사는 지인들이 문병을 오면 피곤하실 테니 그냥 계시라고 해도 아버지는 꼭 만나겠다고 고집을 피웠다. 그리고 사람들을 만나면 늘 내 졸업 축하 잔치를 못 해서 미안하다는 말씀을 하시고는, 병이 나으면 꼭 잔치를 열겠다고 단언하셨다.

"네 졸업 축하 잔치가 취소되어 참으로 다행이구나. 내 잔치 때는 정말 대단했지."

형이 이런 말을 하자 그때의 기억이 떠올랐다. 나는 사람들이 술에 절어 난장판이 되었던 그때 일을 되새기며 쓴웃음을 지었다. 마실 것과 먹을 것을 억지로 권하고 다니시던 아버지의 모습도 함께 떠올라 새삼 불편한 마음이 솟구쳤다.

우리는 썩 의좋은 형제가 아니었다. 어릴 때는 자주 싸웠고, 늘 동생인 내가 울음을 터트리면서 싸움이 끝났다. 전공이 다른 것만 봐도 성격 차이를 알 수 있었다. 학교에 다닐 때 나는, 특히 선생님 앞에서 형을 가리키며 속물이라고 비난했다. 서로 멀리 떨어져 살았기 때문에 형과 나 사이에는 언제나 좁혀지지 않는 거리감이 있었다. 하지만 오랜만에 만나니 미우나 고우나 형제라는 감정이 솟아났다. 지금 처한 상황이 잊고 있던 형제애를 일깨우는 데 크게 기여한 것은 분명했다. 우리 둘을 떼어놓을 수 없게 만드는 아버지라는 존재, 그 아버지의 죽음을 앞두고 형과 나는 뒤늦게나마 악수를 나누게 된 셈이었다.

"그런데 너는 앞으로 어쩔 셈이냐?"

형이 물었다. 하지만 나는 형의 물음에는 대답하지 않고 엉뚱한 질문을 던졌다.

"우리 집 재산은 대충 얼마나 될까?"

"그긴 나도 모르지. 아버지가 아무 말씀도 안 하셨으니까. 하지만 재산이라고 해봐야 돈으로 환산하면 대수롭지 않은 수준이겠지."

한편, 어머니는 아침 일찍 내 얼굴을 보기 무섭게 이렇게 물었다.

"아직 아무 소식 없는 거니?"

아직도 선생님의 답장을 기대하고 계시는 모양이었다.

15

"선생님, 선생님 하는데 대체 누구를 말하는 거냐?"

형이 물었다.

"지난번에 말했잖아."

내 설명을 이미 들었으면서 그새 까맣게 잊어버린 형에게 짜증이 나서 퉁명스럽게 대답했다.

"듣기는 했지만."

형은 기억나지 않는다는 투였다. 나는 굳이 선생님에 대해 형한 테 자세히 설명하고 싶지 않았다. 더구나 화가 났다. 평소 품고 있 던 형에 대한 불만을 다시 한번 확인한 셈이었다. 형은 내가 선생 님, 선생님 하면서 존경을 표하는 그분이 얼마나 유명한 인물인지 궁금하다는 식이었다. 최소한 대학 교수는 될 거라고 추측하는 듯 했다. 유명하지 않거나, 별 볼일 없는 직업을 가진 사람을 존경할 이유가 없다고 보는 형의 태도는 아버지와 무척이나 닮았다. 다만 아버지는 아무 능력 없으니 놀고먹는 거라고 속단하는 반면 형은 능력이 있는데도 빈둥거리는 건 정말 형편없는 사람이라고 힐난하 는 투였다.

"에고이스트(egoist)는 쓸모없어. 아무 일도 하지 않는 건 뻔뻔스럽 고 태만하다는 증거야. 사람은 누구나 자기 능력을 최대한 발휘해 야 해. 그렇지 못하다면 쓸모없는 존재인 것이지."

나는 형에게 에고이스트가 무슨 뜻인지 제대로 알고 하는 말이냐 고 따지고 싶었다. 형은 내 마음을 아는지 모르는지 계속 말했다.

"그래도 그 사람 덕분에 좋은 일자리를 얻었다니 다행이구나. 아 버지도 만족하실 테고."

나는 선생님이 확실한 소식을 전해주기 전까지는 더 이상 가족들 에게 아무 말도 할 수 없었다. 어머니의 속단으로 벌어진 일이지만 지금에 와서 전부 부정할 수 없는 노릇이었다. 나는 어머니가 계속 물어보는 것은 차치하더라도 줄곧 선생님의 편지를 기다렸다. 그리고 그 편지에 집안 식구들 모두가 기대하는 내용이 담겨 있었으면 하고 내심 바랐다. 나는 죽음을 앞둔 아버지, 그 아버지를 안심시키고 싶어 하는 어머니, 일하지 않는 사람은 쓸모없는 존재라고 말하는 형, 그리고 큰아버지나 매제의 지나친 관심으로 인해 평소 전혀 마음에도 없던 일에 신경을 쏟을 수밖에 없었다.

아버지가 노란 액체를 토해내셨을 때 나는 선생님 내외가 예전에 들려준 위험 신호가 떠올랐다. "저렇게 오래 누워 계시니 위도 안 좋아졌겠지"라고 안타까워하는 어머니의 얼굴을 보며 나는 실제로 어떤 상태인지를 전혀 모르는 어머니가 안타까워 눈물을 머금었다.

객실에서 마주쳤을 때 형이 나에게 "너도 들었니?"라고 물었다. 왕진 온 의사가 돌아가는 길에 형에게 무슨 말을 했던 것이다. 나는 굳이 듣지 않아도 이미 잘 알고 있었다.

그러더니 형이 내 의향을 물었다.

"혹시 여기 남아 집안을 돌볼 생각은 전혀 없니?"

나는 아무 대답도 하지 않았다.

"어머니 혼자서는 도저히 감당하지 못하실 거야."

형이 말했다. 형의 눈에는 내가 흙냄새를 맡으며 살아가도 억울할 게 없는 그런 존재로 보였던 것이다.

"책이라면 시골에서도 충분히 읽을 수 있어. 게다가 애써 일하지 않아도 되니까 너한테 딱 맞지 않니?"

"나는 형이 돌아오는 게 맞다고 보는데."

"내가 그럴 처지가 아니라는 건 너도 잘 알잖니?"

형은 한마디로 거절했다. 형은 보다 넓은 세계로 나가 자신의 능력을 마음껏 펼치고 말겠다는 의지로 가득 차 있었다.

"네가 정 싫다면 일단 큰아버지께 부탁드려 보겠지만, 그래도 너와 나 둘 중 하나가 어머니를 보살펴야 할 거야."

"그보다 어머니가 이곳을 떠날 생각이 있는지를 먼저 확인해야겠지."

우리 형제는 아버지가 아직 살아 계신데도 아버지가 돌아가신 뒤의 일에 대해 이렇게 이야기를 주고받았다.

16

아버지는 결국 헛소리를 늘어놓는 단계에 이르렀다.

"노기 대장에게 죄송하구나. 정말로 면목이 없어. 내 하루라도 빨리 그분 뒤를 따라가야지."

종종 그런 엉뚱한 말을 서슴없이 해댔다. 아버지의 변화에 어머니도 위기감을 느끼신 모양이었다. 그래서 집안 식구 모두 가급적 아버지 곁에 있고자 했다. 아버지도 무언가 느끼는 것이 있었는지 굳이 마다하지 않았다. 특히 방 안을 둘러보시다 어머니가 보이지 않으면 급히 찾았다. 굳이 말로 하지 않아도 두 눈이 그렇게 말하고 있었다. 그럴 때마다 나는 자리에서 일어나 어머니를 부르러 나갔다. "무슨 일이라도 있는 거예요?"라며 어머니가 하던 일을 팽개치고 달려오면, 아버지는 조용히 어머니의 얼굴만 바라볼 뿐 아무 말도 하지 않았다. 그러다 가끔 예상치 못한 말을 건네곤 하셨다.

"여보, 당신에게는 여러 가지로 신세 많이 졌구려."

어머니는 그런 말을 들을 때마다 눈물을 보였다. 그러고는 병석에 눕기 전 건강한 아버지의 모습이 떠올랐는지 이렇게 말씀하시곤 했다.

"지금은 지렇게 약해지셨지만 예전에는 나한테 정말 모질게 구셨단다."

어머니는 아버지에게 빗자루로 등을 맞은 일을 비롯해 지난 일들을 한가득 토해내셨다. 지금까지 몇 번이나 그런 이야기를 들어온 형과 나는 종전과 다른 마음으로 어머니의 얘기에 귀 기울였다.

아버지는 눈앞에 다가온 죽음의 그림자를 보면서도 유언 비슷한 것은 한 마디도 하지 않았다.

형은 내 얼굴을 바라보며, "지금이라도 무슨 말이든 들어둬야 하지 않을까?"라고 물었다. 나도 "그러는 게 좋을지도."라고 대답했다. 그러나 나는 아버지께 그런 이야기를 먼저 꺼내는 것은 썩 좋지 않은 일이라고 생각했다. 우리는 결론을 내리지 못하고 큰아버지를 찾아가 여쭤보았다. 그런데 큰아버지도 고개를 갸웃거릴 뿐이었다.

"남기고 싶은 말을 남기지 못하는 것도 억울하겠지만, 그렇다고 산 사람들이 유언을 재촉하는 건 모양새가 좋지 않아."

결국 아무것도 해결되지 않은 채 유언 문제는 슬그머니 사라져버렸다. 그러는 동안 아버지는 혼수상태에 빠지고 말았다. 여전히 어떤 상황인지 제대로 파악하지 못하던 어머니는 아버지가 그저 주무시고 계시는 거라고 생각했다. "저리 편히 주무시고 계시니 곁에 있는 우리도 덜 힘들고 참으로 고맙구나."라고 말씀하시며 안도하는 것이었다.

아버지는 가끔 정신을 차렸다. 그럴 때마다 대뜸 아무개는 어떻게 되었냐고 물었다. 그 아무개는 대부분 조금 전까지 옆에 앉아 있던 사람이었다. 아버지의 의식에는 어두운 곳과 밝은 곳이 있어서 그 두 곳이 가는 실로 연결되어 일정한 간격을 두고 계속 번갈아 나타나는 것 같았다. 어머니가 아버지의 혼수상태를 단순히 주무신다고 생각하는 것도 그 때문이었다.

아버지는 점점 혀가 꼬여갔다. 무슨 말을 꺼내기는 해도 말끝이 흐리멍덩했다. 그래서 무슨 말인지 알아듣지 못할 때가 많았다. 그래도 말문을 한번 열었다 하면 위독한 환자라고 여겨지지 않을 정도로 목소리가 우렁찼다. 우리는 그럴 때마다 아버지의 입가에 귀를 갖다 대야 했다.

"머리를 좀 식혀드리면 좋을까요?"

"네."

나는 간호사에게 물어보고 나서 아버지가 베고 계신 물베개를 빼

내 얼음주머니에 새로운 얼음을 넣어 머리에 얹어주었다. 주머니 속에서 얼음 조각들이 자리를 잡아갈 동안 나는 아버지의 축축한 이마를 부드럽게 누르고 있었다. 그때 형이 복도를 지나 방으로 들어와 말없이 편지 봉투 하나를 건넸다. 왼손으로 그 편지를 받아 든 순간 묘한 기분이 전해졌다. 보통 편지보다 훨씬 묵직했고, 일반적인 편지 봉투도 아니었다. 분량이 상당한 것 같았다. 겉을 반지(半紙, 얇고 하얀 일본 종이—옮긴이)로 감싸고 봉투 입구를 풀로 정성껏 붙인 것을 보면 보낸 사람이 얼마나 신중하게 작업했는지 알 만했다. 편지는 빠른 등기로 보낸 것이었다. 봉투를 돌려보니 선생님의 이름이 가지런히 적혀 있었다. 나는 당장 편지를 읽고 싶었다. 하지만 아버지를 돌보고 있었기에 편지를 일단 품속에 넣었다.

17

그날은 아버지의 상태가 평소보다 더 좋지 않았다. 내가 화장실에 가려고 자리에서 일어나 복도로 나가자 마주 오던 형이 "어디 가냐?"라고 마치 보초를 서는 사람처럼 물었다. 그러더니 "아무래도 상태가 심상치 않으니 가급적 자리를 비우지 말고 아버지 옆에 있도록 해."라고 주의를 주었다.

나도 형의 말에 동의했다. 나는 품속에 넣어두었던 편지에 손도 대지 못하고 아버지의 방으로 다시 돌아가 앉았다. 아버지는 눈을

뜬 채로 주위에 누가 있느냐고 어머니에게 물었다. 어머니가 저기
에는 누구, 여기에는 누구라고 하나하나 설명하자 아버지는 알겠다
는 듯 고개를 끄덕였다. 그러다 아버지가 아무런 반응도 보이지 않
으면 어머니는 큰 소리로, "아무개인데 알아들으셨죠?"라고 재차 확
인했다.

"내가 여러모로 폐를 끼쳤구려."

아버지는 이렇게 한마디 하시더니 다시 혼수상태에 빠졌다. 아버
지 주위를 에워싸고 있던 사람들은 조용히 아버지를 지켜보았다.
한 사람이 자리에서 일어나 옆방으로 갔다. 또 다른 사람이 일어섰
다. 뒤이어 나도 자리에서 일어나 방으로 돌아갔다. 내가 자리를 일
찍 뜬 것은 품속에 넣어둔 선생님의 편지를 읽기 위해서였다. 아버
지의 머리맡에 앉아 얼른 읽고 말기에는 분량이 굉장히 두툼했고,
솔직히 조금은 여유롭게 읽고 싶었다.

나는 정성스레 싸맨 겉종이를 뜯었다. 그러자 정갈한 글씨로 가
득 채워진 원고지 다발이 나왔다. 원고는 봉투에 넣기 쉽도록 세로
로 접혀 있었다. 나는 접힌 부분을 반대 방향으로 꺾어서 읽기 좋게
폈다. 나는 그 두툼한 원고지 다발에 어떤 내용이 씌어 있을지 너무
궁금해서 가슴이 쿵쾅쿵쾅 뛰었다. 동시에 아버지의 상태가 사뭇
걱정되었다. 내가 원고를 읽기 시작하면 필시 다 읽기도 전에 아버
지에게 무슨 변고가 생기거나, 아니면 어머니나 형이 나를 찾을 것
같았다. 나는 선생님이 보낸 편지를 마음 편히 읽을 수 없었다. 망

설이던 끝에 나는 일단 첫 페이지를 읽었다. 거기에는 이렇게 씌어 있었다.

자네가 내 과거에 대해 알고자 했을 때 당당히 밝힐 용기가 없었던 나는 이제야 자네에게 모든 사실을 털어놓을 수 있는 자유를 얻었다고 믿네. 그러나 그 자유는 자네가 상경하기 전에 다시 사라지고 말 것이네. 이번이 아니면 내 과거를 자네에게 들려줄 기회를 영원히 놓칠지도 모른다고 생각하네. 그렇게 되면 자네에게 했던 약속은 순전히 거짓이 되고 말겠지. 그래서 나는 식섭 들려줘야 힐 이야기를 부득이 이렇게 글로 적어 자네에게 전하고자 하네.

나는 그제야 왜 이렇게 두툼한 편지를 보냈는지 알 수 있었다. 애초에 나는 선생님이 내 일자리 문제로 편지를 보낼 리 없다고 생각했다. 그러나 글쓰기를 좋아하지 않는 선생님이 어째서 이렇게 장황한 편지를 보냈을까? 어째서 내가 도쿄로 돌아갈 때까지 기다리지 못하신 걸까?

모든 사실을 털어놓을 수 있는 자유를 얻었다고 믿네. 그러나 그 자유는 자네가 상경하기 전에 다시 사라지고 말 것이네.

나는 마음속으로 첫 페이지의 한 구절을 되새기면서 그것이 대체 무슨 의미인지 생각해보았다. 나는 돌연 불안감이 엄습했다. 나는 계속 읽어보려고 원고지를 넘겼다. 바로 그때 아버지 방 쪽에서 큰 소리로 나를 부르는 형의 목소리가 들려왔다. 나는 깜짝 놀라 자리를 박차고 일어나 집안 식구들이 모여 있는 방으로 달려갔다. 방에 들어서면서 나는 결국 아버지에게 최후의 순간이 찾아왔음을 직감했다.

18

어느새 의사도 와 있었다. 의사는 환자가 가급적 편히 있을 수 있도록 조치를 취하고 나서 가족들에게 관장하는 법을 설명해주었다. 어젯밤 잠을 이루지 못한 간호사는 별실에서 휴식을 취하고 있었다. 간호에 익숙하지 않은 형은 적응이 잘되지 않는지 어쩔 줄 몰라 했다. 형은 나를 보자 "네가 대신 좀 해줘."라며 옆으로 물러나 앉았다. 나는 형 대신 기름종이를 아버지 엉덩이 밑에 대고 의사가 가르쳐준 대로 했다.

아버지는 조금 편안해진 듯했다. 30분 정도 아버지 곁에서 관장 결과를 살펴보던 의사는 다시 방문하겠다는 말을 남기고 돌아갔다. 그러고는 무슨 일이 생기면 언제든 연락하라고 덧붙였다.

나는 당장이라도 무슨 일이 벌어질 것 같은 안방을 나와 선생님의 편지를 계속 읽으려고 내 방으로 돌아갔다. 그러나 마음이 편치 않았다. 책상 앞에 앉자마자 형이 다시금 큰 소리로 부를 것 같았다. 그리고 그때는 모든 것이 끝나리라는 불안감에 두 손이 떨렸다. 나는 선생님의 편지를 대충 넘기며 빠르게 훑었다. 검은 점처럼 보이는 글자가 눈앞을 스치듯 빠르게 지나갔다. 나는 글을 제대로 읽을 여유가 전혀 없었다. 눈앞에 보이는 문장을 하나하나 읽을 기분이 아니었다. 나는 마지막 페이지까지 대충 들춰보고 나서 원래대로 원고를 접어 책상 위에 올려두었다. 그때 문득 맺음말인 듯한 구절이 내 눈길을 끌었다.

자네가 이 편지를 받을 때쯤이면 나는 이미 이 세상에 없을 것이네. 아마도 죽은 뒤겠지.

나는 너무 놀라 숨이 멎는 듯했다. 지금까지 두근거리던 가슴이 순식간에 꽁꽁 얼어붙는 것 같았다. 나는 마지막 페이지부터 거꾸로 넘기며 다시 빠르게 원고를 읽어나갔다. 한 페이지에서 한 구절씩 뽑아 읽는 식이었다. 나는 가급적 빨리 내가 알고 싶은 사실을 확인하고자 가물거리는 글자들을 훑었다. 내가 알고자 했던 사실은 오직 하나, 선생님의 안부였다. 선생님의 과거, 내가 그토록 듣고 싶어 했던 과거사는 전혀 중요하지 않았다.

계속 원고를 넘기던 나는 궁금한 사실을 단번에 알 수가 없자 두툼한 원고지 다발에서 손을 뗐다.

나는 아버지의 상태를 확인하러 다시 안방으로 갔다. 방 안은 의외로 조용했다. 나는 지친 얼굴로 혼자 방을 지키고 있는 어머니를 손짓으로 불러내 물었다.

"아버지는 좀 어떠세요?"

"글쎄다, 조금 더 두고 봐야 할 것 같구나."

아버지가 내 얼굴을 제대로 볼 수 있도록 최대한 가까이 다가가 "괜찮으세요? 관장하고 나니 기분이 좀 나아지셨어요?"라고 물었다. 아버지는 고개를 끄덕이며 "고맙다."고 천천히 말씀하셨다. 예상과 달리 아버지의 정신은 또렷했다. 나는 아버지 곁에서 물러나 내 방으로 돌아갔다. 그러고는 시계를 보면서 기차 시간표를 살펴보았다. 나는 자리에서 벌떡 일어나 허리띠를 고쳐 묶고 안주머니에 선생님의 편지를 넣었다. 그리고 부엌문을 통해 집 밖으로 나가 병원으로 뛰어갔다. 나는 의사를 만나 아버지가 이삼일 정도만 더 버틸수 있도록 힘써 달라고 부탁하려 했다. 주사를 놓든 약을 쓰든 꼭 그렇게 해달라고 사정할 참이었다. 그러나 안타깝게도 의사는 자리에 없었다. 나는 의사가 돌아올 때까지 계속 기다릴 수 없었다. 마음이 점점 더 불안했다. 나는 곧바로 인력거를 잡아타고 기차역으로 향했다.

기차역에 도착한 나는 벽면에 종이를 대고 연필로 어머니와 형에게 편지를 썼다. 지극히 간단한 내용이었다. 아무 말도 없이 사라지는 것보다 낫다고 생각했던 것이다. 나는 인력거꾼에게 편지를 건

네면서 집에 전해달라고 정중히 부탁했다. 그러고 나서 망설임 없이 도쿄행 기차에 올라탔다. 나는 요란하게 덜컹거리는 삼등 열차 안에서 선생님의 편지를 꺼내 천천히 읽기 시작했다.

제3부

선생님과 유서

1

올여름 나는 자네가 보낸 편지 두세 통을 받았네. 도쿄에서 좋은 직장을 얻고 싶으니 잘 부탁한다는 내용이 아마도 두 번째 편지였던 것으로 기억하네. 나는 그 편지를 받고 어떻게든 도와주고 싶었네. 적어도 그에 대한 답장을 보내야겠다고 생각했지. 그러나 고백하건대 나는 별다른 노력을 하지 않았네. 자네도 잘 알다시피 나는 대인관계가 좁지는 않지만 이 세상에 혼자 있는 것처럼 살아가는 사람이네. 그래서 자네를 위해 무언가 해줄 수 있는 위인이 아니라는 것이네. 하지만 그게 주된 이유는 아니라는 것을 알아주게. 사실 나는 자네의 편지를 받고 무척 고민했다네. 이대로 사람들 틈바구니에서 미라처럼 살아갈지, 아니면……, 나는 이 '아니면'이라는 말을 마음속으로 되새김할 때마다 섬뜩함을 느끼네. 절벽 끝까지 달려가 돌연 바닥이 보이지 않는 골짜기를 들여다본 사람처럼 말이지. 나는 무척이나 비겁한 사람이네.

그리고 다른 비겁한 사람들과 마찬가지로 고민했네. 유감스럽게도 그때 나는 자네의 존재를 거의 잊고 있었다고 할 수 있네. 좀더 구체적으로 말하면 자네의 일자리나 장래 같은 것은 안중에도 없었다는 말이네. 내가 상관할 일이 전혀 아니라고 여겼지.

나는 그런 일에 신경 쓸 여유가 없었네. 자네의 편지를 편지꽂이에 꽂아둔 채로 팔짱을 끼고 앉아 생각에 잠겼을 뿐이지. 집안에 웬만큼 재산이 있다면서 뭐가 그리 힘들어 졸업하자마자 취직 걱정을 하는지, 나는 오히려 그 점이 불만스러워 먼 곳에 있는 자네에게 한번 만나자고 전보를 보낸 것이었네. 자네는 답장을 받지 못하면 서운해하는 사람이니까 내가 자네에게 적당한 핑계를 대고 있다고 여겨도 좋네. 하지만 이건 괜히 자네의 기분을 상하게 하려는 말이 결코 아니라는 점을 알아주게. 언젠가는 자네가 내 진심을 다 이해하리라 믿네. 그리고 어쨌든 답장을 보냈어야 했는데, 무심히 시간만 지체한 것에 대해서는 진심으로 사과하네.

아무튼 나는 자네를 만나고 싶었네. 그리고 자네가 듣고 싶어 했던 내 과거를 숨김없이 모두 털어놓고 싶었네. 그런데 당장은 도쿄로 올 수 없다는 자네의 전보를 받고 나는 너무 실망한 나머지 한동안 그 내용에서 눈을 뗄 수 없었네. 자네도 아쉬운 마음에 장문의 편지를 다시 보낸 거라고 생각하네. 나는 자네가 결코 무례한 사람이 아니라고 생각하네. 소중한 아버지의 병환을 모른 척하고 어떻게 도쿄로 올 수 있겠나. 자네 아버지가 위독하다는 사실을 잊고 있

168

었던 내 잘못이 크지. 솔직히 나는 그 전보를 보낼 때 자네 아버지의 일을 까맣게 잊고 있었네. 자네가 도쿄에 있을 때 나 자신이 쉽지 않은 병이라고 그렇게 떠들어댔으면서 말이야. 나는 이렇게 모순된 사람이네. 나는 원래 그런 사람이 아니었는데 내 과거가 나를 압박한 결과 그런 사람으로 변해버린 게 아닐까 생각한다네. 나는 그 점에 있어서도 전적으로 내 잘못을 인정하고, 자네에게 용서를 구하고 싶네.

자네의 편지, 그러니까 마지막으로 보낸 편지를 읽었을 때 나는 자네에게 큰 실수를 했다고 생각했네. 그래서 그런 뜻을 담아 답장을 보내려고 펜을 들었는데 한 줄도 끝맺지 못하고 그만두었네. 기왕 편지를 쓸 바에야 지금 자네가 읽고 있는 것처럼 제대로 쓰고 싶었고, 그러기에는 시기가 조금 빠르다는 생각에 일단 보류했던 것이네. 자네에게 오지 않아도 괜찮다고 간단히 전보를 보낸 것도 그 때문이었네.

2

그때부터 나는 이 편지를 쓰기 시작했네. 평소 글을 잘 쓰지 않았기에 어떤 사실이나 내가 품고 있는 생각을 글로 제대로 표현할 수 없어서 상당히 고통스러웠다네. 그래서 나는 자네에게 마땅히 해야 할 내 의무를 이행하지 않으려고 했지. 하지만 아무리 그만두려고 해도 그럴 수가 없었네. 나는 한 시간도 지나지 않아 다시 펜을 들었네. 자네는 내가 책임감이 강해서 그런다고 여길지도 모르겠네. 하긴 나도 그 점을 부정할 생각이 없네. 자네도 알다시피 나는 세상과 단절된 삶을 살아가는 사람이네. 따라서 나에게는 어떤 의무도 주어지지 않았네. 내가 의도한 건지 어떤 건지는 알 수 없지만 나는 그런 것에 구속되지 않고 살아왔지. 하지만 내가 그런 의무 자체에 냉담했던 것은 결코 아니네.

자네도 알다시피 나는 무척 예민한 사람이네. 그런데 나는 그 자극을 견뎌낼 의지력이 약하다네. 그렇기 때문에 지금껏 소극적인 삶을 살아오게 된 것이지. 아무튼 나는 약속을 지키지 않으면 도저히 견딜 수 없는 사람이고, 자네와의 약속으로 인해 고통에 잠길 수는 없었네. 나는 놓았던 펜을 다시 들 수밖에 없었던 것이지.

그런데 실은 나 자신도 쓰고 싶었네. 자네와의 약속은 차치하더라도 내 과거를 써보고 싶었던 거야. 나만의 지난 경험이니 밝히고 말고는 내 자유이지만 모든 것을 숨긴 채 그냥 죽기에는 아깝다는 생각이 들었던 것이네. 그렇지, 아깝다고 생각했네. 다만 내 과거를 이해할 수 없는 사람에게 남길 바에야 차라리 내 생명과 함께 묻어버리는 것이 낫다고 여겼네. 솔직히 자네가 없었다면 내 과거는 간접적으로나마 누군가에게 유용한 지식으로 남지 못한 채 어둠 속으로 사라졌을 것이네. 나는 수천만 명이나 되는 우리나라 사람들 중에 오직 자네에게만 내 과거를 말해주고 싶다네. 왜냐하면 자네는 참으로 진실한 사람이니까. 자네는 인생 그 자체에서 커다란 교훈을 얻고 싶다고 말한 사람이니까.

나는 어두운 인간 세상의 모습을 조금도 꾸밈없이 자네의 머릿속에 남겨주겠네. 그렇다고 너무 두려워하거나 무서워하지는 말게. 그 어둠 속에서 자네에게 도움이 될 만한 것을 발견하면 되니까. 내가 말하는 어둠은 단지 윤리적으로 어둡다는 말일 뿐이네. 나는 윤리적으로 태어나 윤리적으로 자란 사람이네. 물론 내가 말하는 윤리적인 기준이 오늘날의 젊은이와는 상당히 다를지도 모르겠네. 그러나 차이가 있더라도 내 기준에 따라 그렇게 정의하고 싶네. 나는 대세에 따라 변화하는 그런 얄팍한 사람이 아니네. 그러니 이제부터 크게 도약하려는 자네에게 분명 참고가 될 만하다고 생각하네.

자네는 현대의 사상 문제에 대해 내 의견을 자주 듣고 싶어 했지. 그리고 내가 어떤 태도로 그 대화에 임했는지 익히 잘 알고 있을 것이네. 나는 자네의 주장을 경멸하거나 반대하지도 않았지만 그렇다고 존중하지도 않았네. 자네의 생각은 그리 깊지 않았고, 그러기에는 연륜이 짧으니 어쩔 수 없는 일이지. 그래서 나는 자네의 의견을 듣고 가끔 웃을 때가 있었지. 그러면 자네는 불만스러운 표정을 짓곤 했어. 그러던 끝에 자네는 내 과거사를 한 편의 그림처럼 당장 보여달라고 떼를 쓰기 시작했네. 그제야 나는 자네라는 사람을 제대로 보게 되었다네. 자네는 무척 대담하게도 내 마음속에 살아 있는 무언가를 파악하려는 의지를 내비쳤기 때문이지. 내 심장을 갈라 뜨겁게 분출하는 피를 받아 마시려고 했다네. 그때 나는 아직 살아 있었네. 죽음이 두려웠지. 그래서 훗날을 기약하고 자네의 요구에 응하지 않았던 것이네. 그런데 이제야 나 자신의 심장을 갈라 자네에게 직접 그 피를 끼얹고자 하네. 내 심장의 고동을 대신해 자네의 가슴에 새로운 무언가가 깃들 수만 있다면 나는 그것으로 만족하네.

3

내가 부모님을 여읜 것은 스무 살이 채 되지 않은 때였네. 언젠가 아내한테 그 이야기를 들은 걸로 알고 있네만, 두 분은 같은 병으로 세상을 떠나셨네. 더구나 자네가 무척 의아해했듯이 거의 같은 날 연이어 돌아가셨지. 아버지의 병은 장티푸스였네. 아버지를 곁에서 간호하던 어머니마저 감염되었지.

나는 두 분 사이에서 태어난 유일한 자식이었네. 꽤 부유한 집안이었기에 유복하게 자랐지. 내 과거를 돌이켜보건대 부모님 중 한 분만이라도 살아 계셨다면 나는 지금까지 상당히 행복하게 살았을 것이네.

그러나 안타깝게도 나는 이 험한 세상에 혼자 남게 되었네. 그때 나는 너무 어려서 세상 물정도 모를뿐더러 경험도 없었네. 따라서 어떠한 분별력이 있을 리도 없었지. 아버지가 돌아가실 때 어머니는 그 곁을 지킬 수 없는 지경이었네. 결국 어머니는 아버지가 세상을 떠나셨다는 것도 몰랐지. 주변 사람들에게 아버지의 병이 나아지고 있다는 말을 듣고 그대로 믿으셨는지도 모르네. 무엇이 진실인지는 나도 정확히 알 수 없지만, 어머니는 모든 일을 작은아버지에게 부탁하셨네. 그리고 마침 그 자리에 있던 나를 가리키며 "아무쪼록 이 아이를 잘 부탁드려요."라고 말씀하셨네. 나는 이미 오래전부터 도쿄로 가기로 정해져 있었기 때문에 어머니는 그 문제를 염려하셨던 것 같네. 그래서 "도쿄에"라고 힘겹게 말씀을 덧붙이려 하자 작은아버지가 "무슨 말씀을 하시려는지 잘 압니다. 걱정 마세요."라고 대답했지. 그러고는 고열을 애써 견디고 있는 어머니에 대해 "정말 대단한 분이시다."라고 감탄하듯 말하며 나를 바라보았지. 솔직히 나는 그것이 과연 어머니의 유언이 맞는지 의심스럽다네. 어머니는 아버지가 걸린 그 무시무시한 병이 어떤 것인지 잘 알고 계셨거든. 그리고 자기가 그 병에 전염되었다는 것도 알고 계셨지. 확실하지는 않지만 그 때문에 목숨을 잃을 수 있다고 이미 예감하고 계셨는지도 모르네. 그런데 고열에 시달릴 때 어머니의 입에서 나온 말들은 아무리 사리가 분명한 분이라 해도 정작 본인은 전혀 기억하지 못하는 경우가 다반사였네. 그래서…… 아니 그런 건 전혀 중요하지 않네. 이런 식으로 상황을 곱씹어보며 하나하나 면밀히 따져보는 버릇은 그 시절부터 조금씩 생겨난 거라네. 이런 사실을 자네에게 미리 말해두어야겠기에 그 대표적인 사례로 본론과는 조금 동떨어진 이야기를 한 것이네. 필시 도움이 될 거라고 믿네. 자네도 그런 의미를 잘 이해하고 읽어주면 고맙겠네. 아무튼 이런 타고난 성격이 나 자신의 태도나 행동에 영향을 미쳐 늘 다른 사람의 인격을 의심하게 되었던 것 같네. 그것이 내 번민과 고뇌에 많은 영향을 끼쳤다는 사실을 꼭 기억해주게.

이쯤에서 이 이야기를 접고 본론으로 들어가겠네. 본론에서 벗어난 이야기를 너무 많이 하면 이해하기가 더 어려울 테니까. 그래도 나는 이렇게 작정하고 장문의 편지를 쓰는 데 있어서 나와 같은 처지에 놓인 다른 사람에 비하면 상당히 침착한 편이 아닌가 싶네. 온 세상이 잠들어야 비로소 들리기 시작하는 전차 소리도 사라지고, 가여운 풀벌레 울음소리만 희미하게 들려오는 내 서재에서 이렇게 글을 쓰고 있으니 이슬 맺힌 가을이 떠오르는군. 아무것도 모르는 아내는 옆방에서 곤히 잠들어 있네. 한 획 한 획 그을 때마다 펜 끝에서 신명 나는 소리가 울리네. 나는 지금 무척 침착하게 하얀 종이를 바라보고 있네. 글쓰기에 익숙지 않아 가끔 글씨가 흐트러질지 모르지만 그건 내 머릿속이 혼란스러워서 그런 것은 아님을 알아주길 바라네.

4

어쨌든 홀로 남게 된 나는 어머니 말씀대로 작은아버지를 의지하는 수밖에 없었네. 작은아버지도 일단은 모든 일을 도맡아 처리하며 나를 보살펴주었지. 그리고 내가 바라던 대로 도쿄에서 공부할 수 있도록 도와주었네.

나는 도쿄로 올라와 고등학교에 입학했네. 그때의 고등학생은 지금보다 훨씬 거칠고 촌스러웠다네. 어느 정도였는지 한 가지 일화를 소개하겠네. 내가 아는 동급생 중 하나가 한밤중에 길 가던 직장인과 다투었는데 어찌나 혈기 왕성했는지 상대의 머리를 나막신으로 걷어차 크게 상처 입힌 일이 있었네. 둘 다 술에 취해 정신없이 주먹다짐을 했던 것 같은데 동급생 녀석은 그 외중에 교복 모자를 상대에게 빼앗겼지 뭔가. 자네도 잘 알겠지만 모자에는 학생의 이름이나 학교 같은 인적사항이 적혀 있었기 때문에 녀석은 진퇴양난에 빠지게 되었지. 하마터면 경찰 조사까지 받을 뻔했으니 말이야. 그나마 권세 있는 집안의 자식들은 애를 쓰면 적당한 선에서 무마할 수 있었지. 요즘처럼 세련된 환경에서 자란 자네 세대는 어떻게 그리 난폭하고 황당한 짓을 저지를 수 있나 하고 생각할지 모르겠네. 실은 나도 어처구니없는 일이었다고 생각했지. 하지만 그들에게는 오늘날 학생들에게서 찾아볼 수 없는 순수함이 있었네.

그때 내가 매달 작은아버지에게 받은 생활비는 자네가 부친에게 받는 학비에 비하면 훨씬 적은 액수였네(물론 물가가 다르지만). 그러나 나는 조금도 부족함을 느끼지 않았네. 다른 동급생들을 경제적으로 부러워할 만큼 적은 액수는 아니었거든. 지금 돌이켜보면 남들이 나를 부러워했을지도 모른다는 생각이 든다네. 왜냐하면 매달 보내주는 생활비 외에 책값(그때 나는 책 사는 것을 무척 좋아했네)이나 비상금을 별도로 받아서 내 마음대로 쓸 수 있었거든.

아무것도 몰랐던 나는 작은아버지를 신뢰했을 뿐만 아니라 항상 감사하는 마음으로 존경했네. 작은아버지는 사업가였고, 지역 의원이기도 했지. 그 때문인지 정당과도 밀접한 관계가 있었던 것으로 기억하네. 아버지의 친동생이지만 대외적인 활동을 보면 아버지와 전혀 다른 기질이었거든. 반면 아버지는 조상 대대로 물려받은 유산을 소중하게 지키는 착실한 분이셨지. 유일한 낙이 차를 마시거나 꽃을 가꾸는 일이었네. 그리고 이따금 시집 같은 것을 읽기도 하셨네. 서화와 골동품에도 취미가 있었기에 내가 살던 시골집에서 꽤 멀리 떨어진 도시(작은아버지가 그 도시에 살았지)의 골동품 장사들이 족자나 향로 등을 가져와 아버지에게 보여주곤 했지. 한마디로 말해 아버지는 시골에서 손꼽히는 부자였고, 비교적 고상한 취미를 가진 시골 신사였네.

이처럼 아버지는 외향적인 작은아버지와는 완전히 다른 성품이었네. 그러나 두 사람은 이상하리만큼 사이가 좋았네. 아버지는 늘 작은아버지 칭찬을 하면서 자기보다 믿음직스러운 사람이라는 말을 자주 하셨네. 아버지는 자기처럼 부모로부터 재산을 물려받은 사람은 남들과 경쟁하기를 싫어하고, 결국 재능을 발굴하지도 못한 채 점점 쇠퇴하게 마련이라고 말씀하시곤 했네. 어머니한테도 그런 말씀을 하신 것 같네. 아버지는 나에게 무언가 알려주시려고 그리 말씀하셨지. 언제나 "너도 잘 기억하고 있어라."고 일부러 나를 돌아보며 말씀하셨으니까. 그래서 나는 지금까지도 그 말을 잊지 않고 있네. 아버지가 그렇게 신뢰하며 늘 칭찬하던 작은아버지를 나는 조금도 의심할 수 없었네. 나는 작은아버지를 무척이나 따르면서 늘 자랑스럽게 여겼지. 부모님이 돌아가신 뒤 모든 것을 의지해야 했던 나에게 작은아버지는 자랑거리 이상이었네. 내가 살아가는 데 없어서는 안 될 생명수와 같았지.

5

타지에서 처음 맞은 여름방학 때 고향으로 돌아가 보니 부모님이 계시지 않은 집에 작은아버지네 가족이 들어와 살고 있었네. 물론 내가 도쿄로 떠나기 전에 그렇게 결정된 사항이었지. 홀로 남게 된 내가 집을 떠나는 이상 그럴 수밖에 없었던 것이네. 그때 작은아버지는 시내에서 사업체 몇 개를 운영하셨던 모양이네. 그래서 20리나 떨어진 내 집으로 들어오는 것보다 원래 살던 집에서 계속 지내는 것이 훨씬 편하다며 작은아버지는 멋쩍게 웃으셨네. 이건 부모님이 돌아가신 뒤 집을 어떻게 처리할지 이야기하던 중 작은아버지의 입에서 나온 말이네. 우리 집안은 상당히 유서 깊은 가문으로 그 근방에서는 나름 잘 알려져 있었지. 자네 고향도 마찬가지겠지만 시골에서 상속인이 살아 있는데도 그런 유서 깊은 집을 없애거나 외지 사람에게 판다는 것은 아주 큰 사건이었지. 지금의 나라면 그런 일쯤은 대수롭지 않게 넘겼겠지만 그때 어렸던 나는 도쿄로 가고 싶은데 그렇다고 집을 방치할 수도 없어서 그 문제를 놓고 상당히 고민했네.

그때 작은아버지가 비어 있는 우리 집으로 들어오겠다고 말하더군. 다만 시내에 있는 집은 그대로 두고 왔다 갔다 하겠다는 거였어. 나는 반대할 이유가 없었네. 도쿄에서 공부할 수만 있다면 아무래도 좋았으니까.

아직 어렸던 나는 고향을 떠나 있는 동안에도 늘 변함없이 고향 집을 떠올리며 그리워했네. 당장이라도 돌아갈 집이 있는 나그네와 같은 마음이었다고 생각되네. 방학이 되면 반드시 고향으로 돌아가리라는 마음은 도쿄의 생활에 만족하고 즐기던 나에게 중요한 사명과 같은 것이었지. 나는 열심히 공부하고 친구들과 즐거운 시간을 보내면서도 방학이 되면 돌아갈 고향 집 꿈을 자주 꾸었다네.

내가 집을 떠나고 나서 작은아버지가 어떤 식으로 양쪽 집을 왔다 갔다 했는지는 전혀 알 수 없었네. 다만 내가 도착했을 때 작은아버지네 가족 모두 내 집에 모여 있었지. 학교에 다니는 아이들은 학기 중에는 시내에서 지내다가 방학이 되면 시골에 있는 내 집으로 와서 지냈던 모양이네. 그들 모두 나를 반겨주었네. 나는 부모님이 계실 때보다 활기차서 좋았네. 작은아버지는 내가 오기 전까지 내 방을 차지하고 있던 맏아들에게 방을 비워주라고 했네. 나는 다른 방도 많으니 괜찮다고 했지만 작은아버지는 여기는 엄연히 네 집이라며 굳이 내 방을 내어주셨지.

나는 가끔 부모님 생각이 났지만 그래도 별다른 불편 없이 그해 여름을 작은아버지네 가족과 함께 지내고 다시 도쿄로 돌아왔네. 다만 한 가지 찜찜했던 일은 작은아버지 내외가 이제 막 고등학교에 들어간 나에게 입을 모아 결혼을 권유한 것이네. 한 번이 아니라 서너 번 얘기를 꺼냈지. 너무 갑작스러워서 처음에는 별로 신경 쓰지 않다가, 두 번째 들었을 때는 명확하게 거절했네. 그리고 세 번째 그 얘기가 나오자 결혼을 강요하는 이유를 따져 물을 수밖에 없었네. 작은아버지의 대답은 간단했지. 서둘러 아내를 맞이해 자식을 낳고 이 집으로 돌아와 아버지의 뒤를 이어야 한다는 것이었네. 그러나 나에게 고향 집은 방학 때마다 찾아올 휴식처의 의미밖에 없었네. 그때까지 아버지의 뒤를 잇는다거나 결혼을 해야 한다는 생각을 해본 적이 없었네. 물론 사리에 맞는 말이었네. 특히 그 동네의 사정을 잘 알고 있는 나로서는 납득할 만했지. 나도 무작정 반대 할 생각은 없었네. 그러나 도쿄로 공부하러 떠난 나에게는 먼 훗날의 일이었다네. 결국 나는 작은아버지의 뜻을 거절하고 도쿄로 떠났네.

6

그 뒤로 나는 결혼 얘기를 깡그리 잊고 지냈네. 내 주변에는 가문이나 부모에게 얽매여 살아가는 사람이 한 명도 없었거든. 모두 다자유로웠지. 모두 결혼하고는 아무 관련 없는 사람들로 보였네. 물론 개인적인 사정으로 결혼한 사람이 있었을지도 모르지만 철없던 나는 그런 건 전혀 신경 쓰지 않았네. 더구나 특별한 사정이 있었다고 해도 학생들의 관심사와는 거리가 먼 일이었기에 모두 집안 얘기는 입 밖에 내지 않았지. 훗날 생각해보니 나 역시 그런 특별한경우에 해당했는데 나는 전혀 개의치 않고 그저 학업에만 매진했던것이네.

학기가 끝나자 나는 짐을 싸 들고 다시 고향으로 내려갔네. 지난번과 마찬가지로 내 집에서 다시 작은아버지 내외와 사촌들을 만났지. 나는 그곳에서 고향의 정취를 느꼈네. 그것은 나에게 하나의 그리움이었네. 단조로운 학교 생활에 활력을 불어넣는 양념과 같은것이었지.

하지만 그 정취를 맘껏 음미하기도 전에 작은아버지가 또다시 나에게 결혼을 강요했네. 작은아버지의 말은 변함이 없었네. 이유는간단했지. 다만 지난번과 달리 이번에는 상대까지 정해놓은 바람에 나는 몹시 당황했네. 상대는 다름 아닌 작은아버지의 딸, 그러니까 나의 사촌 누이였네. 작은아버지는 내가 자신의 딸과 결혼하면

서로에게 좋다며 아버지도 살아생전에 그런 말씀을 하셨다고 했네. 나도 틀린 말은 아니라고 인정했지. 아버지가 작은아버지에게 그렇게 말했을 수도 있다고 생각했으니까. 하지만 그것은 작은아버지의 말이고, 아버지에게 직접 들은 적은 없었네. 그래서 나는 더욱 놀랐지. 더구나 작은아버지의 바람이 불가능한 얘기가 아니라는 것을 누구보다 잘 알고 있었네. 하지만 문제는 내가 전혀 관심이 없었다는 것이네. 나는 어릴 때부터 시내에 있는 작은아버지 댁에 자주 놀러 갔네. 잠시 들를 때도 있었고, 몇 날 며칠을 머물 때도 많았지. 그 시절부터 나는 결혼 상대로 낙점된 누이동생과 무척 가깝게 지냈네. 자네도 알다시피 아무리 친한 사이라도 오빠와 여동생 간에 사랑의 감정이 싹트기는 어렵다네. 누구나 다 아는 사실을 되풀이하는 것 같은데, 나는 자주 만나는 막역한 남녀 사이에 사랑이란 감정을 일으키는 호기심이 생길 수 없다고 확신한다네.

향기는 피워 올린 순간 빠져나가고, 술맛은 입에 댄 순간만 느껴지는 거라네. 연애도 마찬가지여서 사랑이란 감정을 느끼는 순간이 있다고 생각하네. 하지만 그런 순간을 느껴보지 못하고 단순히 친해져버린 이성에게는 어떠한 충동이나 감정도 메말라버리지 않을까. 나는 아무리 생각을 바꿔보려고 해도 도저히 그 아이를 내 아내로 맞아들일 마음이 생기지 않았네.

작은아버지는 내 뜻이 정 그렇다면 일단 학교를 졸업할 때까지 결혼을 연기해도 좋다고 했네. 그러면서도 좋은 일은 서두를수록 좋다는 옛말도 있지 않냐고 하면서 가급적 빨리 진행하면 좋겠다고 누누이 강조했네. 그러나 상대에 대한 애정이 없는 상태에서는 어떤 식으로든 결과는 마찬가지였기에 작은아버지에게 단호히 거절 의사를 밝혔네. 작은아버지는 무척 못마땅한 표정을 지었지. 누이동생도 눈물을 흘렸고. 물론 그녀는 나하고 맺어지지 못해서 그런 게 아니라 자존심에 상처를 입었기에 울었던 거라네. 내가 누이동생에게 이성적인 감정을 느끼지 못한 것처럼 그녀도 나를 사랑하지 않는다는 사실을 잘 알고 있었으니까. 그러고 나서 나는 다시 도쿄로 떠났네.

7

세 번째로 고향에 내려간 것은 1년이 지난 초여름이었네. 나는 학기 말 시험이 끝나고 곧바로 도쿄를 떠나 고향으로 향했지. 고향이 너무나 그리웠거든. 자네도 비슷한 기억을 가지고 있겠지만 고향의 공기는 그 빛깔부터 다르네. 부모님에 대한 향수도 가득 배어 있고 말이지.

방학 동안 동면에 들어간 뱀처럼 잠자코 고향 집에 파묻혀 흙냄새를 마시는 일은 내게 더없는 휴식이자 행복이 아닐 수 없었네.

철없던 나는 사촌 누이와의 혼담이 이미 끝난 일이라고 생각했네. 더 이상 신경 쓸 필요 없다고 말이야. 싫으면 거절한다, 그러면

다 끝난다, 나는 그렇게 믿었네. 그래서 작은아버지의 뜻을 거절하면서도 마음이 편했던 거야. 나는 지난 1년간 그 문제로 어떤 고민도 하지 않았고, 평소와 다름없이 기분 좋게 고향으로 내려갔네.

그런데 고향에 돌아가 보니 작은아버지의 태도가 예전하고는 딴판이었네. 전처럼 호의적이지 않았어. 조금 둔감했던 나는 그런 변화를 집에 온 지 사오일이 지나서야 느꼈네. 우연한 기회에 문득 이상한 느낌을 받았던 거야. 이상한 건 작은아버지만이 아니었네. 작은어머니도, 친하게 지내던 사촌 누이도 마찬가지였지. 중학교를 졸업하면 노교에 있는 고등상업학교로 진학할 계획이라며 편지로 근황을 자세히 알려주었던 사촌 남동생까지 전과 같지 않았네.

그런 상황에서 나는 이렇게 생각할 수밖에 없었네. 어째서 모두의 마음이 갑자기 이렇게 돌변한 걸까? 나는 돌아가신 부모님이 어두운 눈앞을 환하게 비춰 세상을 똑바로 볼 수 있도록 도와주신 게 아닐까 생각했네. 나는 부모님이 세상을 떠난 뒤에도 늘 나를 지켜주고 있다고 믿었다네. 내가 작은아버지 가족의 변화를 감지한 것은 부모님이 도우신 거라고 생각했지. 물론 나는 그렇게 감각이 무딘 사람은 아니었네. 단지 조상에게 물려받은 미신적 믿음이 내 핏속에 남아 있었던 거지. 지금도 그런 생각은 변함이 없네.

나는 홀로 산에 올라가 부모님의 묘 앞에 무릎을 꿇었네. 애도하는 마음과 감사하는 마음이 마구 교차하더군. 그리고 내 앞날의 행복은 차가운 돌 밑에 계시는 부모님의 손에 달렸다며 나를 꼭 지켜

달라고 기도했지. 이 글을 읽고 자네가 우습다고 여길지도 모르겠군. 나 역시 조금은 우습다고 생각하네. 그러나 나는 원래 그런 사람이었네.

그 뒤부터 나의 세계는 완전히 달라졌네. 그러나 이런 변화를 겪은 게 처음은 아니었네. 그러니까 내가 열일곱 살쯤 되었을 때로 기억하네. 이 세상에 너무도 아름다운 존재가 있다는 사실을 처음 깨달았을 때 나는 크게 변했네. 그때의 놀라움은 정말 뭐라고 표현할 길이 없었지. 믿을 수 없었던 나는 몇 번이고 두 눈을 비벼댔지. 그러면서 마음속으로 정말 아름답다고 외쳐댔어. 원래 그 나이 때는 남자든 여자든 이성에 눈뜨게 마련이지. 나도 그랬네.

이성에 눈뜬 나는 비로소 아름다움의 상징으로서 여자를 바라보게 되었네. 눈먼 장님처럼 이성의 가치를 몰랐던 내가 그제야 모든 것을 깨닫게 되었지.

그날부터 내 눈앞에 완전히 새로운 세계가 펼쳐졌네.

내가 작은아버지의 태도를 의식하게 된 것도 그와 같은 이치였지. 모든 것이 갑자기 눈에 보이기 시작했던 거야. 아무 예감도 없었고, 아무 준비도 하지 못했는데 모든 게 갑자기 내 마음속으로 밀려들었지. 그 순간부터 작은아버지와 그 가족들이 지금까지와는 전혀 다르게 남남처럼 느껴지기 시작했네. 나는 오금이 저렸네. 그리고 이대로 있다가는 내 앞날이 어찌 될지 모른다는 생각이 들었네.

　나는 지금까지 작은아버지에게 관리를 맡겨온 우리 집 재산에 대해 자세히 모른다는 것은 돌아가신 부모님에 대한 도리가 아니라고 생각했네. 작은아버지는 늘 바쁘다는 말을 입에 달고 사는 사람이었고, 잠자리도 일정하지 않았지. 몇 날 며칠을 시내에 있는 자택에 머물 때도 많았네. 잠깐 얼굴을 볼 때면 다급한 표정으로 나를 만나곤 했지. 내가 아무런 의심도 하지 않았을 때는 정말 바쁜 분이라고 생각하면서 요즘 세상에는 저렇게 바쁘지 않으면 사회활동을 하기 힘들다는 식으로 해석했다네. 그러나 재산 문제에 대한 궁금증이 생기자 작은아버지의 행동이 나를 피하려는 구실이라는 느낌을 지울 수가 없었네. 나는 좀처럼 작은아버지와 이야기할 기회를 갖지 못했네.

　그러던 어느 날 나는 중학교 동창에게서 작은아버지가 시내 어딘가에 첩을 두고 있다는 소문을 들었네. 작은아버지라고 첩을 두지 말라는 법은 없었지만, 아버지 살아생전에 그런 얘기를 들어본 적이 없었던 나는 크게 놀랐지. 그 친구는 그 밖에도 작은아버지에 대해 여러 가지 소문을 들려줬네. 그중 관심을 끌었던 것은 한때 사업이 기울어 형편이 좋지 못했던 작은아버지가 어찌 된 일인지 근래 이삼 년 사이 갑자기 크게 번창했다는 얘기였네. 나는 작은아버지를 더욱 의심할 수밖에 없었지.

결국 나는 작은아버지와 담판을 지었네. 담판이라고 하니 조금 과격하게 들릴지도 모르지만 이야기의 진행 과정으로 보아 그 표현이 가장 적절한 것 같네.

작은아버지는 나를 어린아이 대하듯 했네. 반면 나는 의심 가득한 눈길로 작은아버지를 대했지. 그러니 원만하게 해결될 리가 없었네.

유감스럽게도 나는 그 담판의 전말에 대해 자세히 적을 여유가 없네. 나는 그보다 더 중요한 이야기를 전해주고 싶거든. 이런 시시한 얘기보다 더 중요한 이야기 말이네. 그 이야기를 하려고 펜을 들었는데 앞뒤 정황을 설명하다 보니 여기까지 와버렸군. 자네와 마주 앉아 직접 들려줄 기회를 잃어버려 글로써 전하려는데 글쓰기에 서툴러 이렇게 늘어져 버렸군. 귀한 시간을 아끼는 의미로 이제부터 이야기를 조금씩 생략하겠네.

그래, 자네는 아직 기억하고 있나? 내가 자네에게 이 세상에는 나쁜 사람이 따로 있는 게 아니라고 했던 말을. 대개 선량한 사람이 한순간에 나쁜 사람으로 돌변하니 방심하지 말라고 했지. 자네는 그때 나더러 흥분한 것 같다고 말했지. 그리고 어떤 경우에 선량한 사람이 나쁜 사람으로 변하느냐고 물었네. 그래서 내가 '돈'이라고 대답하자 자네는 무척 못마땅한 표정을 지었지. 나는 그때 자네의 표정을 지금도 기억하고 있네. 이제야 고백하건대 당시 나는 작은아버지의 표정을 떠올렸네. 평범했던 사람이 돈 앞에서 본성을 바

186

꾸는 사례로, 세상에 믿을 사람 없다는 사례로 나는 작은아버지를 생각했던 것이지. 심오한 사상을 탐미하고 싶었던 자네에게는 뭔가 부족한 답변이었을 거야. 진부했겠지. 하지만 그것이 나에게는 살아 있는 진리였네. 나는 냉철한 두뇌로 새로운 무언가를 발견하기보다 뜨거운 혀로 평범한 이치를 말하는 것이야말로 살아 있는 진리라고 믿네. 진실을 담은 말은 의미를 전달하는 데 그치는 것이 아니라 강력한 힘으로 사람의 마음을 움직일 수 있기 때문이네.

9

간단히 말해 작은아버지는 나에게 남겨진 유산을 빼돌렸네. 그 일은 내가 도쿄로 떠나온 사이 쉽게 이루어졌지. 그런 줄도 모르고 모든 일을 작은아버지에게 맡겼던 나는 어리석은 바보가 되고 말았네. 좋게 포장하면 곱게 자란 순진한 도련님이었다고 할 수 있겠지. 그러나 그런 식으로 뒤통수를 얻어맞은 나는 좀더 나쁜 사람으로 태어나지 못한 현실을 원망하는 한편, 정직하고 순진하기만 했던 나 자신을 탓할 수밖에 없었네. 물론 다시 태어나도 당시의 순수함을 간직하고 싶은 마음은 변함없지만 말일세. 아무튼 기억하게나. 자네가 알고 있는 나는 속세에 더럽혀질 대로 더럽혀진 존재라는 것을. 세상에 더럽혀진 횟수가 많은 사람에게 선배라는 칭호를 붙이는 것이라면 나는 자네의 선배가 맞네.

작은아버지의 바람대로 결혼했다면 나는 물질적으로 훨씬 더 풍요로웠을 것이네. 작은아버지는 자기가 저지른 범죄행위에 면죄부를 주는 동시에 딸을 나에게 떠넘기려고 했던 것이었네. 양가의 번영을 위한 선택이 아니라 더없이 야비한 속내로 나에게 결혼 얘기를 꺼냈다는 말이지. 훗날 생각해보니 작은아버지의 제안을 거절한 것이 작으나마 위안이 될 정도로 쾌감이 느껴지더군. 작은아버지의 계략에 놀아나기는 했지만, 작은아버지의 청을 거절했으니 한 가지쯤은 내 의지를 확실히 표현한 셈이니까.

그러나 그것은 그리 중요한 일이 아니네. 자네도 그렇게 생각하지 않는가? 어쩌면 무의미한 일로 위안을 얻으려 했던 것인지도 모르네.

그러던 중 나하고 작은아버지 사이에 다른 친척이 끼어들게 됐지. 나는 그 친척도 전혀 신뢰하지 않았네. 신뢰는커녕 오히려 경계했지. 나는 작은아버지가 나를 기만했다는 사실을 알게 된 순간부터 어느 누구도 믿지 않았네. 아버지가 그토록 믿었던 작은아버지가 돈 몇 푼에 배신을 했는데 어느 누구를 믿을 수 있겠냐는 것이 나의 논리였네.

그래도 그 친척은 나를 위해 내 소유로 남아 있던 재산을 모두 챙겨주었네. 그러나 그 액수는 내가 생각했던 것에 훨씬 못 미치는 수준이었지. 나는 그 정도로 받아들일지, 아니면 작은아버지를 상대로 소송을 벌일지 선택해야 했네. 나는 화가 치밀었지만 그렇다고 과감하게 한쪽을 선택할 수도 없었네. 소송을 벌일 경우 판결까지 상당한 기한이 걸릴 텐데, 그 점이 고민이었네. 나는 학업에 힘써야 할 학생이었고, 그 소중한 시간을 그런 식으로 허비할 수 없었네. 나는 고민을 거듭한 끝에 시내에 사는 중학교 동창에게 부탁해 내 몫으로 받은 유산을 모두 현금으로 바꾸기로 결정했네. 그 친구는 좀더 시간을 두고 생각해보라고 충고했지만 나는 그럴 마음이 없었네. 나는 이미 고향을 영원히 등지기로 결심을 굳혔지. 두 번 다시 작은아버지와 그 가족들의 얼굴을 보지 않겠다고 다짐했던 거야.

나는 고향을 떠나기 전 마지막으로 부모님의 묘를 찾아갔네. 그날 이후 나는 한 번도 부모님의 묘를 찾은 적이 없네. 앞으로도 그럴 일은 결단코 없을 것이네.

내 친구는 부탁한 대로 남은 유산을 모두 처분해 현금으로 바꿔주었네. 그러나 그 일은 내가 도쿄로 떠나온 지 한참 지나서야 겨우 마무리되었네. 시골의 전답이 쉽게 팔릴 리 없었으니까. 결국 내가 받은 돈은 시가에 비해 터무니없을 정도로 적은 액수였네. 솔직히 말해 나에게 남은 유산이라고는 집을 떠날 때 가지고 나온 약간의 채권, 훗날 친구로부터 전해 받은 돈이 전부였네. 결국 나에게 남겨진 유산은 당초 상속받은 것에 비해 턱없이 적은 액수였지. 내 잘못으로 그렇게 된 것이 아니라는 사실에 나는 크게 분노했지만, 학생이었던 나에게는 분에 넘치는 액수였던 것은 분명하네. 나는 거기서 나오는 이자의 절반도 다 쓰지 못했으니까. 그렇게 풍족했던 나의 학창 시절이 나를 예상치 못한 상황으로 내몰았네.

10

경제적으로 여유가 있었던 나는 번잡스러운 하숙집에서 벗어나 따로 집을 마련하고 싶었네. 하지만 그러자니 살림살이를 준비해야 하는 번거로움이 있었고, 살림을 도와줄 아주머니도 필요했지. 더구나 아주머니가 정직하지 않으면 관리하기가 꽤 골치 아플 것 같아 쉽사리 일을 벌일 수 없었네.

그러던 어느 날 집 구경이나 할까 싶어 산책 겸 혼고다이 서쪽으로 내려가 고이시카와의 언덕길을 넘어 정토종 사원이 있는 방향으로 올라갔네. 요즘은 전차로가 생겨 그 동네 모습이 많이 달라졌지만 그때는 왼쪽이 병기공장의 담벼락이고, 오른쪽은 밭도 언덕도 아닌 넓은 공터였네. 풀이 빽빽이 자란 공터에 서서 나는 멍하니 건너편을 바라보았네. 지금도 제법 볼 만한 경치이지만 그때가 훨씬 운치 있고 좋았네. 어디를 봐도 온통 초록 풀로 뒤덮여 있었으니 눈이 편안하고 기분도 한결 안정되었지. 문득 근방에 좋은 집이 없을까 하는 생각이 들었네. 그래서 곧장 공터를 가로질러 좁은 길을 따라 북쪽으로 걸어갔지. 지금도 제대로 정비되지 못한 낡은 동네지만 당시에도 크게 다르지 않아 몹시 낡고 지저분한 동네였네.

나는 동네 근방을 샅샅이 둘러보았네. 그러던 중 한 과자 가게로 들어가 아주머니에게 근방에 쓸 만한 셋집이 있느냐고 물어보았지. 아주머니는 "글쎄요?"라면서 잠시 고개를 흔들더니 당장 떠오르는 집이 없다는 듯한 표정을 지었네. 그만 포기하고 가게를 나가려고 하는데 아주머니가 "일반 가정집에서 하숙은 어때요?"라고 묻더군. 순간 나는 마음이 흔들렸네. 조용한 가정집에서 하숙을 하는 것이 따로 살림을 차리는 것보다 덜 번거롭겠다 싶었던 거야. 나는 그 가게에 걸터앉아 아주머니에게 어떤 집인지 자세히 얘기를 들었네.

어느 군인 가족, 아니 군인 유가족이 사는 집인데, 집주인은 청일 선생 때인지 인제인지는 정확히 모르지만 전사했다고 했네. 1년 전만 해도 이치가야에 있는 육군사관학교 근처에 살았는데 마구간까지 딸린 저택이 너무 넓어 처분하고 한적한 이곳으로 이사를 왔다는 거야. 그런데 식구가 너무 적어서 적적하니 괜찮은 사람이 있으면 하숙이라도 받고 싶다고 했다더군. 아주머니 말로는 그 집에 미망인과 외동딸, 그리고 하녀 말고 다른 식구는 없다는 것이었지. 나는 그 정도라면 다른 하숙집에 비해 훨씬 조용하겠다 싶어 더욱 관심이 갔네. 다만 신원도 명확하지 않은 학생이 불쑥 찾아가 방을 달라고 해도 괜찮을지 사뭇 걱정되었지. 그래서 관둘까 하는 마음도 있었지만 학생치고는 제법 준수한 용모였기에 걱정할 필요 없다는 생각이 머릿속을 스쳤네. 게다가 대학모도 쓰고 있었거든. 이런 이야기를 들으면 대학모가 뭐 그리 대단하다고 하며 비웃을지 모르겠지만 그때만 해도 대학생이라면 사회적으로 꽤 신망이 두터운 신분이었네. 나 역시 나름 자부심이 대단했지. 그래서 과자 가게 아주머니가 가르쳐준 대로 무작정 그 집을 찾아갔네.

나는 일단 부인을 만나 찾아온 경위를 말했네. 그러자 부인은 내 신상과 학교, 그리고 전공 등을 상세히 물어보더니 그 정도면 괜찮겠다고 판단했는지 그 자리에서 바로 언제든 이사 와도 좋다고 하더군. 부인은 빈틈없고 확실한 성격 같았지. 군인의 부인은 모두 이렇게 화통한가 하고 감탄할 정도였네. 집으로 돌아오는 길에 나는 연신 감탄하면서도, 그런 화통한 사람이 뭐가 그리 적적하다는 건지 무척 의아하기도 했네.

11

나는 곧 그 집으로 이사했네. 내 방은 맨 처음 그 집을 방문했을 때 부인과 얘기를 나누었던 바로 그 객실이었지. 그 집에서 가장 좋은 방이었어. 당시 그 근방에는 고급 하숙집이 더러 있었기 때문에 나는 학생이 얻을 수 있는 가장 좋은 방이 어느 정도 수준인지 잘 알고 있었네. 그런데 내가 사용하게 된 방은 그것하고는 비교도 되지 않을 만큼 훌륭했네. 이사를 하고 나서 학생 신분인 나에게는 너무 과분하다고 생각될 정도였으니까.

방은 다다미 여덟 장 정도 크기로, 도코(床, 일본식 방의 윗자리에 바닥을 약간 높여 만든 곳―옮긴이) 옆에는 선반이 붙어 있었고, 툇마루 맞은편에는 한 칸짜리 장이 놓여 있었네. 창문은 따로 없었지만 남향의 툇마루를 통해 따스한 햇살이 가득 비쳐 들었지.

내가 이사 오던 날, 그 방의 도코에 꽃 장식이 놓여 있었고, 그 옆에는 고토(거문고와 비슷한 일본 전통 악기―옮긴이)가 세워져 있었네. 나는 둘 다 마음에 들지 않았어. 나는 시나 서화 그리고 다도를 즐기던 부친 곁에서 자랐기에 어릴 때부터 운치 있는 취미에 꽤 익숙했지. 그래서인지 인위적이면서 여성적인 취향의 장식을 몹시 경멸하는 습성이 있었다네.

아버지가 살아생전에 모으신 여러 가지 물건들은 작은아버지 때문에 대부분 엉망진창이 되었지만 그래도 조금은 남아 있었네. 나는 고향을 떠나올 때 그것들을 대부분 중학교 동창에게 맡겨두고 마음에 드는 것만 네다섯 점 골라 짐칸에 싣고 왔네. 나는 짐을 방에 옮기자마자 그것을 꺼내 도코 주변에 걸어놓고 감상할 생각이었지. 그런데 방금 말한 대로 꽃 장식과 고토로 치장된 방을 보자 갑자기 의욕이 완전히 사라지고 말았네. 나중에 들어보니 그 꽃은 나를 환영한다는 의미로 놓아두었던 거였네. 고토는 원래부터 그 자리에 있었던 것이고. 그 말을 들으니 마음속으로 괜히 쓴웃음이 나더군.

아무튼 지금까지 내 이야기를 들어보니 어떤가? 자네 머릿속에 젊은 여자의 모습이 떠오르지 않는가? 나도 마찬가지였네. 이사하기 전부터 그런 호기심으로 가득했지. 그런 사심 때문인지, 아니면 교제에 익숙하지 않은 탓인지 나는 그 집 따님을 처음 만났을 때 어쩔 줄 몰라 하며 인사도 제대로 못했네. 그런데 어찌 된 영문인지 그 따님도 얼굴을 붉히더군.

나는 그 아가씨를 직접 만나기 전까지는 부인의 풍채와 행동을 보고 그 따님의 모습을 멋대로 상상하곤 했다네. 그런데 그 따님의 입장에서는 그리 좋은 상상이 아니었지. 군인의 부인이니까 저렇다거나, 군인 부인이라 저리 화통하다, 그런 부인의 딸이니 이럴 것이라는 식으로 생각했거든. 하지만 그 따님의 얼굴을 본 순간 내 상상은 싹 사라져버렸네. 그와 동시에 내 머릿속에 지금까지 상상해보지 못한 이성의 냄새가 가득 스며들었지. 그 뒤부터 도코 위에 놓인 꽃 장식이 너무나 사랑스럽게 느껴졌다네. 그 옆에 세워진 고토도 마찬가지였고.

꽃은 시들었다 싶으면 어느새 새 꽃으로 바뀌었네. 고토는 이따금 내 방 맞은편의 구석방으로 옮겨졌다 다시 돌아오곤 했지. 나는 내 방에서 책상 위에 턱을 괴고 앉아 고토 소리를 듣곤 했네. 나는 고토 소리가 훌륭한지, 서툰 건지 판단할 수 없었지만 가끔 소리가 끊어지는 것으로 보아 그리 능숙하지는 않은 것 같았네. 그저 꽃 장식 솜씨와 비슷한 수준으로 여겼지. 내 꽃 감상만큼은 자신 있어서 하는 말인데, 그 집 따님의 실력이 썩 좋은 건 아니었다네.

내 생각이야 어떻든 내 방 도코에는 갖가지 꽃 장식이 계속 놓여 있었네. 물론 솜씨는 늘 엉성했지만 말이야. 더구나 꽃병은 전혀 바

꿀 생각이 없는 것 같았어. 그러나 가장 아쉬웠던 점은 고토를 켜는 솜씨가 날로 떨어졌다는 것이었네. 줄을 튕기기는 하는데 제대로 소리를 내지 못했어. 마치 귓속말을 조잘대는 것처럼 무슨 소리인 지 알 수 없었지. 그러다 주변에서 큰 소리라도 울리면 그마저도 곧 바로 뚝 멈췄다네. 그래도 나는 서툰 꽃 장식을 즐기는 한편, 소리 가 뚝뚝 끊기는 어색한 고토 소리에 귀를 기울였다네.

12

나는 고향을 떠나올 때 이미 염세적인 인간이 되었다고 할 수 있 네. 인간이란 존재는 믿을 게 못 된다는 생각이 뼛속 깊이 파고든 상태였지. 나는 증오하는 작은아버지나 작은어머니, 그 밖의 친척 들을 인간의 표본으로 생각하기에 이르렀네. 기차를 타면 옆에 앉 은 사람을 경계했고, 말을 거는 사람은 조심했지. 나는 언제나 몹시 암울했네. 바닷속에 가라앉은 것처럼 가슴이 답답했지. 그러면서 신경은 이미 말한 대로 날카롭기 그지없었네.

도쿄에서 하숙 생활을 그만두고 새로운 환경을 바랐던 것도 나의 예민한 정신 상태가 크나큰 이유였다고 할 수 있네. 경제적으로 여 유가 있어서 독립하려고 한 게 아니냐고 말할지도 모르지만 평소의 나라면 아무리 돈이 많아도 절대 그런 생각을 하지 않았을 것이네.

나는 고이시카와로 이사하고 나서도 한동안 긴장을 풀 수 없었네. 스스로 생각해도 부끄러울 정도로 주위를 경계했지. 내 정신은 혼란스러웠네. 하지만 이상하게도 얼어붙은 입에 반해 머리와 눈만은 끊임없이 예민하게 돌아갔네. 나는 고양이처럼 그 집 식구들의 일상을 관찰하면서 꼼꼼히 살피고 또 살폈네. 집안 식구들과 가벼운 대화도 나누지 않고 빈틈을 보이지 않으면서 계속 주위를 살핀 것이지. 그 모습은 마치 물건을 훔치기 직전의 도둑과 같았네. 그런 나 자신이 싫었지만 어쩔 도리가 없었네.

자네는 분명 이런 나를 이상하게 생각할 것이네. 그랬던 내가 어떻게 그 집 따님에게 호감을 느끼게 됐는지 말이야. 또 어떻게 어색한 꽃 장식을 사랑스럽게 바라볼 수 있었는지, 서툰 고토 연주를 어떻게 잠자코 앉아 즐길 수 있었는지 말이지. 분명 이상하다고 여길 것이네.

하지만 어떤 질문을 하든 간에 지금 말한 것은 모두 사실이고, 그렇게 하고 싶었다는 대답밖에 할 수 없네. 그에 대한 분석은 명석한 자네에게 맡기기로 하겠네. 단지 이 한마디만 덧붙이겠네. 당시 나는 돈 문제에 있어서는 다른 사람을 믿지 못했지만 사랑에 대한 믿음을 잃은 건 아니었네. 결국 다른 사람이 보기에, 또 나 스스로 생각해도 모순된 마음이 양립하고 있었지.

이제부터는 내가 늘 하던 대로 하숙집 미망인을 아주머님이라고 부르겠네. 아주머님은 평소 나를 과묵한 사람, 얌전한 청년으로 보았네. 그리고 열심히 공부하는 학생이라고 칭찬했지. 하지만 불안하고 경계심이 가득한 눈빛에 대해서는 아무 말씀도 하지 않았네. 눈치를 못 챈 것인지, 내색하지 않은 것인지는 알 수 없지만 어쨌든 그런 점은 크게 개의치 않는 눈치였네. 그러던 어느 날, 아주머님이 나에게 매우 대범한 청년이라며 감탄을 연발했네. 순진했던 나는 얼굴이 빨개져서는 그렇지 않다고 말했네. 그랬더니 아주머님은 "학생은 아직 자기 자신을 잘 몰라서 그래요."라며 자기가 보기에 내 모습이 어떤지 자세히 설명해주었네. 처음에 아주머님은 나 같은 학생에게는 방을 내줄 생각이 없었다고 했네. 구청이나 시청 같은 곳에서 근무하는 직장인을 원했던 모양이더군. 월급이 충분하지 않아 어쩔 수 없이 하숙을 해야 하는 사람을 찾았던 것이네. 그런데 아주머님이 상상했던 그 인물상과 나를 비교해보고는 내가 무척 대범하고 건실한 청년이라는 평가를 내린 모양이었네. 하긴 월급쟁이에 비해 내 씀씀이가 훨씬 대범하게 보인 것도 당연했지. 그러나 그것은 기질적인 문제가 아니었고, 나의 내면과도 전혀 관계없는 문제였네. 결국 아주머님은 겉으로 드러난 모습만 보고 여성 특유의 상상력을 동원해 나라는 사람을 평가했던 거라네.

13

아주머님의 그런 태도는 자연히 내 기분에 영향을 끼쳤네. 결국 나는 불안에 떨며 주위를 기웃거리지 않고 편안하게 생활할 수 있게 되었지. 이제야 안정을 찾았다는 느낌이 들었네. 그러니까 아주머님을 비롯해 그 집 식구들이 염세적인 나의 태도에 전혀 개의치 않는다는 사실이 오히려 긍정적인 결과를 낳았던 것이네. 더 이상 주변을 경계할 필요 없게 되자 나는 점점 차분해졌네. 이게 다 아주머님의 연륜이 만들어낸 기적이라고 생각했지. 그게 아니라면 아주머님의 말대로 나를 무척 대범한 인물로 착각한 식구들이 알아서 조심한 덕분인지도 모르지. 매사 따지고 보는 성격도 대부분 머릿속으로만 했기에 아주머님 쪽에서 속은 것도 이해가 가더군.

아무튼 마음의 평정을 찾게 된 나는 서서히 그 집 식구들과 가까이 지내게 되었네. 아주머님이나 따님하고도 농담을 주고받을 만큼 사이가 발전했지. 좋은 차를 끓여놓았으니 건넌방에서 함께 마시자고 할 때도 많았네. 반대로 내가 과자를 사 와서 두 사람을 내 방으로 초대할 때도 있었지. 그럴 때면 나는 사람들을 사귈 수 있겠다는 느낌이 들었네. 그로 인해 중요한 공부 시간이 줄어들 때도 많았지만, 나는 전혀 불만이 없었네.

아주머님은 늘 한가로운 분이었네. 반면 따님은 학교 말고도 꽃꽂이와 고토를 배우러 다니느라 꽤 바쁠 거라고 생각했는데, 예상 외로 여유가 많아 보였네. 그래서 우리 셋은 마주쳤다 하면 한곳에 모여 담소를 나누며 시간을 보냈지.

나를 부르러 오는 건 대부분 그 집 따님이었네. 따님은 툇마루를 돌아 내 방 앞에 서 있기도 했고, 다실을 가로질러 건넌방 문지방에 그림자를 드리울 때도 있었네. 그녀는 거기서 잠시 멈춰 서 있다가 내 이름을 나직이 부르면서 "지금 공부하세요?"라고 물었네. 대개 나는 어려운 책을 책상 위에 펴놓고 있었으므로 문밖에서 보면 꽤 열심히 공부하는 것처럼 비쳐졌을 것이네. 그러나 실제로는 그렇게 열심히 공부하지 않았네. 단지 눈만 책상을 뚫어져라 쳐다보고 있을 뿐 속으로는 따님이 부르러 오기만을 기다렸지. 그러다 아무리 기다려도 오지 않으면 내가 직접 따님을 찾아 건넌방 앞으로 가서 "저기, 공부하세요?"라고 묻곤 했네. 따님은 다실과 이어진 작은 방을 사용하고 있었네. 아주머님은 그 다실이나 아니면 딸의 방에 있었지. 그러니까 그 두 방은 칸막이만 있었던 데다 모녀가 늘 들락날락했으니 한방이라 해도 무방했지. 그렇게 내가 말을 걸면 "들어와요."라고 대답하는 사람은 언제나 아주머님이었네. 따님은 어디에 있든 함부로 대답한 적이 없었네.

그러다 가끔 따님 혼자 내 방을 찾아와 우리 둘이 이야기를 나눈 적도 있었네. 나는 그럴 때마다 늘 불안감에 휩싸였네. 나는 몸이 너무 떨려서 가만히 앉아 있을 수가 없었네. 젊은 여자와 단둘이 마주하고 있어서 그런 것만은 아니었네. 아무래도 나 자신을 속이고 있는 것 같은 부자연스러운 태도에 마음이 괴로웠던 거라고 생각되네. 하지만 그 따님은 아무렇지 않아 보였네. 이 아가씨가 진정 고토 소리도 제대로 내지 못하는 사람이 맞나 싶을 만큼 부끄러워하는 기색이 전혀 없었네. 함께 있는 시간이 길어져서 아주머님이 부를 때도 "네."라고 대답만 할 뿐 곧바로 일어나지 않더군. 결국 따님은 어린아이가 아니었던 거야. 내 눈에는 그렇게 비쳤네. 아니, 그렇게 보이려고 애쓰는 모습이 역력했지.

14

그 집 따님이 자리를 털고 일어나면 나는 안도의 한숨을 내쉬곤했다네. 하지만 뭔가 허전하고 아쉬운 생각도 들었지. 어쩌면 내가계집애처럼 굴었던 건지도 모르네. 요즘 젊은 세대와 비교하면 더더욱 그렇게 보일 테지. 그러나 그때 우리는 대부분 그렇게 어설펐다네.

아주머님은 좀처럼 외출하는 일이 없었네. 어쩌다 집을 비워도따님과 나 둘만 집에 남겨두고 나가는 경우가 없었지. 우연인지 고의인지는 알 수 없었네. 이렇게 말하면 조금 이상하게 들리겠지만, 아주머님의 태도를 유심히 살펴보면 따님과 내가 가까워지게 하려고 애쓰는 것 같았네. 물론 때로는 몹시 경계하는 듯한 느낌이 들어조금 언짢을 때도 있었지만.

솔직히 나는 아주머님이 어느 쪽이든 태도를 분명히 해주었으면했네. 모순된 태도를 보였으니 말이야. 작은아버지에게 기만당했던기억이 아직도 생생했기에 아주머님의 태도가 더욱 의심스러웠지. 나는 아주머님의 진심이 무엇인지 유추해보았네. 그러나 어떤 결론도 내릴 수 없었지. 어째서 그런 모순된 태도를 보이는지 알 수가 없었네. 아무리 생각해봐도 이유를 찾을 수 없었던 나는 결국 여자라서 그런 거라고 치부하고 말았지. 여자라서 저러는 거다, 여자란 원래 어리석은 존재니까. 나는 더 이상 결론을 내릴 수 없을 때 늘 이렇게 여자 탓을 하며 생각을 대충 마무리하곤 했네.

그렇게 여자라는 존재를 깔보면서도 나는 그 집 따님만은 도저히 무시할 수 없었네. 무슨 힘이 작용했는지 내가 가진 여자에 대한 편견이 그녀 앞에서는 아무런 힘도 발휘하지 못하고 늘 무력하기만 했네. 결국 나는 그녀에게 신앙에 가까운 사랑을 느꼈던 것이네. 젊은 여자에게 종교적인 표현을 쓰는 것이 조금 어색하게 여겨질지 모르겠지만, 나는 진심으로 그렇게 생각했고 그 마음은 지금도 변함없다네. 진정한 사랑은 종교와 같다는 것이 나의 생각이네. 아무튼 따님의 얼굴을 볼 때마다 나 자신이 깨끗해지는 느낌이었네. 그녀를 생각하면 나도 모르게 고상해지는 것 같았지. 사랑이라는 불가사의한 존재에 양극이 있어서 그 높은 쪽이 순결이고, 낮은 쪽이 성욕이라고 한다면 그녀를 향한 나의 사랑은 분명 그 높은 극점에 이르렀다고 할 수 있네. 물론 나도 인간이기에 육체적인 부분을 외면할 수는 없었지. 그러나 그녀를 보는 나의 눈과 그녀를 생각하는 나의 마음은 신성하기 이를 데 없는 순결함 그 자체였다네.

그 어머니에 대한 의심이 줄어들지 않음과 동시에 그 딸에 대한 사랑은 한없이 깊어만 갔네. 우리 세 사람의 관계는 내가 처음 이사

왔을 때보다 한층 복잡한 양상을 띠기 시작했네. 하지만 그런 변화는 거의 내면에서 진행되었을 뿐 겉으로는 드러나지 않았네. 이렇게 하루하루 힘겹게 보내던 중 우연히 내가 아주머님을 오해한 것은 아닐까 하는 생각이 들었네. 나에 대한 아주머님의 모순된 태도가 실은 둘 다 진실인지도 모른다고 느꼈던 것이지. 그러니까 아주머님의 마음은 어느 한쪽으로 치우친 것이 아니라 매번 변화무쌍하다는 것이었네. 나와 자신의 딸이 가깝게 지내기를 바라는 한편 소중한 딸을 지키고 싶은 어머니의 마음에서 나를 경계했다고 말이야. 이런 태도는 분명 모순된 것이기는 하지만 어느 한쪽으로 치우쳤다고 볼 수 없고, 두 사람이 맺어지기를 진심으로 희망하고 있다고 해석할 수 있었네. 단지 스스로가 받아들일 수 있는 수준 이상으로 두 사람이 가까워지는 것을 경계했던 것이지. 여기까지 생각이 미치자 그녀의 육체에 손댈 생각이 전혀 없었던 나는 아주머님이 괜한 걱정을 하고 있다고 여겼네. 그때부터 아주머님에 대한 의심이 완전히 풀렸지.

15

아주머님의 태도를 이리저리 따져본 결과, 이 집 식구들이 기대 이상으로 나를 신뢰하고 있다고 확신하게 되었네. 더구나 나를 처음 보았을 때부터 그런 믿음이 생겼다는 나름의 증거도 발견했지.

인간이란 존재를 전혀 믿지 못하던 나는 그런 발견을 하고는 참으로 기이한 느낌을 받았네. 나는 남자보다 여자의 직감이 더 뛰어나다고 생각하게 되었네. 동시에 여자가 남자에게 속아 넘어가는 것도 다 그 때문이라고 생각했네. 아주머님을 그렇게 분석한 나는 같은 직감을 활용해 따님의 속내를 알아볼 참이었네. 지금 생각하면 정말 우스운 일이지. 나는 절대 남을 믿지 않는다면서 그 따님만은 절대적으로 믿었고, 한편으로는 나를 신뢰하던 아주머님을 의심했으니 참으로 이상한 일이 아닐 수 없었지.

나는 고향에서 있었던 일에 대해 많은 이야기를 하지는 않았네. 특히 작은아버지와의 일은 입을 굳게 다물었지. 그 일을 떠올리기만 해도 몹시 불쾌하고 울화통이 치밀었거든. 나는 가급적 아주머님의 말을 들어주려고 했네. 그러나 아주머님은 주는 게 있으면 받는 것도 있어야 한다는 듯 틈날 때마다 나에 대해 이것저것 알고 싶어 했지. 결국 나는 사건의 전말을 모두 고백하고 말았네. 그리고 절대 고향으로 돌아가지 않을 것이다, 아무도 나를 반기지 않을 것이다, 부모님의 묘밖에 없는 고향이라고 말했을 때 아주머님은 가슴이 벅차오른 듯한 표정을 지었네. 곁에서 함께 이야기를 듣던 따님은 눈물까지 흘리지 뭔가. 나는 솔직히 모든 것을 털어놓기를 잘했다고 생각했네. 속이 다 후련했거든.

나의 과거사를 자세히 듣고 나서 아주머님은 자기가 예상했던 대로라는 표정으로 고개를 끄덕였네. 그 후 아주머님은 친척이라도 되는 것처럼 나를 대해주었네. 나도 그런 대우에 거부감이 들지 않았고, 오히려 기분이 좋았지. 그런데 웬만큼 시간이 흐르자 나의 나쁜 버릇이 다시 고개를 들더군.

내가 아주머님을 의심하기 시작한 것은 지극히 사소한 일 때문이었네. 그 대수롭지 않은 일이 거듭되자 내 마음속에 의혹이 깊게 뿌리내린 것이지. 정확한 이유는 기억나지 않지만 나는 아주머님이 작은아버지와 같은 이유로 자신의 딸을 나에게 접근시키려 한다고 의심하게 되었네. 그런 마음이 들자 그때까지 더없이 친절해 보이던 사람이 갑자기 교활한 이기주의자로 보이기 시작했네. 나는 끓어오르는 분노를 참고자 입술을 꽉 물었지.

처음에 아주머님은 식구가 없어 하숙생이라도 받아 적적함과 무료함을 달랠 생각이었다고 말했네. 그것이 거짓말이라고 생각지는 않았네. 서로 간에 비밀이 점점 사라지면서 아주머님에 대해 어떤 의심도 품지 않았지. 그러나 그 집에 살면서 아주머님의 경제 사정이 썩 풍족하지 않다는 사실을 알게 되었네. 따라서 나와 특별한 관계를 맺는 것이 아주머님 입장에서는 그리 손해 보는 일이 아니었던 것이네.

생각이 거기까지 미치자 나는 다시 경계하기 시작했네. 하지만 그 따님에 대해 절대적인 애정을 품고 있던 내가 그녀의 어머니를 아무리 경계한들 무슨 소용 있었겠나. 나는 스스로를 비웃으며 내 처지를 비관했지. 그런데 단순히 아주머님의 모순된 태도뿐이었다면 내가 아무리 어리석은들 그처럼 고통스럽지 않았을 것이네. 솔직히 나의 번민은 아주머님과 마찬가지로 그 따님 역시 계획적으로 나에게 접근한 것이 아닐까 하는 의문을 품으면서 시작되었네. 두 모녀가 서로 짜고 그 모든 일을 꾸몄다는 생각에 이르자 숨이 멎을 듯한 고통으로 견딜 수가 없었네. 그건 불쾌한 정도가 아니라 빠져나갈 길이 없는 나락에 떨어진 기분이었지. 그런데도 나는 그녀에 대한 믿음을 끝까지 포기할 수 없었네. 결국 나는 내 믿음과 의심 사이에서 어떻게 해야 할지 알 수 없었네. 나에게는 어느 쪽이든 모두 진실 또는 거짓이었으니까.

16

학교는 착실하게 다녔네. 그러나 강의 내용은 멀리서 들려오는 소음처럼 느껴졌지. 공부도 마찬가지였네. 활자는 눈을 통해 내 머릿속으로 들어와 흡수되기도 전에 연기처럼 사라졌네. 내 말수도 줄어들었지. 그런 나를 보고 친구들은 내가 무슨 명상에 빠졌다며 떠벌리고 다녔네. 나는 그런 착각에 굳이 대응하지 않았네. 오히려 적절한 시기에 본심을 숨길 좋은 가면이 생겨 다행이라고 생각했지. 그러다 가끔 친구들에게 미안한 생각이 들어 정신없이 떠들어 대곤 했는데, 그럴 때마다 친구들은 깜짝 놀란 눈빛으로 나를 바라보았다네.

새로 들어간 하숙집은 드나드는 사람들이 거의 없었네. 친척도 많지 않았던 모양이야. 가끔 따님의 학교 친구가 놀러 오기는 했지만, 매우 작은 소리로 소곤거리다 돌아갔기 때문에 집안 분위기는 늘 조용했지. 그 모든 것이 나를 배려한 처사라는 사실은 상상조차 하지 못했다네. 이따금 내 손님이 찾아왔는데 철없이 난폭하게 굴지는 않아도 집안 식구들의 눈치를 살피는 사람은 없었네. 결국 하숙생인 내가 집주인 같고 따님이 하숙생 같다는 생각이 들 지경이었네. 이건 별다른 의미가 있어서 하는 말은 아니네. 그냥 생각이 나서 하는 말이지.

단지 한 가지 마음에 걸리는 일이 있었네. 다실인지 따님의 방인지 정확하게 기억나지 않는데, 어딘가에서 웬 남자의 말소리가 들린 적이 있었네. 처음 듣는 목소리로 무척 낮은 음색이어서 무슨 얘기가 오가는지 들을 수 없었네. 나는 너무 신경 쓰여 안절부절못했지. 나는 그 사람이 친척인지 아니면 그저 아는 사람인지 따져보았네. 그러고는 젊은 남자인지, 나이 든 사람인지 곰곰이 생각해보았지. 그러나 가만히 방 안에 앉아서 그걸 어떻게 알 수 있겠나? 그렇다고 곧장 뛰쳐나가 방문을 열고 들여다볼 수도 없는 노릇이었고. 나는 증폭되는 궁금증을 해소하지 못해 몸을 부들부들 떠는 정도가 아니라 견딜 수 없는 통증이 일어난 것처럼 괴로웠네. 나는 손님이 돌아가기를 기다렸다가 바로 상대가 누구인지 물었네. 그런데 따님과 아주머님은 간단히 대답하고 말더군. 나는 만족스럽지 않았지만 집요하게 캐물을 수 없었네. 그럴 권리도 없었으니까. 나는 품위를 지켜야 한다는 마음과 자존심을 버리고 싶은 마음이 동시에 투영된 묘한 표정으로 두 사람을 쳐다보았네.

두 사람은 밝게 웃고 있었지. 나는 그 웃음의 의미가 긍정적인 것인지, 그 반대인지 알 수 없을 만큼 마음이 혼란스러웠네. 그래서 얼마의 시간이 흐른 뒤에도 그때 내가 무시를 당한 것인지 아닌지를 놓고 한없이 고민했다네.

그때 나는 무척 자유로운 몸이었네. 학교를 그만두고 어디론가 떠나더라도, 혹여 결혼을 하더라도 다른 누군가와 굳이 상남하거나 눈치를 볼 필요가 없었지. 그래서 나는 과감하게 따님을 달라고 아주머님에게 말해야겠다는 결심을 몇 번이나 했는지 모르네. 그러나 막상 용기가 나지 않아 금세 포기하고 말았지. 거절당할 것이 두려워서 그런 게 아니었네. 그렇게 될 경우 내 운명이 어떻게 변할지 알 수 없었지만 그것도 나름의 경험이 되어 내 시야를 한층 더 넓혀줄 거라는 생각에 그다지 걱정하지 않았지. 내가 정말 두려워했던 것은 다른 사람의 꾐에 빠질지 모른다는 불안감이었다네. 다른 누군가에게 놀아난다는 사실이 죽기보다 무서웠던 것이네. 작은아버지에게 제대로 기만당했던 나는 앞으로 무슨 일이 있어도 남에게 속아 넘어가지 않겠다고 결심했기에 선뜻 나설 용기가 나지 않았던 거라네.

17

책만 사들이는 나를 보고 아주머님은 가끔 새옷도 사 입으라고 한마디 하시곤 했네. 솔직히 내가 가진 옷들은 모두 시골에서 만든 무명옷이었네. 당시 학생들은 비단이 섞인 옷을 입기가 쉽지 않았네. 그러고 보니 대학 친구 가운데 요코하마에서 꽤 큰 상점을 운영하는 상인 집안의 아들이 있었는데, 어느 날 그 친구의 집에서 비단으로 만든 방한용 속옷을 보내주었지. 그 윤이 나는 속옷을 보고 주위 친구들은 부러워하기는커녕 깔깔대며 웃어댔다네. 그러자 그 친구 녀석은 무척 쑥스러워하며 변명하기 급급했고, 결국 그 비단 속옷은 짐 보따리 깊숙이 처박혀 다시는 세상 밖으로 나오지 못했네. 그러던 것을 몇몇 친구들이 일부러 찾아내 장난삼아 억지로 입혔지. 그런데 안타깝게도 그 속옷에 이가 들끓었다네. 그 친구는 마침 잘됐다고 생각했는지 늘 화제의 중심이었던 그 속옷을 둘둘 말아 네즈의 커다란 시궁창에 바로 던져버렸네. 그때 그 친구와 함께 외출했던 나는 다리 위에 서서 친구의 행동을 웃으며 바라보았는데, 나 역시 그것을 버리는 게 전혀 아깝지 않다고 생각했네.

비단 속옷 하나로 웃고 떠들던 시절에 비하면 아주머님의 집에서 하숙할 때 나는 꽤 어른스러운 편이었네. 그러나 여전히 직접 외출복을 살 생각은 하지 못했네. 더구나 학교를 졸업하고 수염이라도 기르면 모를까 굳이 옷에 신경 쓸 필요 없다는 이상한 고집을 부렸지. 그래서 아주머님에게 책은 꼭 필요한 물건이지만 옷은 굳이 필요 없다고 말했다네. 아주머님은 내가 책을 얼마나 사들이는지 잘 알고 계셨지. 그래서 그 많은 책들을 대체 언제 다 읽느냐고 물어보더군. 사전류도 꽤 있었지만 대개 어려운 책들이 많았고, 한 번도 펼쳐보지 않은 책도 더러 있었기에 나는 아주머님의 질문에 자신 있게 대답하지 못했네. 그제야 나는 책도 제대로 읽지 않으면 옷처럼 불필요하기는 마찬가지라는 사실을 깨달았네. 그리고 그동안 나를 친절하게 대해준 따님이 좋아할 만한 오비(기모노에 두르는 허리띠—옮긴이)나 옷감을 사 주고 싶어서 아주머님에게 부탁을 드리게 되었지

그러나 아주머님은 혼자 갈 수는 없고 나하고 함께 가자더군. 그리고 따님도 같이 가야 한다고 했지. 자네는 이해 못하겠지만, 당시 우리 세대는 학생 신분으로 젊은 아가씨와 함께 길거리를 걸어다니기가 꽤 어색한 일이었네. 그 무렵 나는 지금보다 더 관습에 얽매여 있었기에 같이 나가자는 말에 조금 주저했지만 용기를 내서 따라나서기로 했네. 따님은 기분이 좋은지 곱게 차려입고 길을 나섰네. 하얀 살결 위에 하얀 분가루를 덧발라서 더욱 눈에 띄었지. 길 가던 사람들은 그런 따님을 한 번쯤 쳐다보고 지나쳤네. 그러고는 그 시선을 내게로 돌렸으니 참으로 이상한 일이었지.

우리는 니혼바시로 가서 마음에 드는 물건을 구입했네. 물건을 둘러보며 한참을 망설이느라 예상보다 시간이 꽤 걸렸지. 아주머님은 물건을 고를 때마다 내 이름을 부르면서 이건 어떠냐, 저건 어떠

냐 하고 물었네. 때로는 옷감을 따님의 몸에 대고는 나한테 몇 걸음 떨어져서 봐달라고 하기도 했네. 나는 그럴 때마다 내 느낌을 솔직히 말하며 거들었지.

그렇게 시간을 보내다 보니 어느덧 저녁 식사를 할 때가 되었네. 아주머님이 고맙다면서 답례로 저녁을 사겠다더군. 그러고는 키하라다나라는 대중식당이 있는 좁은 골목으로 나를 데리고 갔네. 그 길은 상당히 좁았고 식당도 만만치 않았네. 주변 지리에 어두웠던 나는 아주머님이 의외로 골목 구석구석까지 잘 아는 것을 보고 무척 놀랐지. 우리는 밤이 이슥해서야 집으로 돌아왔네.

그다음 날은 일요일이었네. 나는 하루 종일 방에 틀어박혀 있었지. 그런데 월요일이 되어 학교에 나가니 친구 하나가 아침부터 나를 놀려대는 거야. 언제 아내를 얻었냐고 추궁하면서, 아내가 상당한 미인이라며 무척 부러워하더군. 아무래도 셋이 니혼바시로 나갔을 때 그 친구가 우연히 우리를 본 모양이었네.

18

그날 수업을 마치고 집으로 돌아와 아주머님과 따님에게 학교에서 있었던 일을 들려주었네. 아주머님은 크게 웃으시며 꽤 곤란했겠다고 하더군. 그때 나는 남자는 이런 식으로 자신의 속내를 들키고 마는구나 하는 생각이 들었네. 아주머님의 눈빛을 보고 그런 생

210

각이 들었던 것이네. 어쩌면 그때가 내 마음을 숨김없이 털어놓을 기회였는지도 모르네. 하지만 내 마음 한구석에는 여전히 상대에 대한 의심이 남아 있었네. 나는 마음을 솔직히 털어놓으려다 그만 두었네. 그러고는 엉뚱한 얘기로 화제를 돌렸지. 나는 이야기를 하면서도 나 자신은 철저히 배제하고, 따님의 결혼에 대해 어떻게 생각하느냐고 아주머님에게 물었지. 아주머님은 두세 번 혼담이 오간 적 있다고 솔직하게 털어놓더군. 그리고 아직 학생이니 서두를 필요 없다는 거야. 아주머님은 직접 말하지는 않았지만, 따님의 어여쁜 외모에 상당히 자신 있는 것 같았네. 왜냐하면 언제든 마음만 먹으면 혼담을 성사할 수 있다고 말했거든. 그리고 따님 외에 다른 자식이 없으니 서두르고 싶지 않다는 마음도 내비쳤지. 내가 보기에 아주머님은 아직 따님을 시집보낼지 아니면 데릴사위를 들일지도 정하지 못한 것 같았네. 그런 이야기를 나누는 동안 나는 아주머님에게 중요한 정보를 얻은 것 같았네. 하지만 그로 인해 나에게 주어진 기회를 놓치고 말았지. 내 생각을 아주머님에게 한 마디도 전하지 못했거든. 결국 나는 적당한 선에서 얘기를 끝내고 내 방으로 돌아가려고 했네.

그런데 조금 전까지 옆에서 한두 마디씩 거들며 웃던 따님이 언제부턴가 멀리 떨어진 한쪽 구석에서 등을 돌리고 앉아 있었네. 내가 자리에서 일어서려고 뒤돌았을 때 그녀의 뒷모습이 보였네. 뒷모습만으로는 상대의 마음을 읽을 수 없지 않나. 나는 따님이 자신의 결혼을 어떻게 생각하는지 알 수 없었네. 따님은 찬장 앞에 있었네. 그녀는 찬장 문 사이로 뭔가를 꺼내 무릎 위에 올려놓고 쳐다보고 있었네. 그것은 그저께 니혼바시에서 산 옷감이었지. 그녀는 내 옷과 자신의 옷감을 찬장에 같이 넣어두었던 거였네.

내가 아무 말 없이 자리에서 일어나자 아주머님은 갑자기 정색하며 내 생각은 어떠냐고 물었네. 너무 갑작스러워서 나는 몹시 당황했지. 그리고 그 물음이 딸을 빨리 결혼시키는 게 좋겠느냐는 의미라는 것을 깨닫고 되도록 천천히 하는 게 좋겠다고 대답했네. 아주머님도 그렇게 생각한다며 고개를 끄덕였지.

아주머님과 따님, 그리고 내가 조금 어색한 분위기 속에서 서로 눈치만 살피고 있을 때 또 다른 남자 하나가 방으로 들어왔네. 그가 이 집에 들어오면서 내 운명도 커다란 변화를 맞이하게 되었지. 그가 내 인생에 끼어들지 않았다면 아마도 내가 이렇게 긴 사연의 편지를 자네에게 남길 일도 없었을 것이네. 그러나 그때 나는 무방비 상태로 악마가 지나가는 길목에 서 있다가 그 어둠이 내 일생을 뒤덮고 있다는 사실을 전혀 깨닫지 못했네. 사실 그 문제의 사내를 그 집으로 끌어들인 건 바로 나였네. 물론 아주머님의 허락을 구해야 했으므로 나는 안 된다고 하는 아주머님을 열성을 다해 설득했지. 처음에 아주머님은 절대 안 된다고 했네. 하지만 나는 그를 꼭 데리고 들어와야만 하는 이유가 있었지. 반면 아주머님은 별 뚜렷한 이유 없이 거절한 것이었네. 그래서 나는 포기하지 않고 아주머님을 끝까지 설득했네.

19

그 친구의 이름을 편의상 K라고 칭하겠네. K는 어린 시절부터 내 단짝이었지. 어릴 때라고 하면 따로 설명하지 않아도 알 것이네. 우리는 같은 고향 출신이었지. K는 정토종계 스님의 아들로 장남이 아닌 차남이었네. 그래서 어느 의사의 양자로 보내졌지. 내가 태어난 동네는 유명 사원인 혼간시(本願寺)의 영향력이 상당히 강한 곳이어서 정토종계 스님은 다른 곳에 비해 물질적으로 풍족했다네. 한 가지 예를 들면, 어느 스님에게 여식이 있어 혼기가 차면 적절한 혼처를 구해 시집을 보내는데 그 비용을 스님이 부담할 필요가 없었네. 그만큼 정토종계 사원은 재정적으로 풍족했지.

K가 태어난 곳도 재력이 상당한 절이었다고 하네. 차남인 K를 도쿄로 유학 보낼 만큼 여유가 있었는지는 알 수 없지만. 또 유학을 보내주겠다고 해서 양자로 보낸 건지도 모르지. 어쨌든 정확한 것은 알지 못하네. 아무튼 K는 어느 의사의 집에서 자랐네. 우리가 중학교에 다닐 때의 일이었지. 교실에서 선생님이 출석을 부르는데 K의 성씨가 바뀌어 깜짝 놀랐던 기억이 아직도 생생하네.

K를 양자로 들인 집도 상당한 부자였네. K는 그 집에서 학비를 대주어 도쿄로 오게 된 거였지. 도쿄로 나온 시기는 서로 다르지만

상경하고 얼마 지나지 않아 우리는 같은 하숙집에서 지냈네. 그때는 한방에 책상을 나란히 놓고 두세 명이 함께 생활했는데, K와 나는 같은 방을 썼지. 그때 우리 모습은 산에서 잡힌 야생동물이 우리 안에서 서로 의지하며 바깥을 노려보는 것과 다를 바 없었네. 우리 둘은 도쿄라는 거대도시와 도쿄 사람들을 무척 두려워했지. 그러면서도 좁은 방 안에서 천하를 주름잡을 것 같은 포부를 연신 토해냈다네.

우리는 참으로 성실한 학생들이었네. 우리는 훌륭한 위인이 되고자 했지. 특히 K의 결심은 확고했네. 절에서 태어난 그는 정진(精進)이라는 단어를 자주 사용했네. 그리고 그의 모든 행동은 그 정진이라는 말 한 마디로 대변할 수 있었지. 나는 마음속으로 K를 진심으로 높이 평가했네.

K는 중학교 시절부터 종교나 철학 같은 어려운 문제로 나를 난처하게 만들곤 했네. 부친에게 감화를 받은 것인지, 아니면 태어난 집, 다시 말해 절이라는 독특한 환경 때문인지는 모르겠으나, 어쨌든 그는 상당히 뛰어난 승려가 될 만한 자질을 갖고 있었네. 원래 K의 양부모는 그가 의사가 되기를 바라는 마음에서 도쿄로 유학을 보낸 거였네. 하지만 고집이 세었던 K는 그럴 마음이 전혀 없었지. 그래서 나는 그건 양부모를 기만하는 행위라며 맹렬히 비판한 적이 있네. 그러자 대담한 K는 그래도 할 수 없다고 일축하더군. 자신이 가야 할 길을 위해서라면 그 정도는 괜찮다는 식이었지. 그때 그가 말

한 길이라는 것에 특별한 의미가 내포되어 있지는 않은 듯했네. 나도 그다지 의미를 두지 않았지. 그러나 당시 어렸던 우리에게는 그 의미조차 모호한 말이 무척이나 의미 있게 와 닿았네. 정확한 의미는 알 수 없었지만 고상한 어감에 도취되었다고 할까?

결국 나는 K의 생각에 찬동했네. 나의 동조가 K에게 얼마나 큰 힘이 되었는지는 모르지만 반대할 이유가 없었지. 물론 내가 반대했더라도 K는 소신을 굽히지 않았을 것이네. 단지 무슨 일이 벌어진다면 그의 말에 동조한 나도 어느 정도 책임을 져야 한다는 것을 잘 알고 있었네. 설령 그때는 그만한 각오가 없었다고 해도 성인이 되어 과거를 돌이켜봤을 때 내가 져야 할 책임을 감수하겠다는 마음에서 그 말에 찬동했던 거라네.

20

K와 나는 같은 과에 입학했네. K는 아무렇지도 않게 양부모가 보내준 학비로 자신의 길을 걷기 시작했지. 양부모가 그 사실을 알 리 없다는 생각과, 알아도 상관없다는 배짱이 K를 지배했다고 볼 수 있었지. K는 무척 태평했네. 처음으로 맞이한 여름방학 때 K는 고향으로 돌아가지 않았네. 그는 고마고메에 있는 절에서 방 한 칸을 빌려 공부하겠다고 했지. 내가 도쿄로 돌아온 것은 9월 초였는데 그때까지 K는 그 지저분한 절에 틀어박혀 있었네. 그가 여름을 보

냈던 곳은 본당 바로 옆에 있는 좁은 방이었는데, 그는 거기서 원하던 공부를 할 수 있었다며 흡족한 표정을 지었지. 나는 그때 친구의 생활이 점점 승려답게 변해가고 있다는 것을 알 수 있었네. 그는 손목에 염주를 감고 있었지.

내가 왜 그런 걸 감고 있느냐고 묻자, 그는 엄지손가락으로 하나둘 염주알을 굴리며 승려처럼 행동했네. 그는 하루에도 몇 번씩 그렇게 염주를 돌리는 것 같았네. 하지만 그것이 대체 무슨 의미가 있는지 나는 알 수가 없었네. 둥글게 꿴 염주를 그렇게 영원토록 돌린다고 무엇이 달라지겠나. K는 과연 어떤 마음으로 염주를 돌리던 손을 멈추었을지 나는 그것에 대해 거듭 생각해보았네.

나는 그의 방에서 성서를 발견하기도 했네. 불경에 대해 말하는 것은 몇 번 들었는데, 기독교에 대해서는 들어본 적이 없었기 때문에 조금 의외라고 생각했네. 나는 성서를 왜 가지고 있는지 물어보지 않을 수 없었네. K는 특별한 이유는 없다고 했지. 그러더니 많은 사람들이 믿고 따르는 책이니 한 번쯤 읽어봐야 하지 않겠냐고 하더군. 그는 기회가 되면 코란도 읽어볼 생각이라고 했네. 특히 마호메트와 검이라는 말(코란 아니면 죽음을 택하라는 의미—옮긴이)이 무척 흥미롭다는 것이었네.

두 번째로 여름방학을 맞이했을 때 그는 고향으로 내려오라는 독촉을 받고서야 겨우 내려갔네. 그러나 자신이 현재 무슨 공부를 하고 있는지는 말하지 않은 것 같았네. 양부모도 전혀 눈치채지 못한 것 같았지. 자네도 학교 교육을 받은 사람이니 어떤 상황인지 알 만할 것이네. 보통 사람들은 학생들의 생활이나 학칙에 관해 아는 것이 거의 없다네. 아주 놀라울 정도지. 학교라는 울타리 안에서 생활하는 우리는 바깥세상과 너무도 다른 세계에서 살아간다고 할 수 있네. 학생들이 우려하는 것과 달리 사람들이 자세한 내용을 모르는 경우가 태반이니 말일세.

K는 그런 점에 있어서 나보다 세상 돌아가는 이치를 잘 알고 있었던 것 같았네. 그는 무척 태연한 얼굴로 다시 돌아왔거든. 고향을 떠날 때 함께 기차를 탔던 나는 K를 보자마자 별일 없었냐고 물었네. 그러자 K는 그저 아무 일 없었다고 간단히 대답했네.

세 번째 여름방학은 내가 고향 땅을 영원히 떠나겠다고 결심한 바로 그 시기였네. 나는 K에게 고향에 함께 가자고 권했지만 그는 싫다고 했지. 그렇게 때마다 돌아가서 뭐 하냐는 식이었네. 그는 도쿄에 남아 그간 하지 못했던 공부나 할 생각이었던 것 같았네. 그래서 나는 별수 없이 혼자 고향으로 내려갔네. 그로부터 두 달간 나에게 무슨 일이 있었는지는 앞서 모두 설명했으니 굳이 되풀이하지 않겠네.

극도의 불만과 우울, 그리고 고독감을 가슴에 품은 채 도쿄로 돌아온 나는 그해 9월경 K를 다시 만났네. 그리고 K의 운명도 나처럼 크게 변하고 있다는 사실을 알게 되었지. 다시 만난 K는 내가 알고 있던 그가 아니었네. 그는 내가 도쿄를 떠나 있는 동안 양부모에게 편지를 써서 그간 자신이 행한 기만을 모두 털어놓았네. 그는 처음부터 그럴 각오였다고 내게 고백했지. 시간이 흘러 모든 것을 고백하면 양부모 입에서도 이제 와 어쩔 수 없으니 하고 싶은 공부를 계속하라는 말이 나오리라 생각했는지는 모르겠지만, 아무튼 대학까지 와서 양부모를 계속 속일 생각은 없었던 것 같았네. 그게 아니라면 얼마 지나지 않아 모든 것이 발각되리라 예상했는지도 모르지.

21

양아버지는 K의 편지를 받고 크게 노하셨네. 부모를 속인 괘씸한 놈에게 더 이상 학비를 대줄 수 없다는 강경한 답장이 곧바로 날아왔지. K는 그 편지를 나에게 보여주었네. 그 후 K는 자신의 생가에서 보낸 편지도 보여주더군. 그 편지에도 양아버지가 보낸 편지만큼 강경하면서 엄한 질책이 가득 담겨 있었네. 양부모에 대한 미안함 때문인지 두 번 다시는 K를 보지 않겠다고도 적혀 있었네. 그 사건으로 K가 파양될지 아니면 타협의 길을 찾아 양부모 밑에 계속 머물지는 나중 문제이고, 당장 해결해야 할 일은 매달 지불해야 하는 학비였네.

나는 그 점에 대해 무슨 계획이라도 있느냐고 K에게 물었네. K는 야학 교사라도 하겠다고 대답했지. 그때는 요즘에 비해 세상살이가 그리 각박하지 않아 학생들이 할 만한 일이 꽤 많았네. 나는 K가 어떤 식으로든 학업을 이어나가리라는 것을 잘 알고 있었네. 하지만 내게도 적잖은 책임이 있다고 생각되었네. K가 양부모의 뜻을 저버리고 자신의 길을 가려고 했을 때 말리지 않고 동조한 것은 다름 아닌 나였으니까. 나는 손 놓고 있을 수만은 없었네. 나는 그 자리에서 조금이나마 물질적인 도움을 주고 싶다고 했네. K는 단번에 거절했지. 그의 성격상 친구의 도움을 받으니 힘들어도 스스로 해결하는 것이 훨씬 마음 편하다고 여겼으니까. 그는 대학까지 들어가 자기 하나 감당하지 못해서야 어찌 남자라 할 수 있겠냐는 말까지 하더군. 나는 내 책임을 다한답시고 K의 감정을 상하게 할 수는 없었네. 그래서 나는 일단 K의 일에 관여하지 않기로 했지.

K는 원하던 일자리를 곧 찾았네. 그러나 시간은 금(金)이라는 신조를 가지고 있던 그가 단순히 돈벌이를 위해 하는 그 일로 얼마나 힘들어했는지 말할 필요도 없었네. 그런데도 K는 변함없이 공부에 매진했네. 나는 그의 건강이 염려되었지만 강인한 기질을 타고난 그는 그저 웃기만 할 뿐 내 주의를 귀담아듣지 않았네.

그러는 가운데 그와 양부모의 관계는 점점 복잡해졌네. 시간적으로 여유가 전혀 없었던 그와 이야기를 나누지 못해 전처럼 자세한 내용은 전해 들을 수 없었지만 상황이 무척 악화되었다는 것을 알 수 있었네. 누군가 중간에 나서서 두 사람의 화해를 시도했고 편지를 보내 K에게 일단 고향으로 내려오라고 권유했지만, 그는 이미 되돌릴 수 없는 일이라며 끝내 거절했다더군. 필경 K는 학기 중이라 돌아갈 수 없다고 했겠지만 상대로서는 그가 고집을 피운다고 생각할 수밖에 없었을 것이네. 그래서 상황이 더욱 악화된 것 같았네. 결국 양부모의 감정은 더욱 상했고, 급기야 친아버지의 노여움마저 사고 말았네. 내가 서로 입장이 다른 양쪽을 중재하고자 K의 고향 집에 편지를 보냈을 때는 이미 어떻게 해볼 도리가 없는 지경이었네. 내 편지는 아무런 답변도 받지 못한 채 그대로 잊혀졌지. 그러자 나도 화가 치밀더군. 지금까지는 상황을 살피느라 그저 K를 동정하기만 했던 나는 이제 무조건 K의 편에 서리라 다짐했네.

결국 K는 파양되었네. 그리고 양부모가 보내준 학비는 모두 생가에서 변상하기로 했지. 그 대신 이제부터 K의 삶에 관여하지 않을 테니 알아서 살라는 식으로 상황이 마무리되었네. 즉 의절하자는 뜻이었네. 그 정도로 냉정하지는 않았을지 몰라도 K는 그렇게 받아들였네. K에게는 어머니가 없었네. 그가 그런 성격을 가지게 된 것은 분명 계모의 손에서 자랐기 때문이라고 할 수 있었지. 친어머니가 살아 계셨다면 그와 생가의 관계가 그렇게까지 감정적으로 흘러가지는 않았을 것이네. 그의 아버지는 이미 얘기했듯이 승려였네. 하지만 그 정도로 의리를 중시하는 것을 보면 아무래도 무사(武士)에 가까운 성품이 아니었나 생각되네.

22

K의 사건이 마무리되고 나서 나는 그의 매형에게서 장문의 편지를 받았네. K가 양자로 들어간 집은 매형의 친척집이었고, K의 입양을 주선했을 때는 물론 파양될 때도 매형의 의견이 크게 반영되었다고 언젠가 K에게 들은 적이 있었네. 편지에는 K가 요즘 어떻게 지내고 있는지 알려달라는 내용이 적혀 있었네. 누나가 걱정하고 있으니 가능한 빨리 답장을 보내달라는 부탁도 함께였지. K는 친아버지의 대를 잇는 형보다 다른 집으로 시집간 누나를 더 좋아했네. 같은 부모 밑에서 태어난 친남매였는데 누나와 K는 나이 차가 꽤 많이 났다네. 그래서 K는 어릴 때 계모보다 누나를 더 어머니처럼 여기며 자랐지.

나는 K에게 편지를 보여주었네. K는 별다른 말은 하지 않았지만 누나에게 비슷한 내용의 편지를 두세 번 받았다고 말했네. 그리고 언제나 잘 지내고 있으니 걱정할 필요 없다는 내용으로 답장을 보냈다더군. 안타깝게도 그 누나는 살림이 넉넉지 못한 집으로 출가했기에 아무리 K가 걱정되어도 도와주기 힘든 처지였네. 나는 K가 누나에게 보낸 편지와 비슷한 내용으로 그 매형에게 답장을 보냈네. 그러면서 무슨 큰일이라도 생기면 내가 어떻게든 도와줄 테니 걱정 말라는 뜻을 분명하게 덧붙였지. 그건 내가 늘 마음속으로 다짐하는 것이었네. K의 앞날을 걱정하는 누나를 안심시키려는 의도

도 있었지만, 내 편지를 완전히 무시한 K의 친아버지와 양부모에게
뭔가 보여주고 싶은 심리가 작용하기도 했지.

K가 파양된 것은 대학 1학년 때의 일이었네. 그리고 2학년이 될
때까지 약 1년 반 동안 혼자 모든 것을 감당했네. 하지만 너무 무리
했는지 K는 건강뿐 아니라 정신적으로도 많이 지친 듯했네. 그게
다 양부모와의 갈등과 생가의 냉담한 반응 때문이라고 나는 생각했
지. K는 점점 감상적으로 변해갔네. 가끔 혼자서 세상의 모든 불행
을 짊어지고 있는 것처럼 말했으니까. 내가 그것을 부정하면 발끈
하며 화를 냈네. K는 자신의 앞날을 밝혀줄 빛이 점점 사라지고 있
다며 괴로움을 호소하곤 했네. 학문을 처음 시작할 때는 누구나 큰
포부를 가지고 출발하지. 하지만 1년이 지나고 또 1년이 지나 졸업
이 다가올 때면 별다른 성과가 없음을 깨닫고 자포자기하는 경우가
보통인데, K의 경우 그 불안감이 지나칠 정도로 심했네.

결국 나는 그의 마음을 가라앉히는 게 급선무라고 생각했지.

나는 그에게 이제부터 쓸데없는 짓은 그만두고 당분간 한가롭게
편히 쉬면서 앞날을 대비하는 게 좋겠다고 충고했네. 고집스러운 K
의 성격으로 보아 쉽게 설득되지 않으리라는 생각은 했으나 실제로
말을 꺼내고 보니 몇 배는 더 힘들어 기운이 다 빠질 지경이었네. K
는 자신의 목적이 학문만은 아니라고 했네. 그는 의지력을 키워 보
다 강인한 사람이 되는 것이 목적이라고 했지. 그러기 위해서는 스
스로 고난을 이겨내야 한다고 우겨댔네. 보통 사람의 시각으로는

결코 이해하지 못할 소리였지. 더구나 그는 열악한 환경으로 인해 점점 그 의지가 약해지고 있었네. 신경쇠약에 걸린 것 같았지. 나는 일단 그의 주장을 적극 지지하는 척했네. 나 역시 이 세상을 그렇게 개척하며 살아가겠다고 말했지. 그리 황당한 주장도 아니었고, 가끔 일리 있는 것처럼 느껴지기도 했거든. 아무튼 이야기 끝에 나는 K에게 함께 살면서 서로 발전해나가는 것이 어떻겠냐고 제안했네. 나는 그의 고집을 꺾으려고 무릎까지 꿇고 설득했네. 그렇게 난리를 피우고 나서야 비로소 내가 살던 하숙집으로 K를 데려올 수 있었네.

23

내 방에는 다다미 네 장쯤 되는 여유 공간이 있었네. 현관에서 내 방으로 들어갈 때 지나가야 하는 곳으로 일종의 복도와 같은 개념이었네. K는 그 공간에서 지냈지. 처음에는 내 방에 책상을 2개 놓고 함께 사용할 생각이었지만 비좁더라도 자기 혼자 쓰고 싶다고 K가 부탁하기에 그렇게 했다네.

앞서 말했듯이 아주머님은 처음에 내 부탁을 거절했네. 보통 하숙집이라면 사람이 많을수록 이득이겠지만, 아주머님은 장삿속으로 하는 일이 아니었기에 하숙생이 늘어나는 것을 달가워하지 않았지. 더구나 모르는 사람을 집에 들이고 싶지 않다고 했네. 나는 나

또한 하숙생이고 서로 모르던 사람 아니었냐고 따졌지. 아주머님은 내 경우 처음 본 순간 사람됨을 완전히 파악했다면서 좀처럼 허락해주지 않았네. 나는 씁쓸하게 웃었지. 그러자 아주머님은 엉뚱한 말로 핑계를 대기 시작했네. 그런 사람을 데려오면 나한테 좋을 것 없으니 관두라는 것이었네. 어째서 그렇게 생각하느냐고 묻자 이번에는 아주머님이 떨떠름한 표정을 지었네. 사실 나도 굳이 K와 함께 지낼 필요는 없었네. 그러나 생활비 명목으로 그에게 직접 봉투를 내밀면 무조건 거절할 게 뻔했지. K는 독립심이 무척 강한 사내였거든. 그래서 나는 그를 내 방에 묵게 하고 식사는 무료로 제공된다고 둘러대려 했네. 물론 그 모든 비용은 내가 부담하겠다고 아주머님에게 은밀히 부탁하려고 했지. 그러나 나는 K의 경제 사정에 대해 아주머님에게 군이 말할 생각이 없었네. 단지 친구로서 K의 건강이 걱정되었고, 그대로 놔두면 점점 폐쇄적으로 변할 것 같다는 식으로 말했지. 다만 K가 양부모와 관계가 나빠졌고, 생가와도 결별했다는 얘기는 솔직히 털어놓았네. 나는 물에 빠진 사람을 건져내 어떻게든 살리고 싶은 마음으로 K를 데려오고 싶다고 말했지. 그러고는 따뜻한 마음으로 허락해달라고 아주머님은 물론 곁에 있던 따님에게도 부탁했네. 나는 그렇게 열성적으로 설득한 끝에 비로소 아주머님의 허락을 얻었네.

K에게는 그런 이야기를 일절 하지 않았네. 아무것도 모르는 게 좋다고 생각했거든. 내 부탁에 못 이겨 억지로 짐을 챙겨 온 K를 나

는 반갑게 맞아주었네. 아주머님과 따님도 마찬가지였지. K에게 새로운 집으로 이사한 기분이 어떠냐고 묻자 그는 그저 나쁘지 않다고만 말했네. 그러나 그의 솔직한 심정은 전혀 다를 거라고 여겼네. 그동안 K는 무척 습하고 퀴퀴한 냄새가 나는 허름한 방에서 지내왔거든. 게다가 식사도 방과 마찬가지로 형편없는 수준이었지. 그가 내 하숙집으로 이사한 것은 깊은 골짜기에서 살던 새가 높은 나무 꼭대기에 올라앉은 것과 같은 변화라고 할 수 있었지. 그러나 K는 그런 사실을 제대로 느끼지 못하는 것 같았네. 그건 아마도 그의 강한 성품 때문이라고 생각되었지. 불교의 교의에 익숙한 그는 사치는 곧 부도덕이라고 여겼거든. 옛 고승이나 성인의 전기를 즐겨 읽었던 그는 정신과 육체를 분리해서 생각하곤 했네. 그래서 육체에 채찍질을 가할수록 영혼이 맑아진다고 믿었는지도 모르지. 나는 가급적 그의 의견이나 행동에 이의를 제기하지 않기로 했네.

그 대신 꽁꽁 얼어버린 얼음을 따뜻한 햇살로 자연스럽게 녹이려고 했네. 아무리 단단한 얼음도 언젠가는 녹아 물이 되듯이 K 스스로 모든 것을 깨닫게 되는 때가 오리라 믿었지.

24

새로운 하숙집 생활에 익숙해지면서 내 성격은 점차 밝아졌네. 나 스스로 그런 변화를 느끼고 있었지. 그래서 K에게도 같은 방식으로 변화를 시도해보기로 했네. 꽤 오랜 시간 함께 지내온 친구였기에 우리는 서로의 성격이 완전히 다르다는 것을 잘 알고 있었네. 하지만 이 집에 들어온 뒤부터 나의 예민한 신경이 상당히 누그러진 것처럼 K에게도 같은 변화가 생길 수 있다고 예상했네.

K는 나보다 의지가 강한 사내였네. 공부도 나보다 몇 배는 많이 했지. 게다가 머리가 무척 명석했네. 훗날 전공이 달라져 정확하게 뭐라고 평가할 수는 없었지만 나보다 몇 곱절은 뛰어난 두뇌의 소유자였네. 나는 모든 면에서 K에게 뒤처진다는 사실을 너무나 잘 알고 있었네. 그러나 K를 하숙집으로 데려왔을 때 내가 조금 더 어른스럽다는 기분이 들었네.

내가 보기에 K는 아집과 인내를 제대로 구별하지 못하는 것 같았네. 이건 특히 자네에게 들려주고 싶은 말이니 잘 들어두게.

육체든 정신이든 우리의 능력은 외부의 자극으로 발달되기도 하지만 파괴되기도 한다네. 그런데 자극이 강해질수록 정신을 제대로 붙들고 있지 않으면 매우 부적절한 방향으로 흘러가게 되고, 그런 변화를 자신은 물론 주위의 누구도 눈치채지 못할 수 있네.

의사의 말에 따르면, 인간의 위장만큼 뻔뻔한 것도 없다고 하네. 매일 죽만 먹으면 그보다 딱딱한 음식물을 소화해내는 능력이 퇴화된다는 거야. 그러니 평소에 뭐든 먹어두는 연습을 해야 한다더군. 그런데 이것을 단순히 익숙해진다는 의미로 해석하면 안 될 것 같지 않나. 자극이 늘어남에 따라 그에 따른 저항력도 강해진다는 뜻이니 말일세. 반면 위의 기능이 점차 약해진다면 그 결과는 뻔한 것이라네.

K가 나보다 머리가 뛰어난 것은 사실이지만 이런 깨달음에는 둔감했다고 할 수 있네. 단지 어려움에 익숙해지면 그 어려움은 아무 문제가 되지 않는다고만 믿었던 것 같네. 어려움을 극복하는 횟수가 늘어날수록 공덕(功德)이 늘어나고, 이를 통해 더 이상 고난에 흔들리지 않는 경지에 이른다고 믿은 것이지. 자기 마음이 지쳐가고 있다는 사실은 전혀 모른 채 말이야.

나는 K를 설득할 때 그 점을 분명히 지적하고 싶었네. 하지만 그 지적에 분명 크게 반발했을 것이네. 그러고는 옛날 사람들 이야기로 자기주장을 뒷받침하려고 했을 것이네. 그렇게 되면 나 역시 그 성인들과 K의 차이점을 하나하나 따졌겠지. 하지만 그쯤에서 모든 것을 순순히 받아들이면 별 문제없겠지만 그의 성격상 결코 물러서지 않을 게 뻔했네. 오히려 더욱 뜨겁게 달아올라 거침없이 몰아붙이겠지. 그렇게 되면 K는 걷잡을 수 없게 되고 마네. 정말 놀랄 정도로 철저하게 자신을 파괴하면서 앞으로 돌진하겠지. 그런 면에서는 정말 대단한 인물이라고 평가할 수 있지만, 그건 어디까지나 자신이 추구하는 외길만 고집했다는 점에서 대단할 뿐이네. 그렇다고 하찮게 평할 수만은 없지만.

아무튼 그의 성품을 누구보다 잘 알고 있었던 나는 결국 아무 말도 하지 못했네. 더구나 K는 가벼운 신경쇠약 증세까지 보였지. 내가 끝까지 그를 설득하려고 했다면 분명 서로 폭발하고 말았을 것이네. 그와 다투기가 겁난 것은 아니었지만 극단적인 고독을 맛본 나로서는 가장 소중한 친구가 그와 같은 고독에 빠지는 것을 두고 볼 수 없었지. 물론 나도 더 이상 고독을 맛보고 싶지 않았네.

그래서 나는 K가 내 하숙집으로 옮겨 온 후에도 한동안 그의 신경을 거스를 만한 말은 절대 하지 않았네. 단지 새로운 환경이 그에게 어떠한 영향을 미치는지 조용히 지켜보기로 했지.

25

나는 아주머님과 따님에게 가급적 K와 자주 이야기를 나눠달라고 부탁했네. 지금까지 타인과의 소통을 거부해왔기 때문에 K가 저렇게 된 게 아닐까 하는 생각 때문이었지. 사용하지 않는 철에 녹이 슬듯이 그의 마음도 이미 심각하게 녹이 슬었다고 생각했네.

내 부탁을 듣고 아주머님은 K를 가리켜 종잡을 수 없는 사람이라며 웃었네. 따님도 갖가지 일화로 K의 특이한 면을 털어놓았네.

그녀가 화로에 불씨가 있냐고 물었더니 K가 "없습니다."라고 딱잘라 대답했고, 그래서 "불씨를 좀 지필까요?"라고 묻자, "필요 없습니다."라고 짧게 말했다더군. 그래서 춥지 않느냐고 물었더니 "춥지만 필요 없습니다."라고 한마디 하고는 더 이상 아무 대꾸도 하지 않았다고 했네. 그런 이야기를 듣고 나는 쓴웃음을 지을 수밖에 없었네. 그때는 봄철이라 굳이 화로에 불씨를 지필 필요 없는데도 말을 걸어보려고 일부러 친절하게 군 것인데 분위기가 오히려 어색해졌나 보더군. 나는 두 모녀에게 미안한 생각이 들어 무슨 대책이라도 마련해야 했네.

나는 일단 주인집 두 모녀와 K가 어떻게든 가까이 지낼 수 있도록 애썼네. K와 내가 대화를 나눌 때 일부러 두 모녀를 부른다거나, 나하고 두 모녀가 함께 있을 때 일부러 K를 부르는 등 그들이 가급적 한자리에 모일 수 있도록 했지. 물론 K는 썩 달가워하지 않았네. 얘기하는 중에 불쑥 나가버리는가 하면 아무리 불러도 니오지 않을 때도 있었네. 사소한 잡담을 나누며 아까운 시간을 허비하기 싫다는 말까지 했네. K의 반응에 나는 그저 조용히 웃기만 했지. 그러나 마음속으로는 K가 나를 얼마나 비난할지 잘 알고 있었네. 어떤 면에서는 K가 그렇게 생각하는 것도 당연했지. 실제로 그렇게 여겨질 만한 행동을 했고, 그가 바라보는 목표점이 얼마나 높은지도 잘 알고 있었거든. 나는 굳이 그 모든 것을 부정할 생각이 없었네. 그러나 목표만 높고 현실과 타협하지 못한다면 불구자와 다를 바 없네. 나는 K의 인간성을 찾는 일이 그 무엇보다 시급하다고 생각했네. 아무리 그의 머릿속에 성인들의 심상이 가득하다고 해도 그 자신이 인간미가 없다면 아무 소용 없으니까. 나는 그를 인간답게 만드는 첫 번째 방법으로 이성(異性)과의 교류를 추진했네. 그렇게 함으로써 녹슬기 시작한 그의 피가 다시 끓어오르리라 예상했지. 나의 시도는 꽤 성공적이었네. 처음에는 융합되지 않던 마음이 점차 하나의 덩어리로 뭉쳐갔거든.

K는 자기가 알던 세계 말고 다른 세계가 존재한다는 사실에 눈뜨기 시작했네. 급기야 그는 나에게 여자는 쉽게 무시할 존재가 아니라고 말했지. 처음에 K는 여자라는 존재가 자신과 같은 수준의 지식과 학문을 익힐 수 있다고 믿었네. 하지만 그것이 쉽지 않다는 것을 깨달으면서 여자를 경멸하기 시작했네. 그는 남녀의 차이를 전혀 고려하지 않고 동일선상에서 바라보았지. 그래서 나는 언젠가 그에게 우리 두 사람만 의견을 나눈다면 한쪽으로 치우칠 수밖에 없다고 말했네. 그는 내 말에 동의하더군. 내가 그런 말을 할 수 있었던 것은 아무래도 그때 내가 주인집 따님에게 잔뜩 열을 올리고 있었기 때문인 것 같네. 그러나 K에게는 그런 이야기를 일절 하지 않았지.

어쨌든 그때까지 책에 파묻혀 살던 K의 마음이 점차 열리면서 변화하는 모습을 보고 나는 무척 기뻤네. 더구나 처음부터 그렇게 만들고자 일을 진행했기 때문에 목적을 달성한 데에 따른 희열이 엄청났지. 나는 K에게 말하지 못했지만, 아주머님과 따님에게는 내가 얼마나 기쁜지 숨김없이 털어놓았네. 내 말을 듣고 두 사람도 무척 만족스러워했지.

26

K와 나는 같은 과였지만 전공은 달랐네. 그래서 활동하는 시간대가 서로 달랐지. 평소 내가 먼저 귀가하면 그의 빈방을 그대로 지나쳤지만, 늦게 돌아올 때면 K와 간단히 인사를 나누고 내 방으로 들어갔네. 그럴 때마다 K는 읽던 책에서 눈을 떼고 나를 올려다보았지. 그러고는 늘 이제 오냐고 말을 걸었네. 나는 고개만 끄덕일 때도 있었고, "응."이라고 가볍게 대답할 때도 있었네. 그러던 어느 날 나는 간다(神田)에서 볼일을 보고 평소보나 늦게 귀가했지. 나는 빠른 걸음으로 걸어가 문을 드르륵 열었네. 그런데 문득 따님의 목소리가 들리더군. 분명 K의 방에서 나는 것이었네. 하숙집은 현관에서 곧장 들어가면 다실과 따님의 방이 나오고, 거기서 왼쪽으로 돌면 K의 방과 내 방으로 연결되는 구조였네. 따라서 그곳에서 생활한 지 오래된 나는 어디서 무슨 소리가 나는지 곧바로 알 수 있었네. 나는 곧 문을 닫았네. 그러자 따님의 목소리도 멎었지. 내가 구두를 벗으려고(그때 나는 고급스럽지만 꽤 손이 많이 가는 편상화를 신고 있었지) 허리를 굽혀 끈을 풀고 있을 때 K의 방에서 더 이상 아무 소리도 나지 않았네. 나는 문득 이상한 생각이 들었지. 내가 착각한 건 아닐까 싶기도 했고. 나는 늘 하던 대로 K의 방을 지나가려고 문을 열었는데, 거기에 K와 따님이 함께 앉아 있었네. K는 평소처럼 인사를 건넸지. 따님도 "이제 오세요?"라고 앉은 채로

인사했네. 그런데 내 기분 탓인지 그 인사말이 상당히 부자연스럽게 들렸네. 졸졸 흐르던 시냇물이 갑자기 바위에 부딪히듯이.

나는 따님에게 "아주머님은요?"라고 물었네. 특별한 의도로 물었던 건 아니었네. 그날따라 집 안이 조용하다 싶어 그렇게 물어본 것뿐이었네. 내 예감대로 아주머님은 집에 없었네. 하녀와 함께 외출했다더군. 그렇다면 그 집에는 K와 따님 단둘만 있었던 것이네. 나는 이상한 기분이 들었지. 지금까지 아주머님이 따님과 나만 남겨놓고 외출하신 적이 한 번도 없었거든. 나는 무슨 급한 일이라도 생겼냐고 따님에게 물었네. 그녀는 살짝 웃기만 했지. 나는 이런 상황에서 웃음을 보이는 게 너무 싫었네. 그건 젊은 여자들의 공통된 버릇이라고 할 수 있는데, 썩 좋은 모습은 아니었지. 그녀도 별일 아닌 일에 쉽게 웃는 여자였어. 따님은 내 표정을 살피더니 곧 웃음을 거두고 급한 일은 아니지만 잠깐 볼일이 있어서 나갔다고 나직하게 대답했네. 하숙생인 내가 그 이상 뭘 더 물어볼 수 있겠나. 나는 아무 말도 하지 않았네. 내가 옷을 갈아입고 막 자리에 앉으려고 할때 아주머님과 하녀가 돌아왔네. 이윽고 저녁 식탁 앞에 모두 마주 앉게 되었지. 처음 하숙을 시작했을 때만 해도 손님처럼 매번 하녀가 밥상을 가져다주었는데 언제부턴가 자연스럽게 주인 가족과 함께 식사를 하게 되었지. K가 새로 이사 왔을 때도 내가 아주머님에게 나와 똑같이 대해달라고 부탁했네. 그 대신 나는 섬세하고 다리가 가느다란 나무 식탁을 선물했지. 요즘은 어느 집이나 하나쯤 가지고 있지만 그때는 그런 식탁에 모여 식사를 하는 집이 드물었네. 내가 시내에 있는 가구점에 특별히 주문해서 들여온 거였네.

그날 저녁 식사할 때 아주머님은 늘 찾아오던 반찬 장수가 오지 않아 우리에게 내놓을 찬거리를 사러 시내에 다녀왔다며 음식 맛이 어떠냐고 물었네. 나는 하숙생으로서 당연한 대우라고 생각했지. 그런 내 얼굴을 보고 따님이 또다시 웃었네. 그런데 이번에는 아주 머님한테 꾸중을 듣고 바로 웃음을 그치더군.

27

그로부터 일주일쯤 지난 어느 날 나는 K와 따님이 함께 얘기하는 모습을 또다시 목격했네. 그때 따님은 내 얼굴을 보자마자 웃었지. 나는 뭐가 그렇게 웃기냐고 묻고 싶었지만 아무 말도 하지 않고 서둘러 내 방으로 들어갔네. 그러다 보니 K도 나에게 인사를 건넬 틈이 없었지. 잠시 후 따님이 문을 열고 다실 쪽으로 나가는 소리가 들렸네. 그날 저녁 식사 때 따님은 나더러 이상한 사람이라더군. 나는 이번에도 아무 대꾸도 하지 않았네. 단지 아주머님이 그녀에게 눈을 흘긴 듯한 느낌을 받았을 뿐이었지. 나는 저녁 식사를 끝내고 K에게 산책을 나가자고 했네. 우리는 전통원 뒷길을 따라 식물원 주위를 빙 돌아 다시 토미자카 아래쪽으로 내려왔네. 꽤 긴 거리를 산책하면서도 우리는 그리 많은 대화를 나누지 않았네. K는 말수가 적었지. 나도 마찬가지였고. 그러나 나는 그에게 일부러 말을 걸었네. 화제는 주로 하숙집 가족에 관한 것이었지. 나는 그가 아주머님과 따님을 어떻게 생각하는지 알고 싶었네. 그런데 그는 종잡을 수 없는 대답만 하더니 입을 다물었네. K는 하숙집 두 여자보다 전공 공부에 관심이 더 많은 것 같았네. 하긴 2학년 기말시험이 코앞이었기 때문에 누가 보더라도 학생다운 반응이었지. 더구나 그는 스베덴보리(Emanuel Swedenborg, 스웨덴의 신비주의 사상가—옮긴이)의 얘기를 끝없이 늘어놓는 바람에 아는 것이 전혀 없었던 나는 주눅이 들고 말았지.

기말시험이 다 끝난 날 아주머님은 이제 1년만 더 고생하면 되겠다며 진심으로 기뻐해주었네. 게다가 아주머님의 유일한 행복이라고 할 수 있는 따님의 졸업도 얼마 남지 않았지. K는 나에게 여자들은 아무 생각 없이 학교를 다니는 것 같다고 말했네. 그는 학교 공부 외에 따님이 배우고 있는 바느질이나 고토 연주 같은 것은 지식도 아니고 배울 가치도 없다는 식으로 말하는 것 같았네. 그는 세상사에 어두웠기에 나는 그냥 웃어넘겼네. 그러고는 여자의 가치는 학문을 익히는 데만 있지 않다는 말을 시작으로 그와 논쟁을 벌일 준비를 했지. 그런데 그는 아무 반박도 하지 않았네. 그렇다고 긍정하는 눈치도 아니었지만 말이야. 나는 K의 그런 반응이 무척 마음에 들었네.

그런 무뚝뚝한 태도가 변함없이 여자를 무시하는 것처럼 보였고,

나에게 있어 유일한 여성인 따님에게 아무 관심 없는 것으로 비쳐졌기 때문이지. 지금 돌이켜보니 K에 대한 나의 질투는 그때부터 이미 싹트고 있었던 것 같네.

나는 K에게 여름방학 때 함께 피서를 떠나자고 말했네. K는 별로 가고 싶지 않다는 반응을 보였지. 물론 K의 처지로는 가고 싶다고 갈 수 있는 것도 아니었지만 나는 왜 가기 싫으냐고 물었네. 그는 특별한 이유는 없다고 했네. 그냥 집에서 책이나 읽는 게 훨씬 편하다는 것이었네. 그래서 내가 기왕 책을 읽을 거면 시원한 피서지에서 읽는 것이 건강에도 더 좋을 거라고 하자, 그는 가고 싶으면 혼자 가라고 하더군. 하지만 나는 하숙집에 K만 두고 떠날 수 없었네. K가 주인집 식구들과 점점 더 친해지는 것을 보면서 마음이 썩 편치 않았거든. 처음에 내가 그렇게 만들려고 애썼으면서 이제 와서 그런 말을 하는 것은 모순이 아니냐고 따진다면 나는 할 말이 없네. 그래, 나는 정말 어리석은 사내였네.

아무튼 나와 K의 대화는 좀처럼 마무리될 기미가 보이지 않았네. 결국 옆에서 지켜보던 아주머님이 중재에 나섰고, 그제야 우리 둘은 보슈(치바 현 남부―옮긴이)로 떠나기로 결정했네.

28

K는 여행을 즐기는 사람이 아니었네. 나도 보슈는 처음이었지.

우리는 여행지에 대한 아무런 정보도 없이 배가 맨 처음 도착한 곳에 그냥 내렸네. 거기는 호타라는 곳이었네. 지금은 많이 변했을지 모르지만 그때는 정말이지 형편없는 촌구석이었네. 일단 어딜 가든 생선 비린내가 진동했고, 바다에 들어가면 거센 파도에 밀려 손발을 허우적거리기 일쑤였네. 게다가 주먹만 한 돌덩이와 함께 들이닥치는 파도에 휩쓸려 시종 이리저리 굴러다녔네. 나는 그곳이 너무 싫었네. 그러나 K는 좋다고도, 싫다고도 하지 않았지. 단지 얼굴만은 편안해 보였네. 재미있게도 그는 바다에 나가기만 하면 꼭 어딘가 상처를 입고 돌아왔네. 아무래도 상당히 열심히 헤엄쳤던 모양이네. 나는 너무 지루해서 얼른 그곳을 뜨자고 K에서 말했네. 그러고는 토미우라로 갔는데, 사람들이 너무 많아 또다시 나고로 쫓기듯 옮겨 갔네. 당시 그곳은 학생들이 주로 찾아오는 해수욕장이 있었기 때문에 우리가 즐기기에 적절한 곳이었네. K와 나는 바닷가 바위 위에 앉아 머나먼 푸른 바다와 발밑의 바닷속을 바라보았네. 바위 위에서 내려다본 물빛은 유난히 아름다웠지. 평소 시장에서는 볼 수 없는 형형색색의 작은 물고기가 바닷속을 이리저리 헤엄쳐 다니는 모습이 훤히 보였네.

나는 틈날 때마다 바위 위에 앉아 책을 읽었네. 반면 K는 아무것도 하지 않고 가만히 있었지. 나는 그가 무슨 생각에 잠긴 건지, 풍경에 넋을 잃은 건지, 아니면 다른 무슨 상상을 하고 있는 건지 속내를 전혀 알 수 없었네. 나는 가끔 고개를 들고 K에게 뭐 하느냐고 물었지. 그러면 K는 그냥 있다고 대답할 뿐이었네. 나는 가끔 내 곁에 조용히 앉아 있는 사람이 K가 아니라 하숙집 따님이면 얼마나 좋을까 하고 생각했다네. 그렇게 생각이 깊어지자 나는 K도 나와 같은 생각을 하면서 저렇게 앉아 있는 건 아닐까 하는 의심이 들기 시작했네. 그러자 나는 더 이상 차분히 앉아 책만 읽고 있을 수가 없었네. 나는 갑자기 자리에서 벌떡 일어나 주변의 시선은 아랑곳하지 않고 목청껏 마구 소리를 내질렀네. 차분한 시나 흥겨운 노래 가사를 음미할 마음의 여유가 전혀 없어 그저 야만인처럼 날뛰었던 셈이지.

그러고 보니 언젠가 나는 K의 목덜미를 갑자기 확 잡아당긴 적이 있네. 그러고는 이대로 바닷속에 빠트려버리면 어떻게 하겠냐고 물었지. K는 전혀 동요하지 않았네. 단지 등 돌린 자세로 "마침 잘됐군. 빨리 그렇게 해줘."라고 대답했지. 나는 그 순간 붙잡고 있던 손을 놓고 말았네. 한편 K의 신경쇠약은 예전에 비해 훨씬 나아진 것 같았네. 반면 나는 점점 더 예민해졌지. 나는 너무나 태연한 K가 무척 부러웠네. 물론 원망스러운 마음이 없었던 것은 아니네. 하지만 그에게는 한 여자를 두고 나와 다툴 생각이 전혀 없어 보였고, 그런 태도가 일종의 자신감으로 비쳤네. 나는 의심하지 않을 수 없었네. 그의 행동 하나하나를 단순히 자신감이라고 말할 수만은 없었거든. 결국 나는 K의 태도에 숨겨진 의미가 무엇인지 그 모든 것을 밝히고 말겠다는 쪽으로 마음이 기울기 시작했네.

나는 K가 학교 공부나 일상사에 있어서 무슨 희망 같은 것을 찾은 게 아닐까, 그래서 여유로운 태도를 보이는 거라면 K와 나는 앞으로 특별히 충돌할 이유가 없다고 생각했네. 그렇지, 그런 거라면 나는 오히려 지금까지 애쓴 보람을 느끼며 즐거워했을 것이네. 그러나 K가 마음의 평정을 되찾은 것이 그녀를 향한 마음 때문이라면 나는 결단코 그를 용서할 수 없었네. 아쉽게도 그는 내가 하숙집 따님을 사랑하고 있다는 사실을 전혀 모르고 있는 것 같았네. 물론 나 자신이 그런 마음을 남에게 들킬 정도로 어설프게 행동한 적이 없으니 그것을 비난할 수는 없었네. 더구나 K는 그런 일에 무척 둔감한 편이었거든. 내가 K를 하숙집으로 데려온 것도 이 친구라면 특별히 걱정할 필요 없다고 생각했기 때문이었네.

29

나는 속 시원히 모든 것을 K에게 털어놓으려 했네. 결코 충동적인 결정은 아니었지. 여행을 떠나기 전부터 쭉 그런 생각을 했거든. 하지만 고백할 기회를 잡기도, 그럴 계기를 만들기도 쉽지 않았네. 지금 생각해보면 당시 내 주위 사람들은 모두 조금은 일반적이지 않았던 것 같네. 여자에 대해 이러쿵저러쿵 떠들어대는 사람 하나 없었으니까. 기본적으로 그런 얘기에 관심이 없었고, 혹여 있다고 해도 겉으로 드러내는 사람들이 결코 아니었네. 비교적 자유롭게 살아온 자네 같은 젊은이들은 이해하기 쉽지 않을 것이네. 솔직히 우리가 학생 때 그렇게 행동한 것이 마음 깊숙이 자리 잡고 있는 도덕적 사고방식 때문인지, 아니면 단순히 수줍음 때문인지는 나도 알 수 없네. 아무튼 그 판단은 자네의 상상에 맡기기로 하겠네.

K와 나는 무슨 이야기든 터놓고 말할 수 있는 사이였네. 어쩌다 사랑이나 연애와 같은 화제를 입에 올리기도 했지만, 결국 늘 추상적인 이론이 난무한 채 끝났지. 물론 그런 주제로 이야기하는 경우는 극히 드물었네. 우리는 여행지에서 주로 책이나 학문, 그리고 장래 계획이나 포부, 정신 수양과 같은 주제로 이야기를 나눴네. 그러나 아무리 친한 사이라도 갑자기 개인적인 관심사를 끄집어내 분위기를 흐릴 수는 없었지. 더구나 그때 나와 K는 무척 서먹한 상태였네. 그래서 나는 K와 계속 진지한 얘기를 주고받을 뿐이었네. 따님에 대한 이야기를 K에게 털어놓고 싶었던 나는 목에 가시가 걸린 것 같은 답답함에 괴로워했지.

나는 당장 K의 머리 한구석에 구멍을 하나 뚫어 뜨거운 입김을 불어넣고 싶었네. 자네 같은 젊은이가 보기에는 너무 답답하고 도저히 이해할 수 없다고 생각하겠지만 그때 나로서는 결코 쉬운 문제가 아니었네. 나는 그 여행지에서도 집에 있을 때와 마찬가지로 무척 비겁했네. 나는 말할 기회를 찾으려고 K를 면밀히 관찰했지. 그러나 너무나 초연한 그의 태도에 어떻게 해야 할지 알 수가 없었네. 마치 그의 심장을 둘러싸고 검은 벽이 우뚝 세워진 것 같았네.

그러니 내 뜨거운 열정을 그의 심장에 불어넣으려고 해도 전혀 들어가지 않는다고 믿고 싶었네.

어떤 때는 K의 무심한 태도가 너무나 확고하고 도도한 것에 오히려 안도한 적도 있네. 그럴 때면 절친한 친구를 의심했던 나 자신을 자책하면서 마음속으로 거듭 사과를 했지. 그렇게 사과를 하다 보면 나 자신이 무척 초라하게 느껴지더군. 하지만 얼마 지나지 않아 또다시 의심이 되살아났고, 그럴 때마다 내 마음은 갈대처럼 흔들렸네. 그 모든 일이 하나의 의심에서 시작되었기에 득 될 것이 전혀 없을뿐더러 나는 늘 우울하기만 했네.

나는 K의 외모가 나보다 더 여자들에게 호감을 살 만하다고 여겼네. 더구나 성격도 나처럼 소극적이지 않아서 여자들이 좋아할 거라고 생각했고. 물론 뭔가 좀 미덥지 않은 구석이 있었지만 강직하면서 사내다운 면모는 나보다 훨씬 강해서 좋은 평판을 받을 거라고 예상했지. 지식의 깊이에 있어서도 비록 전공 분야가 달랐지만 내가 K의 실력에는 미치지 못한다는 사실을 너무나 잘 알고 있었네. 그렇게 모든 면에서 그가 뛰어나다는 생각을 하고 있던 나는 늘 불안한 마음에 사로잡혔네.

K는 그렇게 안절부절못하는 나에게 여기 있기 불편하면 당장이라도 도쿄로 돌아가자고 말했네. 그런데 놀랍게도 나는 그의 말을 듣는 순간 거짓말처럼 평정을 되찾았네. 그건 K가 도쿄로 돌아가는 것을 내가 원하지 않았기 때문인 것 같네. 우리는 보슈 주변을 배회

하다 반대편으로 방향을 돌렸지. 한여름의 따가운 햇볕 아래서 걷기가 무척 힘들었지만 이제 곧 목적지에 도착한다는 말에 속은 나 그네들처럼 우리는 뜨겁게 달아오른 길 위를 걷고 또 걸었네. 나는 어째서 우리가 이렇게 무작정 걸어야 하는지 그 이유를 알 수 없었네. 그래서 농담조로 K에게 그렇게 말했지. 그러자 그 친구는 그렇게 견디기 힘들면 저기 바다에 뛰어들어 열이라도 식히자고 하더군. 우리는 무작정 바다로 뛰어들었네. 그러고는 다시 강렬한 햇볕을 받으며 앞만 보고 걸어갔지. 우리는 점점 나른하게 지치고 온몸의 힘이 쭉 빠지는 것을 느꼈네.

30

그렇게 무작정 걷다 보니 더위와 피로 때문에 자연히 몸 상태가 엉망이 되고 말았네. 그렇다고 병이 날 정도는 아니었지. 다만 내 영혼이 다른 사람의 몸속으로 빨려 들어간 듯한 기분이었네. 내 몸이 내 몸 같지 않았다는 말이네.

나는 언제나처럼 K와 이야기를 나누었는데 왠지 평소와는 무척 다른 느낌이었네. 그에 대한 친밀감이나 원망이 모두 여행 중에만 느껴지는 특별한 감정이라는 생각이 들었네. 다시 말해 우리 둘은 더위와 짜디짠 바닷물 때문에, 더구나 지칠 정도로 걸었기 때문에 이전과는 다른 관계가 형성된 것 같았네. 일단 아무리 오래 대화를 나눠도 여느 때와는 달리 머리를 쥐어짜야 대답할 수 있는 복잡한 문제들은 입에 올리지 않았네.

우리는 그런 상태로 드디어 조시까지 갔다네. 도중에 한 번 크게 논쟁을 벌였는데, 그 일은 지금도 잊혀지지 않네. 우리는 보슈를 벗어나기 직전 고미나토라는 곳에서 도미 떼를 구경했네. 너무 오래전 일이고 그리 큰 볼거리는 아니었기에 확실히 기억나지는 않지만, 그곳은 니치렌(日蓮, 일본 불교 종파인 니치렌종을 창설한 사람—옮긴이)이 태어난 곳이라더군. 니치렌이 태어난 날 도미 두 마리가 해변으로 밀려왔다는 전설이 무척 유명한데, 그로 인해 마을 사람들이 도미를 잡지 않아 인근 바다에는 도미 떼가 아주 많았지. 그래서 우리는 작은 배를 하나 빌려 도미 떼를 보러 갔다네. 그때 나는 파도를 타고 헤엄치는 자줏빛 도미 떼를 신기해하며 열심히 쳐다보았네. 그런데 K는 도미 떼에게 그다지 흥미 없는 것 같았네. 오히려 그의 머릿속은 도미보다 니치렌에 관한 생각으로 가득했던 것 같았네. 마침 인근에 탄조지(誕生寺)라는 절이 있었지. 니치렌이 태어난 고장에 있는 절이라 하여 이름을 그렇게 지은 것 같은데, 어쨌든 상당히 훌륭한 사찰이었네. K는 그 절에 가서 주지를 만나보겠다고 했네. 그런데 하필 그때 우리 둘의 몰골은 형편없었네. 특히 K는 바람에 모자가 날아가 삿갓을 쓰고 있었고, 우리가 입고 있던 옷에는 찌든 때가 가득했네. 게다가 땀에 절어 지독한 냄새까지 풍겼지. 나는 승려를 만나는 일은 관두자고 했네. 그러나 고집 센 K는 내 말을 듣지 않았네. 오히려 가기 싫으면 밖에서 기다리라며 역정을 내더군. 할 수 없이 나도 현관 앞까지 들어갔네. 나는 속으로 틀림없이 쫓겨날 거라고 생각했네. 그런데 예상과 달리 승려들은 무척 친절하게 대해주었네. 그들은 우리를 널찍한 방으로 안내하고 주지스님을 만나게 해주었지. 그때 나는 K와 생각하는 바가 너무 달랐기 때문에 스님과 K의 대화에는 그다지 귀를 기울이지 않았네. 반면 K는 니치렌에 관한 이야기를 열심히 경청했네. 그러다 니치렌이 소니치렌(草日蓮)이라고 불릴 만큼 초서에 능했다는 말을 듣고 글씨에 서툴렀던 K는 시시한 이야기는 더 이상 듣기 싫다는 표정을 지었네. K는 그런 것보다 니치렌의 사상을 좀더 깊이 알고 싶었던 것 같네. 솔직히 그런 점에서 K가 스님의 얘기에 만족했는지는 알 수 없지만, K는 경내를 빠져나온 뒤부터 니치렌 이야기를 줄기차게 쏟아냈네. 나는 더위에 지친 데다 도저히 K의 말에 흥미가 동하지 않아 그저 고개만 끄덕였네. 나중에는 그마저도 귀찮아 묵묵히 걷기만 했지.

그다음 날 저녁때로 기억되는데 우리 둘이 숙소에 도착해 저녁을 먹고 막 잠자리에 들려고 할 때였지. 그런데 갑자기 논쟁이 시작되었네. K는 전날 자기가 니치렌에 관한 이야기를 늘어놓을 때 내가 진지하게 들어주지 않은 것을 매우 불쾌하게 여기는 것 같았네. 정신적으로 한 단계 올라설 마음이 없는 사람은 바보라면서 나를 그런 사람으로 몰아세웠지. 그런데 그때 나는 따님의 일로 그에 대한 감정이 썩 좋지 않았기에 모욕에 가까운 그 말을 듣고 그저 웃어넘

길 수만은 없었네. 나는 곧바로 반격했지.

31

나는 K와 말다툼을 하면서 '인간다운'이라는 표현을 자주 썼네. K는 그 말이 자신의 결점을 빗댄 것 아니냐며 맹렬히 따졌지. 나중에 생각해보니 K의 해석이 나름 일리가 있었네. 그러나 순수하지 않은 의도로 인간답지 않다는 점을 K에게 납득시키고자 했기 때문에 그에게 미안한 마음이 없었네. 오히려 내 뜻을 절대 굽히지 않았지. 그러자 K는 자기의 어떤 면이 인간답지 않으냐고 묻더군. 나는 이렇게 말했네.

"자네는 인간다워. 너무 지나치게 인간다울지도 모르지. 그러나 입으로는 전혀 인간답지 않은 말만 내뱉고 있네. 더구나 그 말을 몸소 실천하려고 하니 그 행동도 인간답지 않다고 할 수 있지."

그는 내 말을 가만히 듣고 있더니 자기의 수양이 모자라 다른 사람의 눈에 그렇게 보인 것이라며 아무런 반박도 하지 않고 조용히 말문을 닫았네. 갑작스러운 반응에 나는 완전히 맥이 풀렸고, 오히려 그에게 조금 미안한 생각이 들었네. 그래서 나는 곧바로 논쟁을 멈췄네. K가 나에게 그러더군. 내가 옛날 사람들에 대해 자기만큼 알고 있다면 그런 식으로 공격하지는 않았을 거라고. 여기서 K가 말한 옛날 사람이란 우리가 잘 아는 영웅호걸이 아니네. 영혼을 위해 육신을 불사르고, 도를 위해 자신을 채찍질한 사람, 말하자면 갖은 고난을 이겨내고 수행에 힘쓴 구도자를 가리키는 말이었네. K는 그런 경지에 이르지 못한 자신이 지금 얼마나 고통스러운지 내가 전혀 이해하지 못한다며 무척 야속하게 생각했네.

K와 나는 그렇게 대화를 마치고 잠자리에 들었네. 그리고 다음 날 다시 나그네와 같은 모습으로 땀을 뻘뻘 흘리면서 하염없이 걸었네. 그러나 그렇게 걷다가도 문득 그날 밤의 일이 떠올랐네. 나에게는 더없이 좋은 기회였는데 왜 잡지 못했을까 후회스러웠지. 나는 인간답지 않다는 추상적인 말 대신 좀더 직접적이고 간단한 말로 K를 공격했어야 했다는 생각이 들었네. 사실 내가 그런 식으로 말한 것은 모두 따님에 대한 감정에서 비롯된 것이었네. 그런 감정을 알맹이만 쏙 빼서 K의 귀에 무작정 집어넣은 꼴이었는데, 그보다 원상태 그대로 드러내는 편이 훨씬 좋았으리라는 것을 깨달았지. 그러나 중학교 시절부터 쌓아온 견고한 우리의 우정을 도저히 저버릴 용기가 없었다는 것이 내 솔직한 심정이네. 너무 고상한 척하는 것 아니냐고 해도, 허세를 부린다고 해도 할 말은 없지만, 내가 말하는 고상함이나 허세에는 조금 특별한 의미가 담겨 있네. 자네가 그런 내 마음을 조금이나마 알아주면 좋겠네.

우리는 시커멓게 그을린 채 도쿄로 돌아왔네. 여행에서 돌아오자 기분이 또 달라졌지. 인간답다거나 인간답지 않다고 하는 골치 아픈 말들은 거의 잊혀진 상태였네. 현실을 외면한 듯한 K의 모습도 자취를 감춘 듯했네. 아마도 영혼이 어떻고, 육신이 어떻다는 식의 문제는 그의 마음 깊은 곳에 묻어둔 모양이었네. 우리는 마치 아프리카 흑인 같은 얼굴로 바쁘게 돌아가는 도쿄를 둘러보았네. 그러다 요고쿠에 있는 시야모라는 유명한 닭 요릿집에 가서 식사를 했네. K는 배도 부른데 집까지 걸어가자더군. 체력은 K보다 내가 훨씬 강했기에 나는 서슴지 않고 응했네.

집에 도착하자 아주머님은 우리 둘을 보고 깜짝 놀라더군. 새까맣게 탔을 뿐만 아니라 출발할 때에 비해 몸이 상당히 야위었거든. 아주머님은 그래도 건강해 보인다며 좋아하셨네. 그러자 따님은 그런 아주머님의 태도가 재미있다며 예전처럼 또 배시시 웃었네. 여행을 떠나기 전만 해도 따님의 그런 웃음이 밉살스럽게 느껴졌는데 그때는 유쾌한 기분이 들었네. 아무래도 오랜만에 만나서 그랬던 것 같네.

32

놀라운 것은 그뿐이 아니었네. 따님의 태도가 조금 달라져 있었던 것이네. 오랜 여행에서 돌아온 우리가 안정을 되찾을 때까지 여러모로 여성의 손길이 필요했는데, 그 뒷바라지를 해준 아주머님은 그렇다 쳐도, 따님이 무슨 일이든 내 편의를 먼저 봐주고 K를 뒷전으로 미룬 것처럼 보였네. 너무 대놓고 그러면 내 입장이 난처하고 상황에 따라서는 불쾌할 수도 있었는데, 그녀는 그런 점까지 배려해주어 나는 무척 기뻤다네. 즉 따님은 나만 알 수 있도록 특유의 친절을 베풀어주었다네. K도 별로 못마땅한 기색이 없었기에 평소처럼 잘 지낼 수 있었지. 그때 나는 마음속으로 쾌재를 불렀네.

그러는 사이 여름이 가고, 9월 중순부터 우리는 다시 학교에 나갔네. K와 나는 서로 다른 강의를 들었기 때문에 예전처럼 등·하교 시간이 달랐지. 내가 K보다 늦게 귀가하는 날은 일주일에 세 번 정도였는데 언제 돌아오더라도 K의 방에서 따님의 모습을 발견하는 경우는 없었네. K는 평소처럼 나에게 "이제 오나?"라고 인사를 건넸지. 그러면 나 역시 거의 기계처럼 답례했네.

그러다 10월 중순 어느 날 사건이 일어났네. 나는 늦잠을 자고는 평상복 차림으로 급히 학교에 갔네. 신발 끈 묶을 시간도 없어서 대충 짚신을 끌고 학교로 달려갔지. 그날은 강의 시간표상으로는 내가 K보다 먼저 귀가하는 날이었네. 나는 집에 돌아와 현관문을 활짝 열었네. 그러자 난데없이 아직 오지 않았을 거라고 생각했던 K의 목소리가 들렸지. 동시에 따님의 웃음소리도 들렸네. 나는 여느 때처럼 손이 많이 가는 구두를 신지 않았기에 곧장 현관을 올라가 방문을 열었네. 그러자 평소와 마찬가지로 책상 앞에 앉아 있는 K가 보였네. 그러나 따님은 거기에 없었네. 다만 도망치듯 K의 방을 나가는 뒷모습만 언뜻 보였네. 나는 K에게 웬일로 이렇게 일찍 왔냐고 물었지. 그는 기분이 좋지 않아 수업에 빠졌다고 대답했네. 내 방으로 들어가 그대로 자리에 앉아 있는데 따님이 차를 들고 들어왔네. 그때 따님은 "이제 오셨어요?"라고 마치 지금 본 것처럼 인사를 건네더군. 나는 웃으면서 아까는 왜 달아났냐고 물을 정도로 대범한 사내가 아니었네. 단지 그 일로 속만 끓이고 있었지. 따님은 차를 내려놓고 자리에서 일어나 아주머님을 도우러 저편으로 가버렸네. 하지만 K의 방 앞에 멈춰 서서 방문을 사이에 두고 몇 마디 주고받더군. 조금 전에 나누었던 이야기의 연장인 것 같았지만 나는 듣지 못했으니 좀처럼 무슨 이야기인지 알 수 없었네.

  그 일이 있고 나서 따님은 점점 스스럼없이 굴었네. K와 내가 함께 집에 있을 때도 K의 방으로 찾아와 그의 이름을 부를 때가 많았지. 그의 방에 들어가 한참을 둘이 함께 있기도 했네. 물론 우편물을 전해준다거나 세탁물을 두고 갈 때도 있었기 때문에 그 정도는 당연하게 받아들일 수도 있었겠지만, 그녀를 독점하고 싶은 열망으로 가득 차 있던 나는 도저히 용납할 수 없었네. 어떤 때는 따님이 일부러 내 방을 거치지 않고 K에게 바로 찾아갔다고 느껴질 때도 있었다네. 상황이 이쯤 되면 K에게 그만 하숙집에서 나가달라고 하면 되지 않겠냐고 생각하겠지. 하지만 나는 그렇게 할 수 없었네. 생각해보게. 싫다는 사람을 반강제로 끌고 온 내가 어떻게 그럴 수 있겠나. 내 자존심으로는 도저히 그럴 수 없었네.

33

비가 내리던 11월 어느 날이었네. 나는 비를 맞으면서 평소처럼 곤야쿠엔마를 지나 좁은 언덕길을 올라가 집에 도착했네. K의 방은 비어 있었지만 화로에는 아직 불씨가 남아 있었네. 나는 내 방 화로에도 당연히 불씨가 살아 있으리라 생각하고 차가운 손을 녹이고자 서둘러 방문을 열었네. 그러나 내 화로에는 차갑게 식은 하얀 재만 남아 있을 뿐이었네. 순간 나는 기분이 상했네. 그때 내 발소리를 듣고 아주머님이 나왔지. 아주머님은 말없이 방 한가운데 우두커니 서 있는 나를 보고는 측은했던지 젖은 외투를 벗겨주고 갈아입을 옷을 내주었네. 그리고 내가 춥다고 하자 건넌방에서 K의 화로를 가져다주었네. K가 벌써 돌아왔냐고 묻자, 아주머님은 왔다가 다시 나갔다고 했네. 그날도 K의 수업이 나보다 늦게 끝나는 날이었으므로 나는 조금 이상하다고 생각했지. 아주머님은 무슨 볼일이 있어서 그런 것 아니겠냐고 하더군.

나는 방에서 조용히 책을 읽었네. 정적만이 감도는 집 안에서 나는 초겨울의 쓸쓸함을 온몸으로 느꼈네. 그러다 문득 번화한 시내로 나가고 싶은 마음이 들어 나는 책을 덮고 자리에서 일어났지. 비는 그친 것 같았네. 하지만 하늘은 여전히 차가운 납빛이어서 나는 우산을 챙겼네. 그러고는 병기공장의 돌담을 따라 동쪽으로 내려갔네. 그때는 아직 도로 개수가 제대로 정비되지 않아 비탈길이 지금보다 많이 가파른 편이었네. 더구나 아랫길로 내려가면 남쪽이 높은 건물로 막혀 있고 배수 상태도 좋지 않아 거리 곳곳이 질퍽한 진흙투성이였네. 특히 좁은 돌다리를 건너 야나기초 거리로 나가는 길목은 상태가 더욱 심했네. 장화를 신어도 온전히 건너갈 수 없는 곳이었네. 그래서 누구나 양쪽으로 밀쳐진 진흙 사이를 천천히 조심스럽게 지나가야 했네. 그 폭은 대충 두 발자국 정도여서 길 위에 깔린 좁은 띠를 밟으며 건너가는 것과 별반 다르지 않았네. 나는 그 좁은 띠 위에서 K와 정면으로 마주쳤네. 발밑만 보고 걷느라 그와 마주 설 때까지 알아보지 못했지. 나는 갑자기 앞이 막히자 반사적으로 고개를 들었고, 그제야 내 앞에 서 있는 K를 발견했던 것이네. 나는 K에게 어디 갔다 오는 길이냐고 물었네. 그는 그냥 저기라고만 대답했네. 그는 늘 그런 식으로 대답했지. 나와 K는 좁은 띠 위에서 몸을 엇갈려 지나갔네. 그러자 K의 바로 뒤에 젊은 아가씨가 서 있는 것이 보였네. 근시였던 나는 그때까지 그 여자가 누구인지 알아보지 못했는데, K를 지나치고 보니 그 여자는 다름 아닌 주인집 따님이었네. 나는 무척 놀랐네. 그녀가 얼굴을 조금 붉히며 나에게 인사를 건네더군. 그때는 요즘처럼 앞머리를 부풀려서 빗지 않았네. 그냥 머리 한가운데 뱀처럼 똬리를 튼 모양이었지. 멍하니 그녀의 얼굴을 바라보다 얼른 길을 비켜줘야 한다는 생각이 스쳤네. 그래서 그녀가 비교적 안전하게 지나갈 수 있도록 좁은 띠를 벗어나 진흙 구덩이에 발을 디디며 길을 비켜주었지. 그렇게 야나기초로 나왔지만 나는 어디로 가야 할지 갈피를 잡지 못했네. 어디를 가더라도 전혀 즐겁지 않을 것 같았지. 나는 진흙탕이 튀든 말든 전혀 신경 쓰지 않고 질척거리는 거리를 자포자기한 심정으로 마냥 걷다 집으로 돌아왔네.

34

나는 K에게 주인집 따님과 함께 외출한 거냐고 물었네. K는 그런 건 아니라고 대답했네. 마사고초 근방에서 우연히 만나 같이 돌아온 것뿐이라고 하더군. K가 그렇게 대답한 이상 더 물어볼 수 없었네. 그러자 따님이 내가 싫어하는 예의 그 웃음을 짓더니 나한테 자기가 어디에 다녀왔는지 한번 맞혀보라고 하더군. 그때까지만 해도 불같은 성격이어서 나는 젊은 여자한테 놀림을 당하자 화가 치밀었네. 그런데 내가 몹시 화가 났다는 사실을 눈치챈 것은 오직 아주머님 한 사람뿐이었네. K는 무척 태연했고, 따님은 알면서도 모른 체하는 건지, 정말 아무것도 몰라서 그런 건지 알 수 없었지만 아무튼 태평하더군. 따님은 젊은 여자치고는 꽤 사려 깊은 편이었지만 그 또래 아가씨들에게서 흔히 볼 수 있는 결점, 그러니까 내가 싫어하는 면이 전혀 없지는 않았네. 그리고 그런 면은 K가 하숙집에 들어오고 나서야 비로소 눈에 띈 것이지. 나는 그것이 K에 대한 질투심 탓인지, 따님이 나에게 추파를 던지는 것으로 봐야 할지 쉽게 판단할 수 없었네. 앞서 자주 말했듯이 나는 사랑의 이면에는 반드시 이러한 감정이 따라다닌다는 사실을 분명하게 의식하고 있었네. 더구나 남들 눈에는 지극히 하찮은 일에도 늘 이렇게 감정적으로 반응하곤 했지. 이것은 여담이지만, 이러한 질투심은 사랑의 또 다른 단면 중 하나가 아닐까 생각되네. 결혼한 뒤부터는 그런 감정이 점차 사라졌거든. 또한 애정도 결코 예전처럼 뜨겁게 타오르지 않았지.

나는 그때까지 가슴속에 담아두었던 내 마음을 그 자리에서 상대에게 다 털어놓을까 싶었네. 그 상대란 주인집 따님이 아니라 바로 아주머님이었네. 따님을 달라고 아주머님과 담판 짓는 것이 상황을 쉽게 정리할 좋은 방법이라고 생각했던 것이지. 나는 그렇게 결심하기는 했지만 그것을 언제 실행할지 하루하루 미루고 있었네. 자네는 이런 나를 꽤 우유부단한 사내라고 생각할지 모르겠네. 그렇게 생각해도 어쩔 수 없는 일이지만, 사실 내가 결심을 제대로 이행하지 못한 것은 의지가 약했기 때문만은 아니었네. 이제 자네도 잘 알겠지만 나는 하숙집으로 이사 오기 전만 해도 누군가의 교묘한 수법에 속아 넘어가기가 죽기보다 싫었고, 그런 생각에 사로잡힌 나머지 매사 생각한 것을 행동에 옮기기가 쉽지 않았네. 나에게는 너무나 힘든 일이었지. 그런 상황에서 K가 들어왔고 나는 따님이 K를 연모하는 게 아닐까 하는 의혹에 휩싸여 더더욱 움직일 수 없었지. 따님이 K를 마음에 두고 있다면 내 가슴속에 품은 연정을 굳이 입 밖에 낼 필요 없다고 생각했거든. 창피당할까 봐 두려운 것과는 다른 것이라네. 아무리 내가 좋아한다고 해도 상대의 마음에 다른 사람이 자리하고 있다면 어떻게 그런 여자를 내 사람으로 만들 수 있겠나. 이 세상에는 상대의 의사 따위는 전혀 고려하지 않고 그저 자기가 좋아하는 여자를 아내로 맞아들이는 것만으로 기뻐하는 사내들도 있겠지만, 그건 세상사에 찌들어 앞뒤 분간 못하거나 참된 사랑이 뭔지도 모르는 사내들이나 하는 짓이라고 생각하네.

일단 싫든 좋든 결혼만 하면 대충 마음을 주고받으며 살아갈 수 있다는 이야기를 나는 도저히 받아들일 수 없었네. 그만큼 내 열정은 뜨겁고 순수했지. 그러니까 나는 지극히 고상한 사랑의 몽상가였단 말일세. 뿐만 아니라 지름길을 마다하고 원칙만을 고수하는 비현실적인 사랑의 실천가이기도 했지.

그녀와 한집에 살면서 나는 마음을 솔직히 털어놓을 기회가 몇 번 있었지만, 번번이 나 스스로 그것을 저버렸네. 그 이유는 관습상 상대와 얼굴을 마주하고 직접 말할 수 없다는 고정관념에 사로잡혔기 때문이었네. 물론 그것이 전부는 아니지만 어쨌든 나는 이런 생각을 품고 있었네. 일본인, 특히 일본의 젊은 여자는 그런 경우 상대에게 자신의 마음을 스스럼없이 털어놓을 만한 용기를 가지고 있지 않다고 말이야.

　그런 이유로 나는 아무런 행동도 취하지 못하고 혼자 속만 태웠네. 자네도 이런 경험이 있을 것이네. 몸이 좋지 않아 낮잠이라도 자려고 하면, 눈은 말똥말똥하고 주위도 또렷이 보이는데 손발을 마음대로 움직일 수 없는 경우 말일세. 나는 이따금 그런 고통을 느꼈네.

　그러는 사이 한 해가 훌쩍 가고 봄이 찾아왔네. 어느 날 아주머님이 K에게 화투를 치려고 하는데 같이 놀 친구를 데려오지 않겠냐고 물었지. 그랬더니 K는 그만큼 가깝게 지내는 친구가 없다고 대답했네. 그 말을 듣고 아주머님은 크게 놀랐지. 실제로 K에게는 가까운 친구라고 할 만한 사람이 없었네. 길에서 만났을 때 인사를 나눌 정도의 지인은 몇 명 있었지만 그들 역시 함께 화투를 칠 정도로 친분이 두터운 사이는 아니었네. 아주머님은 그러면 내가 아는 사람이라도 불러오라고 했지만 나는 그럴 기분이 아니어서 적당히 얼버무리고 서둘러 자리를 피했네. 그런데 저녁이 되자 K와 나는 따님에게 불려 나가 화투판에 끼고 말았네. 초대 손님 하나 없이 집에 있는 사람들끼리 화투를 치려니 전혀 흥이 나지 않았네. 더구나 그런 놀이에는 전혀 흥미가 없었던 K는 마치 팔짱 끼고 구경하는 사람 같았지. 나는 K에게 하쿠닌잇슈(가인 1백 명의 노래를 한 수씩 뽑아 모은 것—옮긴이)의 한 소절이라도 알고 있냐고 물었네. K는 당연히 잘 모른다고 대답했지. 그런데 옆에서 그 말을 듣고 있던 따님이 내가 K를 무시하는 것으로 오해한 것 같았네. 내가 그 이야기를 꺼낸 뒤부터 노골적으로 K를 두둔하기 시작했으니까. 결국 그 화투판에서 두 사람이 한패가 되어 나를 공격하는 형국이었네. 나 역시 적극적으로 대항하지 않을 수 없었지. 하지만 다행히 K의 태도에는 아무런 변화가 없었기에 특별한 일 없이 조용히 놀이를 마칠 수 있었네.

그로부터 이삼일쯤 지난 어느 날, 아주머님과 따님은 아침부터 이치가야에 있는 친척집에 다녀오겠다며 집을 나섰네. K와 나는 아직 개강 전이어서 그냥 집에 있었지. 나는 책을 읽을 마음도, 그렇다고 산책을 나갈 마음도 없어서 그냥 멍하니 화롯가에 팔꿈치를 올려놓고 턱을 괸 채로 생각에 잠겼네. 옆방에 있는 K도 아무런 기척이 없었지. 둘 다 집에 있는지 없는지조차 알 수 없을 정도로 조용했네. 우리 사이에는 그리 이상한 일도 아니어서 나는 크게 신경쓰지 않았네. 10시쯤 되었을 때 K가 갑자기 미닫이문을 열더니 나를 쳐다보며 대체 무슨 생각을 하고 있느냐고 물었네. 사실 나는 그때 아무 생각도 하지 않았네. 물론 무슨 생각을 했다면 여느 때와 마찬가지로 따님에 관한 것이었겠지. 그때 나는 따님은 물론이고 아주머님에 대한 생각을 많이 하기도 했지만, 사실 K에 대한 고민으로 마음이 무척 혼란스러웠네. 그는 모든 문제를 복잡하게 만든 장본인이었으니까. K를 마주 보며 나는 그를 하나의 걸림돌로 의식하면서도 모든 책임을 전가할 수는 없다고 여겼네. 나는 그저 그의 얼굴을 쳐다보며 묵묵히 입을 다물고 있었지. 그러자 K가 성큼성큼 내 방으로 들어오더니 화로 앞에 앉았네. 나는 화롯가에서 팔꿈치를 내리고 K가 있는 쪽으로 화로를 조금 밀어주었네.

K는 평소와 다른 이야기를 꺼냈네. 그는 나에게 아주머님과 따님은 이치가야의 누구를 찾아간 거냐고 물었지. 그래서 나는 아마도 숙모님 댁일 거라고 대답했네. 그러자 K는 또 그 숙모님은 어떤 사람이냐고 물었네. 나는 그분도 군인의 부인이라고 아는 대로 말해주었네. 그러자 K는 대체로 여자들은 보름이 지난 후에 신년 인사를 가는데 두 사람은 왜 그렇게 빨리 갔냐고 따지듯 묻더군. 나는 조금 당황해서, 나도 잘 모르겠다고 대답했네.

36

K는 아주머님과 따님에 관해 계속 물었네. 나중에는 내가 모르는 사사로운 것까지 물었지. 나는 K의 거듭된 질문이 성가시기보다 뭔가 이상하다는 느낌이 들었네. 내가 아주머님과 따님에 대해 말할 때 그가 보인 반응을 생각하면 그의 태도가 얼마나 크게 바뀌었는지 알 수 있었네. 결국 나는 그에게 오늘따라 왜 그런 것을 자꾸 묻느냐고 물었네. 그러자 그는 갑자기 입을 꽉 다물었네. 그러나 꽉 다문 그의 입가가 실룩거리는 것을 나는 놓치지 않았네. 그는 원래 말수가 적은 사내였지만 무슨 말을 하고자 할 때면 우선 입가를 실

룩거리는 버릇이 있었네. 그의 입술이 자기의 의지에 반해 결코 쉽게 열리지 않는 동안 말의 무게를 더하고 있었던 것이네. 하지만 일단 입을 통해 말이 나오면 그것은 보통 사람들보다 몇 배는 더 강한 힘이 담겨 있었네.

그의 입가를 주의 깊게 살펴보던 나는 그 즉시 무슨 말이 나올 거라고 생각했지만, 그 내용까지 예측할 수는 없었네. 그러니 내가 놀라지 않을 수 있었겠나. 그의 진중하면서 철벽 같은 입에서 주인집 따님에 대한 사랑 고백이 나올 때 내 마음이 어떠했을지 한번 상상해보게. 나는 그의 마법 지팡이로 순식간에 화석이 된 듯한 기분이었네. K처럼 입가를 실룩거릴 겨를도 없었단 말일세.

그때 내 모습은 두려움의 집합체, 아니지 고통의 집합체였다고 할 수 있었네. 뭐라고 해야 좋을지 모르겠지만 아무튼 돌덩어리처럼 굳어버렸지. 머리부터 발끝까지 완전히 굳어버린 거야. 숨조차 쉴 수 없을 정도로 딱딱해진 것이네. 하지만 다행히 그 상태가 오래가지 않았네. 나는 곧 이성을 되찾았지. 그러고는 나의 실수를 자책했네. 그제야 때를 놓쳤다는 것을 깨닫게 된 것이네.

하지만 이제부터 어떻게 해야겠다는 생각은 떠오르지 않더군. 아마도 그럴 겨를이 없었던 것 같네. 나는 겨드랑이에서 흘러나온 기분 나쁜 땀이 셔츠에 스며드는 것을 묵묵히 참으며 꿈쩍도 하지 않았네. 그러는 동안에도 K는 여느 때와 마찬가지로 자신의 생각을 구체적으로 늘어놓았네. 그 이야기를 들으면서 나는 너무나 괴로웠네. 그 심정이 마치 커다란 광고판처럼 내 얼굴에 하나하나 드러났을 것이네. 따라서 아무리 둔한 K일지라도 전혀 눈치채지 못했을 리 없겠지만, 그는 자신의 이야기에 정신이 팔려 내 표정 따위에는 아무 관심도 없는 것 같았네. 그의 고백은 처음부터 끝까지 일관된 것이었지. 무겁고 탄탄한 것이 웬만한 일로는 미동조차 일으키지 않으리라는 느낌이었네. 나는 그의 고백에 귀 기울이는 한편, 그에게 무슨 말을 해야 좋을지 몰라 정신이 혼란스러웠네. 그래서 자세한 내막은 거의 머릿속에 들어오지 않았지만 그가 하고자 하는 이야기의 핵심은 바로 알 수 있었네. 나는 순간 괴로움을 넘어 무서움을 느끼기 시작했네. 내가 상대할 사람이 나보다 몇 배는 더 강하다는 것을 깨달았을 때 느끼는 감정이었지.

K가 이야기를 끝냈을 때 나는 무슨 말을 해야 할지 몰랐네. 나 역시 똑같은 고백을 해야 할지, 아니면 그대로 마음속에 묻어둘지 알 수 없었거든. 물론 이해타산을 따지느라 잠자코 있었던 것은 결코 아니네. 그저 아무 말도 할 수 없었을 뿐이네. 더구나 무슨 말을 할 기분도 전혀 아니었고.

점심때가 되어 우리는 자리에 마주 앉았네. 하녀가 차려준 식사를 받아 힘겹게 목구멍으로 넘겼네. 식사를 하는 동안 우리는 거의 한 마디도 하지 않았네. 아주머님과 따님은 돌아올 기미가 전혀 없었네.

37

우리는 각자 자기 방으로 돌아가고 나서 더 이상 서로 얼굴을 마주치지 않았네. K는 오전처럼 가만히 있었지. 나도 조용히 생각에 잠겼네. 나는 내 마음을 K에게 털어놓아야 했다고 후회했네. 하지만 그러기에는 이미 늦었지. 어째서 따님 이야기가 나왔을 때 K의 말을 가로막고 내 마음을 솔직히 털어놓지 못했는지 나는 마음 깊이 후회하고 또 후회했네. K가 이야기를 끝마쳤을 때라도 내 심정을 모두 털어놓았더라면 조금은 위안이 되었을 거라고 생각했네. 그러나 K의 고백을 다 들은 마당에 내가 같은 이야기를 꺼내기는 너무 민망한 일이었지. 나는 그 상황을 어떻게 정리해야 좋을지 알 수가 없었네. 나는 후회와 아쉬움에 머리가 깨질 듯이 아팠네.

나는 K가 방문을 열고 다시금 돌진해오기만을 바랐네. 나로서는 조금 전 일이 불의의 습격과도 같았지. 나는 어떤 준비도 하지 못한 채 K의 기습을 받은 셈이었네. 그래서 어떻게든 만회하고 싶은 생각에 고민을 거듭했지. 나는 계속 눈을 치켜뜨고 방문을 쳐다보았네. 그러나 아무리 기다려도 문이 열리지 않았네. K는 아무런 기척도 없었네.

나는 그 고요함이 너무나 신경 쓰여 도저히 가만히 앉아 있을 수 없었네. K는 저 방문 너머에서 무슨 생각을 하고 있을까? 그 생각을 하면 더욱 조바심이 났네. 평소 이렇게 방문을 사이에 두고 아무 말없이 지낼 때가 많았지만, 그때는 K가 조용히 있을수록 나는 더욱 안절부절못했네. 그만큼 내 마음이 불안정했다는 것이겠지. 그렇지 만 내가 먼저 문을 열 수는 없었네. 무엇보다 말할 기회를 놓친 나 는 K가 다시 다가오기를 기다릴 수밖에 없었지.

결국 나는 가만히 앉아 있을 수가 없었네. 그렇게 계속 참고 있다 가는 K의 방으로 뛰어들 것만 같았거든. 나는 일단 툇마루로 나갔 네. 그러고는 다실 쪽으로 가서 괜히 주전자에 담긴 따뜻한 물을 찻 잔에 따라 단숨에 들이켰지. 그런 다음 일부러 K의 방을 피해 현관 을 지나 거리로 나섰네. 물론 특별한 목적지가 있었던 건 아니네. 단지 집에 있기가 힘들었을 뿐이네. 그래서 아무 생각 없이 발길 닿 는 대로 정월의 거리를 걸었지. 그러나 아무리 걸어도 내 머릿속은 K에 대한 생각으로 가득했네. 애초에 K에 대한 생각을 떨쳐내려고 그렇게 거리를 헤매 다닌 것은 아니었네. 오히려 그의 태도를 하나 하나 곱씹어보고자 그렇게 했다고 할 수 있지.

나는 K의 행동을 도무지 이해할 수 없었네. 어째서 그런 일을 갑 자기 나에게 털어놓은 것인지, 그렇게 털어놓지 않고서는 못 견딜 정도로 뜨거운 열정에 사로잡힌 이유가 무엇인지, 나에게는 그 모 든 것이 거대한 수수께끼 같았네. 그는 무척 강한 사내였네. 또한 무척 진실한 사내였지. 하지만 나는 이제부터 내가 어떤 태도를 취 할지 정하기에 앞서 K에 대해 좀더 많은 것을 알아야겠다고 생각 했네. 그리고 앞으로 계속 그를 마주해야 한다는 사실이 몹시 언짢았네. 정신없이 거리를 걸으면서도 자기 방에 조용히 앉아 있을 K의 모습이 뇌리에서 사라지지 않았네. 더구나 아무리 이렇게 거리를 헤맨다고 해도 그의 마음을 되돌릴 수 없다는 목소리가 내 귓전을 때리는 것 같았네. 다시 말해 나에게는 그가 마치 거대한 악마라도 되는 것처럼 느껴졌네. 그리고 지금까지 그를 동경해왔던 나 자신이 이 세상에서 영원히 사라졌다는 생각마저 들었네.

내가 피로에 지쳐 힘겹게 집으로 돌아왔을 때 그의 방은 여전히 아무런 기척 없이 조용하기만 했네.

38

내가 집에 돌아온 지 얼마 지나지 않아 인력거 소리가 들렸네. 그때만 해도 요즘처럼 고무바퀴가 아니었기 때문에 삐걱거리는 소리를 멀리서도 들을 수 있었지. 인력거 소리는 대문 앞에서 멈췄네. 저녁 식사를 하라는 말을 들은 것은 그로부터 30분쯤 지난 뒤였고, 아주머님과 따님은 옆방에 나들이옷을 아무렇게나 벗어던진 채 부엌에서 분주히 움직이고 있었네. 아주머님은 우리 둘의 저녁 식사가 늦어질까 봐 서둘러 집으로 돌아왔다고 했네. 그러나 아주머님의 그런 친절에 K와 나는 아무 감흥이 없었네. 나는 식탁 앞에서 되도록 말을 아꼈네. 무슨 질문을 받아도 단답형으로 짧게 대답하고 말았지. K는 그런 나보다 더 말이 없었네. 오랜만에 외출하고 돌아온 두 여인은 평소보다 훨씬 들떠 있었기 때문에 우리의 처진 모습이 더욱 두드러졌네. 아주머님은 나더러 어디 아프냐고 물었네. 나는 속이 좀 좋지 않을 뿐이라고 했네. 솔직히 속이 편할 리 있었겠나. 그러자 이번에는 따님이 K에게 같은 질문을 던졌네. 그러나 K는 나처럼 대답하지 않았네. 단지 말하고 싶지 않다고 했을 뿐이었네. 따님은 왜 말하고 싶지 않냐고 다그치듯 물었네. 나는 살며시 그의 얼굴을 바라보았네. K가 뭐라고 대답할지 궁금했거든. K의 입술은 여느 때처럼 실룩거렸네. 그의 버릇을 잘 모르는 사람에게는 뭐라고 대답해야 좋을지 몰라 망설이는 것처럼 보였을 것이네. 따님은 미소를 지으면서 무슨 어려운 말을 생각해내는 것 같다고 했네. 그러자 민망한 듯 K의 얼굴이 붉어졌다.

그날 밤 나는 다른 때보다 빨리 잠자리에 들었네. 내가 식사할 때 속이 좋지 않다고 했던 말이 마음에 걸렸는지 10시쯤 아주머님이 메밀당수를 가져다주었네. 그러나 내 방은 이미 불이 꺼진 뒤였지. 아주머님은 방문을 살짝 열었네. K의 책상에 놓인 등불 빛이 문틈으로 비쳐 들었지. K는 아직 잠자리에 들지 않은 것 같았네. 아주머님은 내 머리맡에 와서 감기에 걸린 듯하니 몸을 따뜻하게 하는 게 좋겠다며 메밀당수가 담긴 사발을 들이밀었네. 나는 할 수 없이 자리에서 일어나 메밀당수를 들이마셨네.

나는 어둠 속에서 늦게까지 생각에 잠겨 있었네. 오직 한 가지 문제를 가지고 속만 끓이고 있었지. 문득 옆방에 있는 K가 지금 뭘 하고 있는지 궁금했네. 나는 거의 무의식적으로 "이봐."라고 불렀네.
그러자 저쪽에서도 "어."라고 대답하더군. K도 잠을 이루지 못하고
있었네. 나는 미닫이문을 사이에 두고 안 자고 뭐 하냐고 물었네.
그러자 K는 이제 곧 잘 거라고 간단히 대답했지. 나는 지금은 뭘 하
고 있느냐고 물었네. 그러자 아무 대답도 없었네. 그리고 오륙 분쯤
지나자 벽장을 열고 이부자리를 펴는 소리가 들려왔네. 나는 지금
몇 시냐고 물었지. K는 1시 20분이라고 대답했네. 이윽고 등불을
후 불어 끄는 소리가 들리더니 곧 적막이 감돌았네.

　하지만 내 눈은 그 어둠 속에서 한층 더 빛을 발했네. 나는 무의
식적으로 "이봐."라고 다시 K를 불렀네. K도 앞서와 같은 어조로 대
꾸했네. 그제야 나는 오늘 아침에 했던 이야기를 좀더 자세히 듣고
싶은데 어떠냐고 물었네. 물론 미닫이문을 사이에 두고 그런 이야
기를 주고받을 생각은 추호도 없었지만 K의 대답만은 곧바로 들을
수 있을 거라고 생각했지. 그러나 그는 "글쎄."라고 나지막이 대답
하고는 더 이상 아무 말이 없었네. 나는 다시금 불안감에 휩싸였네.

39

　내 질문에 건성으로 대답했던 그날 밤과 같은 K의 태도는 다음
날도, 그다음 날도 전혀 변함이 없었네. K는 그 얘기를 다시 언급할
마음이 전혀 없어 보였네. 하긴 그럴 기회도 없었지. 아주머님과 따

님이 함께 집을 비우지 않는 한 우리 둘이 마주 앉아 차분히 그런 이야기를 나눌 수 없었으니까. 나는 그런 사실을 잘 알면서도 마음이 더없이 불편했네. 결국 K가 다가오기만을 기다리며 임전 태세를 갖추고 있던 나는 틈을 봐서 내가 먼저 말을 걸겠노라고 마음먹었네. 그와 함께 나는 집안 사람들의 행동을 예의 주시했네. 그러나 아주머님의 태도나 따님의 행동은 평소와 크게 다르지 않았지. K가 자신의 마음을 나에게 고백하기 전과 후의 상황이 확연하게 달라지지 않았다면 그가 오직 나한테만 고백했다고 할 수 있었네. 가장 중요한 따님과 그 보호자인 아주머님에게는 아직 털어놓지 않은 것이지. 그런 생각이 들자 내 마음이 조금 편해졌네. 그래서 무리하게 기회를 만들기보다 자연스럽게 이야기를 나누다 틈을 놓치지 않는 편이 낫겠다 싶어 그 문제를 잠시 미뤄두기로 했네. 말은 간단하지만 그런 마음을 먹기까지 나는 썰물과 밀물이 교차하는 것처럼 심한 감정 기복에 시달렸네. 나는 K의 잠잠한 태도에는 무슨 의미가 있을 거라고 보았네. 또한 아주머님과 따님의 말이나 행동을 관찰하면서 두 사람의 겉과 속이 과연 일치하는지 의구심을 가지기도 했네. 그리고 인간의 가슴속에 장착된 복잡한 기계가 시곗바늘처럼 한 치의 오차도 없이 계기판의 숫자를 가리킬 수 있는지 곰곰이 생각해보았네. 결과적으로 나는 한 가지 문제를 가지고 이리저리 해석해본 끝에 비로소 마음의 안정을 찾았다네. 다만 안정을 찾았다는 말이 이런 상황에 적합한지는 알 수 없지만 그런 마음이었다는 것을 알아주기 바라네.

그렇게 시간이 흘러 새 학기가 시작되었네. 우리는 강의 시간이 같은 날에는 함께 집을 나섰네. 돌아올 때도 마찬가지였지. 따라서 다른 사람의 눈에는 K와 내가 변함없이 친한 사이로 보였을 것이네. 그러나 마음속으로는 각자 다른 꿈을 꾸고 있었네. 어느 날 나는 갑자기 길에서 따지듯 K에게 물었네. 먼저 일전의 그 고백을 나에게만 했는지, 아니면 아주머님과 따님에게도 말했는지 명확히 밝혀달라고 했네. 그 대답에 따라 내가 앞으로 어떻게 할지 정할 테니까. K는 아직 아무에게도 털어놓지 않았다고 했네. 나는 내 추측이 맞았다는 사실에 내심 기뻤네. 나는 K가 나보다 훨씬 대범하다는 것을 너무나 잘 알고 있었지. 또한 남자다운 면에서는 그의 상대가 될 수 없다는 것도 잘 알고 있었네. 하지만 나는 이상하리만큼 그를 신뢰했네. 학비 때문에 오랜 세월 양부모를 속여온 그를 나는 변함없이 믿고 있었네. 그래서 아무리 의심이 많은 나였지만 그의 대답이 거짓말이라고 여기지는 않았네.

나는 K에게 앞으로 그 가슴속 열정을 어떻게 할 셈이냐고 물었네. 그저 고백으로 그칠지, 아니면 그에 합당한 결과를 이끌어낼지 말이야. K는 아무 말도 하지 않았지. 단지 시선을 아래로 떨어트린 채 묵묵히 걸었네. 나는 그에게 아무것도 속이지 말고 솔직한 마음을 털어놓으라고 했네. 그러자 그는 자기가 숨길 게 뭐 있겠냐고 말하더군. 그러나 내가 알고 싶은 것에 대해서는 아무 대답도 하지 않왔네. 거리를 걸어가면서 계속 따지고 들 수도 없었던 나는 결국 명쾌한 대답을 듣지 못하고 그쯤에서 이야기를 끝낼 수밖에 없었네.

40

어느 날 나는 오랜만에 학교 도서관에 갔네. 책상 한쪽에 앉아 커다란 창문을 통해 들어오는 햇살을 받으며 새로 들어온 외국 잡지를 뒤적거리고 있었지. 주임교수에게서 전공과목에 관한 어떤 내용을 다음 주까지 조사해 오라는 과제를 받았거든. 하지만 관련 내용을 좀처럼 찾을 수 없어서 잡지를 두세 번 더 빌려야 했네. 한참을 뒤적이던 나는 그제야 겨우 필요한 논문을 찾아내 그것을 열심히 읽고 있는데 갑자기 책상 너머에서 나직하게 내 이름을 부르는 소리가 들렸네. 고개를 들고 소리 나는 쪽을 보니 K였네. K는 책상에 상체를 기대고 얼굴을 내 쪽으로 숙이고 있었네. 도서관에서는 큰 소리를 내지 않는 것이 상식이므로 K의 그런 행동이 크게 이상할 것 없었는데도, 나는 그런 조심스러운 행동이 꽤 이상하게 느껴졌네.

K는 공부하는 중이냐고 소곤거렸네. 나는 조사할 것이 좀 있다고 했네. 그랬더니 내 얼굴을 빤히 쳐다보며 그대로 서 있지 않겠나. 그러더니 작은 목소리로 잠깐 산책이나 하자더군. 나는 곧 나갈 테니 잠시 기다려달라고 했지. 그는 알겠다면서 마침 비어 있던 내 앞

자리에 앉았네. 나는 K의 시선이 신경 쓰여 도저히 잡지를 읽을 수가 없었네. 아무래도 그가 긴히 할 말이 있는 모양이었네. 어쩔 수 없이 나는 읽고 있던 잡지를 덮고 자리에서 일어섰네. 그러자 K가 벌써 다 읽었냐고 물었네. 나는 괜찮다고 짧게 대답하고 잡지를 원래 있던 곳에 갖다 놓은 다음 K와 함께 도서관을 나왔네. 우리는 딱히 어디 가자고 정한 것도 아니었기에 일단 타츠오카초에서 연못 주변을 돌아 우에노 공원으로 갔네. 가는 길에 K는 그 일에 대해 입을 열었지. K는 그 일에 관해 하고 싶은 말이 있어서 나에게 산책을 가자고 한 것 같았네. 하지만 그의 태도로 보아 여전히 행동으로 옮기지 못한 것 같았네. 그는 막연히 어떻게 생각하느냐고 물었지. 연애 감정에 빠진 자신의 모습이 어떻게 보이느냐는 뜻이었네. 다시 말해 그는 자기 모습이 어떤지 내 의견을 듣고 싶은 것이었지. 나는 K가 평소와는 많이 다르다는 것을 느꼈네. 지금까지 몇 번이고 되풀이했다시피 그는 본질적으로 남의 평판에 좌우되는 나약한 인물이 아니었네. 자신이 마음먹은 일은 무조건 밀고 나가는 배짱과 용기가 충만한 사내였지. 양부모와의 사건을 통해 그의 강인한 기질을 재차 확인했던 나는 K의 달라진 태도에 놀라지 않을 수 없었네.

왜 굳이 내 의견을 묻느냐고 하자 그는 평소와 달리 조심스러운 말투로 나약한 자신이 창피하다고 말했네. 그리고 어찌하면 좋을지 알 수 없어서 그러니 도와달라는 것이었네. 나는 뭘 알 수 없다는 거냐고 재차 물었지. 그는 자기 생각대로 밀어붙일지 아니면 이쯤

에서 물러나는 것이 좋을지 알 수 없다고 하더군. 나는 좀더 구체적
으로 말해달라고 했네. 그러니까 물러서야 한다면 물러설 수 있느
냐고 말이지. 그 순간 그는 입을 꽉 다물었네. 잠시 후 그는 괴롭다
고 짧게 대답했네. 그의 얼굴에는 괴로운 표정이 역력했네. K가 사
랑하는 상대가 따님이 아니었다면 나는 거침없는 충고와 격려로 그
의 근심을 해소해주었을 것이네. 나는 그 정도로 아름다운 동정심
을 지닌 인간이라고 자부하고 있었거든. 하지만 그때는 전혀 다른
상황이었네.

41

　나는 맞수와 대결이라도 벌이는 사람처럼 K를 주시했네. 내 눈과
내 마음과 내 몸에 있는 모든 기관을 총동원해 K를 경계했지. 그러
나 그는 일부러 허점을 보였다기보다 오히려 숨길 것이 전혀 없는
사람처럼 무방비 상태로 일관했네. 그것은 마치 그가 지닌 보물 지
도를 순순히 넘겨받아 그의 눈앞에서 천천히 살펴보는 것과 다를
바 없었네. K가 이상과 현실 사이에서 방황하고 있다는 것을 알아
차린 나는 일격에 그를 쓰러뜨릴 수 있다는 생각에 골몰했네. 그러
고는 정확히 그 빈틈을 노렸지. 나는 매우 단호한 표정으로 그를 보
았네. 물론 의도적인 것은 아니었지만 그만큼 긴장하고 있었지. 그
때 나는 그런 나 자신을 전혀 부끄럽게 생각하지 않았네. 나는 일단

정신적으로 발전할 의지가 없는 자는 바보라고 단언하듯 말했네. 그 말은 우리 둘이 보슈를 여행할 때 K가 나에게 했던 말이었지. 나는 그가 했던 말을 그와 똑같은 말투로 되돌려주었네. 그러나 결코 그에게 복수하려는 뜻은 아니었네. 솔직히 말해 나는 복수 이상의 잔혹한 의도를 가지고 그렇게 말했네. 나는 그 한마디로 K가 가고자 하는 사랑의 길을 가로막으려 했던 것이지.

K는 정토종계 절에서 태어났네. 그러나 그는 중학교 때부터 본가의 종교관과는 조금 거리가 멀었지. 교의에 대해 잘 알지도 못하면서 이런 말을 하기가 조금 우습지만, 나는 남녀 문제와 관련해 K의 교리를 이렇게 이해했네.

K는 평소 정진(精進)이라는 말을 좋아했네. 나는 그 말에는 금욕의 의미도 내포되어 있다고 믿었네. 그런데 나중에 제대로 들어보니 그보다 깊은 의미가 담겨 있어서 무척 놀랐다네. 그의 첫 번째 신조는 자기가 가야 할 길을 위해서는 모든 것을 희생해야 한다는 것이었네. 따라서 그에게 있어 식욕이나 금욕은 물론 욕정을 배제한 연애 자체도 자신의 길을 방해하는 요소라고 할 수 있었네. K가 한창 공부에 몰두할 때 나는 그에게 그런 이야기를 자주 들었네. 그러나 그 무렵부터 따님을 연모해온 나는 당연히 그의 주장에 이의를 제기하곤 했지. 그럴 때마다 그는 안타깝다는 표정을 지었네. 그것은 동정이 아니라 한 마리의 짐승을 바라보는 눈빛에 가까운 것이었네. 과거에 자신이 그렇게 말했던 K는 정신적으로 발전할 의지

가 없는 자는 바보라는 말을 듣고 무척이나 큰 마음의 상처를 입었을 것이네. 그러나 앞서도 말했듯이 나는 그 한마디로 그가 공들여 쌓아 올린 정진의 탑을 무너뜨릴 생각은 없었네. 오히려 그것을 계속 쌓아 올릴 수 있도록 적극 도왔다고 할 수 있지. 솔직히 그런 수양이 K에게 어떤 의미가 있는지는 전혀 중요하지 않았네. 단지 나는 삶의 방향을 바꾼 K가 나와 충돌하는 것만을 피하고 싶을 따름이었네. 그렇지, 그건 결국 내 이기심의 발로였다고 할 수 있네.

"정신적으로 발전할 의지가 없는 자는 바보다."

나는 그 말을 다시금 되풀이했네. 그리고 그 말이 K에게 어떤 영향을 미칠지 그의 반응을 지켜보았네.

"바보."

드디어 K가 반응을 보였네.

"나는 정말 바보야."

K는 그렇게 말하고 자리에 우뚝 멈춰 서서 미동도 하지 않았네. 그는 단지 땅바닥만 내려다보고 있었지. 순간 나는 섬뜩했네. 왜냐하면 K가 반격을 준비하는 것 같았거든. 하지만 그러기에는 그의 목소리에 힘이 하나도 없다는 것을 알아차렸네. 나는 그의 눈빛을 보고 그의 마음이 어떤 상태인지 확인하고 싶었지만 그는 고개를 들지 않았네. 잠시 후 그는 천천히 걸음을 옮기기 시작했네.

42

나는 K와 나란히 걸으면서 그가 무슨 말이든 꺼내기를 내심 기다렸네. 아니, 기회를 노리고 있었다는 편이 더 정확할 것이네. 나는 이번 기회에 K를 완전히 굴복시킬 작정이었지. 물론 나도 웬만큼 배운 사람이었고, 나름의 양심은 있었기 때문에 누군가 나에게 비겁하다고 한마디만 해줬어도 나는 곧바로 원래 모습으로 돌아갔을지 모르네. 더구나 K가 그 역할을 맡았다면 나는 얼굴도 제대로 들지 못했을 것이네. 그러나 K는 나를 타이르기에는 너무나 순수했네. 아니 너무나 단순했어. 또 너무나 착했지. 반면 욕망에 눈이 멀었던 나는 K의 그런 점을 칭찬하기는커녕 오히려 그것을 역이용하려 했네. 상대의 순수함을 이용해 단번에 무너뜨리려 했던 거야.

잠시 후 K는 내 이름을 부르며 나를 돌아보았네. 이번에는 자연히 내 발이 먼저 멈췄지. 나는 그제야 K의 눈을 똑바로 쳐다볼 수 있었네. K는 나보다 키가 컸기 때문에 나는 그의 얼굴을 올려다보아야 했네. 나는 냉혹한 늑대와 같은 마음으로 눈앞에 있는 순진한 양을 쳐다보았네. 그는 이렇게 말했지.

"이제 그 얘기는 그만하지."

그 말 속에는 비통함이 가득 서려 있었네. 나는 한참을 아무런 대꾸도 할 수 없었지. K는 나에게 애원하듯이 그만두자는 말을 거듭했네. 그러나 나는 그에게 더욱 잔인한 말을 던졌네. 마치 빈틈을 노리고 있다가 양에게 달려든 늑대처럼.

"그만두라니? 내가 먼저 꺼낸 얘기가 아니잖아. 네가 먼저 꺼낸
얘기야. 네가 그만두고 싶다면 나는 아무래도 상관없어. 하지만 입
만 멈추면 뭐 하나? 네 마음속에 그만둘 각오가 없는데. 어째서 너
는 생각과 행동이 그렇게 다르지?"

내가 그렇게 말하자 그는 더욱 위축되어 나보다 키가 훨씬 작아
진 것처럼 느껴졌네. 내가 아는 한 그는 고집이 센 반면 누구보다
순수해서 자기의 모순을 지적받으면 결코 가만있지 못하는 성격이
었네. 그런 그의 나약한 모습을 목도하고 나는 한결 마음이 놓였네.
그 순간 그가 느닷없이 "각오?"라고 물었네. 그리고 내가 미처 대답
하기도 전에 "각오, 그런 각오를 못할 것도 없지."라고 혼잣말하듯
말했네. 아니, 그건 마치 꿈을 꾸고 있는 것 같았네.

우리는 그 이야기를 끝으로 발길을 하숙집으로 돌렸네. 비교적
바람이 잦아든 따뜻한 날이었지만, 그래도 겨울인 만큼 공원의 공
기는 꽤 싸늘했지. 특히 서리를 맞아 잎사귀가 모두 떨어진 삼나무
의 다갈색 몸통이 어둑한 하늘로 힘겹게 솟구친 모습을 볼 때면 추
위가 단번에 밀어닥칠 것만 같은 기분이었네.

우리는 저녁놀에 물든 혼고다이를 빠른 걸음으로 지나친 후 건
너편 언덕으로 이어진 고이시카와의 골짜기 아래로 내려왔네. 나는
그쯤 되어 외투 속으로 미약한 온기를 느낄 수 있었네.

빠른 걸음으로 걸어오느라 우리는 거의 대화를 나누지 않았네.

집으로 돌아와 식탁에 앉았을 때 아주머님이 나에게 왜 이렇게 늦었냐고 물었네. 나는 K가 산책을 하자고 해서 우에노에 다녀왔다고 대답했네. 그러자 아주머님은 이 추운 날씨에 어떻게 갔느냐며 놀란 표정을 짓더군. 따님은 우에노에서 뭘 구경했냐고 몇 번이나 물었네. 그래서 나는 그저 산책을 잠깐 했을 뿐이라고 대꾸했네. 평소말이 없던 K는 여느 때보다 더 과묵했지. 더구나 아주머님이 말을 걸어도, 따님이 아무리 웃어도 전혀 대꾸하지 않았네. 그리고 밥을 삼키듯이 급히 먹고 내가 식사를 마치기도 전에 자기 방으로 가버렸네.

43

그때는 각성이라든가, 새로운 생활이라는 말이 무척 생소하던 시절이었네. 하지만 K가 과거의 생활 태도를 버리고 새로운 세계로 뛰어들지 않았던 것은 현대적인 사고를 받아들일 마음이 부족했기 때문이 아니었네. 그에게는 버릴 수 없는 고귀한 과거가 있었네. 그는 그것 하나만을 믿고 살아왔다고 해도 과언이 아니었지. 따라서 K가 사랑하는 상대를 향해 돌진하지 않았다고 해서 결코 그 사랑이 소극적이었다고 할 수는 없네. 아무리 열렬한 감정을 품고 있었다고 해도 그는 함부로 행동할 수 없었네. 앞뒤 분간 못할 정도로 충동에 사로잡히지 않는 한 K는 감정을 억누르면서 자신의 과거를 되돌아볼 수밖에 없었지. 그러고는 과거의 자세로 돌아가 잠자코 살아갈 수밖에 없었다네. 게다가 그는 현대인에게서는 찾아볼 수 없는 인내심과 고집을 가지고 있었네. 나는 그가 가진 이 두 가지 기질을 잘 알고 있었고, 그것을 바탕으로 그의 마음을 살펴보고자 했네.

우에노에 다녀온 날 밤, 나는 비교적 마음이 편안했네. 나는 K가 자기 방으로 가자 얼른 그를 쫓아가 그의 책상 옆에 앉았지. 그러고는 의미 없는 잡담을 계속 늘어놓았네. 그는 무관심한 반응을 보였네. 그제야 내 눈에는 승리의 빛이 가득 차올랐네. 내 목소리에는 힘이 넘쳤지. 나는 그렇게 K와 함께 화로 앞에서 손을 녹이다 내 방으로 돌아왔네. 매사 그에 못 미쳤던 나였지만 그때만큼은 그를 두려워할 필요가 전혀 없다고 자신했지.

나는 곧 깊은 잠에 빠져들었네. 그런데 갑자기 내 이름을 부르는 소리에 잠을 깼네. 눈을 뜨자 K와 내 방 사이의 미닫이문이 반쯤 열려 있었고, 그 틈으로 K의 검은 그림자가 보였네. 그의 방에는 여전히 불이 켜져 있었지. 갑작스러운 상황에 놀란 나는 한동안 아무 말도 하지 못한 채 멍하니 그 모습만 바라보았네.

K는 벌써 자느냐고 물었네. 그는 늘 밤늦게까지 공부하다 잠이 들었지. 나는 유령처럼 우뚝 서 있는 K에게 무슨 일이 있느냐고 물었네. 그는 아무 일도 없고, 단지 화장실에 다녀오는 길에 잠들었는지 궁금해서 불러본 거라고 했네. K는 불빛을 등지고 서 있었기 때

274

문에 나는 그의 얼굴을 볼 수 없었네. 하지만 그의 목소리는 평소보다 더 차분했네.

　그는 곧 미닫이문을 닫았네. 내 방은 다시금 어둠에 휩싸였지. 나는 그 어둠 속에서 다시 눈을 감았네. 내 의식은 다시 머나먼 저편으로 날아갔지. 다음 날 아침에 일어나 간밤의 일을 생각해보니 뭔가 이상한 기분이 들었네. 나는 혹시 꿈을 꾼 게 아닐까 생각했네. 그래서 아침을 먹으면서 K에게 간밤의 일을 물었지. 그는 자기가 밤중에 문을 열고 내 이름을 불렀다고 했네. 하지만 왜 그랬냐는 물음에는 제대로 대답하지 못하더군. 그러더니 요즘 잠을 푹 잘 수 있냐고 물었네. 나는 또다시 이상한 기분에 휩싸였네.

　그날은 마침 강의 시간이 같은 날이어서 우리는 함께 집을 나섰네. 간밤의 일이 마음에 걸렸던 나는 학교에 가는 길에 또다시 K를 추궁했지. 그러나 K는 내가 납득할 만한 대답을 하지 않았네. 나는 그날 낮에 있었던 일에 대해 무언가 이야기하려고 했던 게 아니냐고 다그쳤지. 그러자 K는 단호한 투로 아니라고 대답했네. 그것은 우에노에서 "그 얘기는 이제 그만하지."라고 했던 말을 다시금 확인하는 듯한 반응이었네. K는 그런 면에서 자존심이 센 편이었네. 문득 그런 생각에 미친 나는 그가 말한 '각오'라는 단어를 떠올렸네. 그러자 이제까지 전혀 심각하게 생각하지 않았던 그 단어가 이상하게도 내 머릿속을 억누르기 시작했네.

44

나는 K가 결단력 있는 성격의 소유자라는 사실을 익히 잘 알고 있었네. 그런 그가 이번 일만큼은 우유부단한 태도를 취하는 것을 나는 충분히 이해할 만했네. 그러니까 나는 전반적인 것을 모두 납득했을 뿐만 아니라 예외적인 부분까지 전부 파악했다고 나름대로 과신하고 있었네. 그러나 각오라는 말을 머릿속으로 몇 번이고 되풀이하는 동안 그 자신감은 점점 색이 바래더니 결국 사라지기에 이르렀네. 나는 내가 과신한 내용 중 놓친 것이 있는지 모른다고 생각하게 되었네. 그 순간 나는 모든 의혹, 번민, 고뇌를 한꺼번에 해결할 수 있는 최후의 수단을 K가 가슴속에 감춰두고 있는 게 아닐까 하는 의심이 들기 시작했네. 그 가능성을 각오라는 두 글자에 대입한 결과, 나는 깜짝 놀라고 말았지.

그때 그가 입에 올렸던 각오의 의미를 좀더 신중하고 진지하게 고민해보았다면 얼마나 좋았을까? 안타깝게도 그때 나는 외눈박이였네.

나는 단지 그 말을 K가 따님에 대한 연모의 정을 계속 밀고 나가겠다는 뜻으로 해석했네. 그가 따님에 대한 사랑을 실현하기 위해 자신의 능력을 유감없이 발휘하는 것이 바로 그가 말한 각오라고 판단했던 것이네.

그런 생각에 이르자 내 마음 한편에서 최후의 수단을 단행해야 한다는 소리가 울려 퍼졌네. 나는 용기를 내기로 했네. 그래서 K보다 먼저, K가 결코 눈치채지 못하는 사이에 일을 추진해야겠다는 각오를 다졌네. 나는 조용히 기회를 엿보았네. 그러나 이틀이 지나고, 사흘이 지나도 좀처럼 기회를 잡을 수가 없었지. 나는 K와 따님 둘 다 외출한 틈을 노려 아주머님과 담판을 지으려고 했네. 그러나 한 사람이 집에 없으면 다른 한 사람이 있는 날이 연일 계속되었네. 나는 점점 초조해지기 시작했네. 그렇게 일주일이 지나자 더 이상 참을 수 없었던 나는 꾀병을 부리기로 했네. 아주머님과 따님, 그리고 K까지 얼른 일어나라고 재촉했지만 나는 건성으로 대답하고는 10시가 넘도록 이불을 둘러쓰고 있었네. 그렇게 온 집 안이 조용해지기를 기다렸다가 나는 이불 속에서 나왔지. 아주머님은 내 얼굴을 보자마자 어디 아프냐고 물었네. 식사는 머리맡에 놔둘 테니 더 누워 있는 것이 좋겠다는 충고도 아끼지 않았지. 하지만 몸에 이상이 없었던 나는 다시 누울 생각이 없었네. 그래서 세수를 하고 여느 때처럼 다실에서 식사를 했네. 아주머님은 기다란 화롯가에 앉아 시중을 들어주었네. 나는 아침도 점심도 아닌 어중간한 식사를 하면서 어떤 식으로 이야기를 꺼내야 좋을지 고민에 빠졌네. 식사를 마치고 나는 담배를 피웠네. 내가 자리에서 일어나지 않자 아주머님도 화롯가를 떠나지 못했네. 아주머님은 하녀를 불러 밥상을 물리라고 이르고 주전자에 물을 붓고 화롯가를 닦기도 하면서 조용히 내 기분을 맞춰주었네. 나는 아주머님에게 뭔가 하실 말씀이라도 있느냐고 물었지. 그러자 아주머님은 없다고 하더니 왜 그러냐고 반문했네. 나는 급히 말씀드릴 게 있다고 했네. 아주머님은 무슨 일이냐며 내 얼굴을 빤히 쳐다보았지. 그러나 아주머님의 표정은 전혀 심각하지 않았으므로 다음 말이 쉽게 나오지 않았네.

한참을 두서없이 떠들어대던 나는 근래 K가 무슨 말을 하지 않았냐고 물었네. 아주머님은 무슨 말인지 모르겠다는 표정을 짓더니 내가 말을 채 잇기도 전에 "무슨 일이라도 있나요?"라고 되물었네.

45

K가 고백한 사실을 아주머님에게 털어놓을 생각이 없었던 나는 별일 아니라고 대충 얼버무렸네. 나는 몹시 비겁한 짓이라고 생각했지만 일단 K에 관한 용건은 아니라고 했다네. 그러자 아주머님은 "아, 그래요?"라며 다음 말을 기다리는 눈치였네. 나는 이제 본론을 꺼내야겠다는 생각이 들었네. 그래서 무작정 "아주머님, 따님을 저에게 주십시오."라고 말했네. 아주머님은 내가 예상했던 것만큼 놀라지는 않았지만, 그래도 잠시 아무 대답도 하지 못하고 내 얼굴만 빤히 쳐다보았네. 그러나 일단 얘기를 꺼냈으므로 아주머님의 눈길만 받으며 가만히 있을 수밖에 없었네.

"따님을 주십시오! 부탁드립니다."

나는 재차 말했다네. 연륜이 있었던 아주머님은 그런 상황에서도 나보다 훨씬 더 침착하게 말했네.

"그건 나도 좋은데, 너무 갑작스럽지 않나요?"

"돌연 그런 마음이 들었습니다."

내가 이렇게 대답하자 아주머님은 크게 웃음을 터뜨렸네. 그러고 는 "신중하게 생각한 건가요?"라고 물었네. 그래서 나는 돌발적으로 꺼낸 건 사실이지만 즉흥적인 생각은 아니라고 했네.

그렇게 두세 번 문답이 오갔지만 자세한 내용은 기억나지 않네. 남자처럼 활통했던 아주머님은 보통 여자들과 달리 이런 경우에도 쾌활하게 대화를 나눌 수 있는 분이었네. 아주머님은 그 자리에서 바로 승낙했지. 그러고는 오히려 잘 부탁한다는 투로, "선뜻 그러겠 다고 말할 처지도 아닙니다. 부디 그렇게 해주세요. 알다시피 아비 도 없는 가엾은 여식입니다."라고 말하더군.

그렇게 이야기는 간단히 마무리되었네. 아마 말을 꺼내고 10여 분도 걸리지 않았을 것이네. 아주머님은 아무 조건도 제시하지 않 았네. 친척들과 의논할 필요도 없고 나중에 알리기만 하면 된다고 했네. 본인의 의향도 물어볼 필요 없다고 잘라 말했지. 친척들은 그 렇다 치고 본인에게는 미리 알려야 하지 않느냐고 묻자 아주머님은 "아무 걱정 말아요. 본인이 싫어할 만한 사람에게 딸을 줄 리 있겠 어요?"라고 말했네.

방으로 돌아온 나는 일이 너무 쉽게 풀렸다는 생각에 오히려 기 분이 묘하더군. 과연 이대로 괜찮을까 하는 생각이 들었지. 하지만 일이 이렇게 된 이상 내 운명은 이제 정해졌다는 생각이 들었고, 그때부터 완전히 새로운 기분에 젖어들었네.

　나는 점심때쯤 다실로 가서 아주머님에게 아침에 했던 이야기를 언제 따님에게 하실 생각이냐고 물었네. 아주머님은 자기만 알고 있으니 언제든 상관없다고 말했네. 나는 마치 내가 청혼을 받은 것처럼 느껴져 고개만 끄덕이고는 그냥 방으로 돌아가려고 했네. 그런데 아주머님이 나를 불러 세우더니 확실히 해두고 싶다면, 오늘이라도 바로 이야기하겠다고 했네. 나는 그러는 게 좋겠다고 말하고 내 방으로 돌아왔지. 그러나 책상 앞에 가만히 앉아 두 사람이 소곤거리는 소리를 멀리서 듣고 있을 상상을 하자 도저히 가만히 앉아 있을 수 없었네. 결국 나는 모자를 눌러쓰고 밖으로 나갔지. 그런데 언덕길에서 집으로 돌아오던 따님과 딱 마주쳤지 뭔가. 아무것도 모르는 따님은 나를 보고 조금 놀란 듯했네. 내가 모자를 벗으며 이제 오냐고 묻자 따님은 벌써 몸이 다 나았냐면서 놀라워했네. 나는 "네, 그렇습니다. 다 나았습니다."라고 대답하고 서둘러 스이도바시 방면으로 발길을 옮겼네.

46

　나는 사루가쿠초에서 진보초로 나가 오가와마치 쪽으로 갔다네. 평소 헌책방을 기웃거리며 책 구경을 하려고 그 부근을 걷곤 했는데, 그날은 이상하게도 그럴 마음이 생기지 않았네. 오로지 집에서 일어나고 있을 일만 생각했지. 나는 아침에 아주머님과 나누었던 대화를 떠올렸네. 그리고 따님이 집으로 돌아갔을 때 일어날 일을 상상해보았네. 나는 아무 목적 없이 거리를 방황하면서 그 생각에 빠져들었네. 그러다 가끔 길 한복판에서 나도 모르게 우뚝 걸음을 멈췄네. 그리고 지금쯤 아주머님이 따님에게 나와의 일을 얘기하고 있을 거라고 생각했네. 또 이쯤이면 이야기가 다 끝났으리라 생각했지.

나는 만세이바시를 건너 묘진 언덕을 올라가 혼고다이에 이른 후 다시 기쿠자카를 내려가 마침내 고이시카와로 돌아왔네. 나는 세 구역을 거의 타원형으로 빙 돌아 온 셈이었지. 하지만 그렇게 오래 걸으면서도 나는 K 생각은 거의 하지 않았네. 지금도 그때 일을 생각하면 어떻게 그럴 수 있었는지 이해할 수 없네. 물론 K를 생각할 여유가 없을 만큼 긴장했다고도 할 수 있지만, 내 양심상 도저히 그럴 수 없는 일이었네. 정말이지 이상한 일이었지.

그랬던 내가 K를 다시 생각하게 된 것은 집으로 들어가 현관문을 열고 그의 방을 지나갈 때였네. 그는 평소와 다름없이 책상 앞에 앉아 책을 읽고 있었지. 그는 여느 때처럼 나를 쳐다보았지만 아무 말도 건네지 않았네. 그러다 "병은 다 나았나? 병원에 다녀오는 거야?"라고 물었네. 그 순간 나는 그의 발아래 무릎을 꿇고 빌고 싶었네. 그때의 충동은 뭐라고 형용할 수 없는 것이었네. K와 내가 황야의 한복판에 서 있었다면 나는 내 양심에 따라 그 자리에서 바로 사죄했을 것이네. 그러나 집 안에는 보는 눈이 많았지. 결국 나는 순수한 마음의 소리에 따라 행동할 수 없었네. 그리고 안타깝게도 그날 이후 나의 순수함을 되찾을 수 없었지.

K를 다시 본 것은 저녁 식사 때였네. 아무것도 모르는 K는 그저 묵묵히 식사를 할 뿐, 조금도 의심 어린 눈길을 보내지 않았네. 아주머님은 여느 때보다 표정이 밝았네. 그곳에 있던 사람들 중 나 혼자만 그 모든 것을 알고 있었던 것이지. 나는 힘겹게 식사를 마쳤네. 그날 따님은 평소와 달리 우리와 함께 식사를 하지 않았네. 아주머님이 몇 번을 재촉해도 금방 나가겠다는 대답만 되풀이했다네. 그러자 K는 뭔가 이상하다고 느꼈는지 아주머님에게 왜 저러냐고 물었네. 아주머님은 아마 쑥스러워서 그럴 거라면서 잠시 내 얼굴을 쳐다보았네. K는 더욱더 이상하다는 듯이 뭐가 쑥스럽냐고 캐물었지. 그러자 아주머님은 미소만 지으며 내 얼굴을 가만히 쳐다보았네.

나는 식탁에 앉을 때부터 아주머님의 표정을 보고 결과를 대충 짐작하고 있었네. 하지만 아주머님이 K에게 설명한답시고 다 털어놓으면 어쩌나 조마조마했네. 아주머님은 어차피 알려질 일을 굳이 숨기거나 하는 성격이 아니었기에 나는 식은땀이 날 정도로 긴장했네. 그런데 다행히 K는 다시 입을 다물었네. 평소보다 기분이 좋아 보였던 아주머님도 내가 두려워했던 이야기는 꺼내지 않았네. 나는 그제야 마음이 놓여 내 방으로 돌아갔네. 그러나 내가 앞으로 K에게 어떤 태도를 취할지 준비하지 않을 수 없었네. 나는 마음속으로 여러 가지 변명을 생각해보았네. 하지만 K 앞에서는 어떤 변명도 하기 힘들 것 같았네. 비겁했던 나는 결국 내 마음을 K에게 설명해야 하는 것 자체가 싫었네.

47

나는 그렇게 이삼일을 보냈네. 그동안 K에 대한 죄책감이 내 가슴을 짓눌렀지. 나는 어떤 식으로든 고백하지 않으면 안 된다고 생각했네. 게다가 아주머님과 따님의 태도가 하루가 다르게 변하는 터에 나는 더욱 긴장하며 점점 더 괴로워했네. 화통한 배포를 지닌 아주머님이 나보다 먼저 K에게 모든 사실을 털어놓으면 어떻게 되겠나. 무엇보다 나를 대하는 태도가 눈에 띌 정도로 달라진 따님의 행동은 K의 의심을 사기에 충분했네. 어쨌든 나는 집안 식구들과의 새로운 관계를 K에게 미리 알려야 할 처지에 놓였네. 하지만 의리 없이 비겁하게 굴었다는 사실을 깨닫고 있던 나로서는 무척 어려운 일이었네.

나는 아주머님에게 부탁해서 K에게 그 일을 알리면 어떨까 생각해보았네. 물론 내가 집에 없을 때 해야겠지. 그러나 방식의 차이만 있을 뿐 결과적으로는 다를 게 없었네. 그렇다고 아주머님에게 이야기를 조금 꾸며달라고 하기에는 내 자존심이 허락하지 않았네. 더구나 아주머님에게 모든 사실을 털어놓고 부탁하면 사랑하는 여인과 그 어머니 앞에 내 약점을 드러내는 꼴이 되므로 도저히 그럴 수 없었네. 신중하고 예민했던 나는 그것이 나에 대한 신뢰와도 관련된 중요한 문제라고 생각했네. 결혼하기 전부터 신뢰를 잃을 수는 없는 노릇이었지.

말하자면 나는 정직한 길을 걷겠다고 마음먹었지만 오히려 발에 걸려 넘어진 바보였던 것이네. 아니 무척 교활한 사람이라고 말하는 편이 맞을 것 같네. 그리고 그것을 아는 것은 오로지 하늘과 내 마음뿐이었지.

그러나 또다시 일어나 한 걸음 앞으로 내딛는 것은 나의 치부를 주위 사람들에게 드러내는 셈이니 나는 어떻게든 숨기고 싶었네. 그러면서 따님을 내 것으로 만드는 일을 무조건 밀어붙이려 했지. 나는 양립할 수 없는 갈등에 휩싸여 움직일 수 없는 상태가 되고 말았네.

그로부터 일주일쯤 지난 어느 날, 아주머님은 갑자기 나에게 K에게 그 이야기를 했냐고 물었네. 나는 말하지 않았다고 했지. 아주머님은 왜 하지 않았냐고 따져 묻더군. 나는 아주머님의 그 물음에 온몸이 굳어버린 듯했네. 그때 아주머님이 내게 했던 말을 나는 지금도 생생히 기억하고 있네.

"어쩐지 내가 말을 하니까 K군의 표정이 이상해지더라니. 학생도 나빠요. 그렇게 절친한 친구에게 아무 말도 하지 않다니."

나는 K가 무슨 말을 하지는 않았냐고 물었네. 아주머님은 별다른 말은 없었다고 했지. 하지만 나는 더 자세히 알고 싶어 참을 수가 없었네. 아주머님은 나에게 숨길 이유가 뭐 있겠느냐며 특별한 이야기는 없었다고 했네. 그러면서 K가 어떤 반응을 보였는지 말해주었네.

아주머님의 설명을 종합해보면, K는 그 결정적인 타격을 무척 차분하게 받아들인 것 같았네. K는 따님과 내가 새로운 관계를 맺었다는 얘기를 듣고 처음에는 "그래요?"라고 한마디만 했더군. 그래서 아주머님이 "학생도 축하해줄 거죠?"라고 묻자, 그는 그제야 아주머님의 얼굴을 바라보더니 "축하드립니다."라고 말한 후 자리에서 일어났다고 하네. 그리고 다실의 방문을 열기 전에 아주머님을 돌아보며 "결혼식은 언제인가요?"라고 물었다는 거야. 그러고는 "무슨 선물이라도 해주고 싶지만 돈이 없어서 조금 힘들 것 같네요."라고 말했다더군. 아주머님한테 그 이야기를 듣는 동안 나는 가슴이 미어지는 고통에 휩싸였네.

48

자세한 얘기를 듣고 보니 아주머님이 K에게 말한 것은 내가 청혼한 날로부터 이틀이 지난 뒤였네. 그런데도 K는 평소와 똑같이 나를 대했고, 나는 그런 사실을 전혀 눈치채지 못했지. 그의 초연한 태도는 정말이지 탄복할 만한 것이었네. 나보다 훨씬 훌륭한 인물이라고 생각되었네. 나는 책략으로는 이겼지만 인간으로서는 패배했다는 생각에 괴로웠네. 나는 그제야 K가 나를 얼마나 경멸했을까 하는 생각을 하면서 홀로 얼굴을 붉혔네. 그러나 이제 와서 K에게 무릎 꿇고 용서를 빈다는 것은 내 자존심이 용납하지 않았네. 이대로 K를 찾아가 무슨 말이라도 할까 고민하던 나는 일단 다음 날까지 기다려보기로 했는데, 그게 바로 토요일 밤이었네. 그런데 그날 밤 K가 자살해버렸지.

나는 지금도 그때 일을 생각하면 소름이 끼치네. 언제나 머리를 동쪽으로 두고 자던 내가 그날따라 베개를 서쪽으로 두고 자리를 편 것도 무슨 징조였던 것 같네. 나는 머리맡에서 불어오는 차가운 바람에 문득 눈을 떴지. 주위를 둘러보자 언제나 닫혀 있던 K와 내 방 사이의 미닫이문이 지난번처럼 살짝 열려 있었네. 다만 그날처럼 K의 모습은 보이지 않았네. 나는 무슨 암시라도 받은 사람처럼 잠자리에서 일어나 K의 방을 들여다보았네. 등불이 희미하게 켜져 있었지. 그리고 잠자리도 펴져 있었는데 이불은 발로 걷어찬 것처럼 구석에 포개 있었고, K는 그 맞은편을 향해 쭉 엎드려 있었네. 나는 "이봐?"라고 K를 불렀네. 그러나 아무 대답도 없었네. "어이, 왜 그래?"라고 다시 불러보았지. 그래도 아무런 반응이 없었네. 나는 곧바로 일어나 희미한 불빛을 따라 K의 방으로 넘어갔네.

그때 내가 받은 첫 느낌은 K에게서 갑작스레 사랑 고백을 들었을 때와 같았네. 그의 방 안을 둘러본 순간 내 눈은 마치 유리로 만든 것처럼 힘을 잃었네. 나는 막대기처럼 그 자리에서 굳어버렸어. 그리고 그런 느낌이 내 온몸을 훑고 지나가자 나는 큰일 났다는 생각이 들었네. 이젠 돌이킬 수 없다는 후회가 내 인생을 가로질러 앞날에 그늘을 드리웠네. 나는 덜덜 떨었네.

하지만 그 순간에도 나는 이성을 잃지 않았지. 나는 그의 책상 위에 놓인 편지를 보았네. 예상했던 대로 나에게 보낸 것이었어. 나는 정신없이 봉투를 뜯어 편지를 읽었지. 다행히 내가 우려했던 내용은 전혀 없었네. 내가 도저히 참기 힘든 원망의 글을 적어놓았을 거라고 내심 걱정했지. 말하자면 모든 사실이 밝혀져 아주머님과 따님이 나를 경멸하게 될까 봐 두려웠네. 편지를 다 읽고 나서 나는 일단 살았다는 생각에 무척 안도했네. 사람들은 흔히 살았다는 표현을 쓰지만, 내게는 정말 중요한 의미가 담긴 말이었네.

편지 내용은 간단했네. 게다가 추상적이었지. 자신은 의지가 약하고 결단력도 부족해서 도저히 앞날에 대한 희망이 없어 자살한다는 내용이었네. 그리고 지금까지 도와준 것에 대해 고맙다는 말을 짧게 덧붙였더군. 또 기왕 도와준 김에 사후 처리도 부탁한다는 말과 아주머님에게 심려를 끼쳐 죄송하니 대신 사과의 말을 전해달라는 글도 있었네. 덧붙여 고향에도 연락해달라고 부탁했지. 필요한 말은 모두 한 줄씩 쓰여 있었는데 따님의 이름만은 어디에도 보이지 않았네. 나는 유서를 다 읽고 나서 K가 일부러 그녀를 언급하지 않았다고 생각했지. 그리고 내가 무엇보다 큰 충격을 받은 문구는, 편지 끝에 남은 먹물로 갈겨 쓴 듯, 더 빨리 죽었어야 했는데 왜 지금까지 살아왔는지 모르겠다는 마지막 한 줄이었네.

나는 떨리는 손으로 편지를 접어 봉투에 다시 넣었네. 나는 다른 사람의 눈에 잘 띄도록 편지를 책상 위에 그대로 두었지. 그리고 뒤돌아선 순간 비로소 문짝에 뿌려진 검붉은 핏자국을 보았네.

49

나는 K의 머리를 안듯이 양손으로 조금 들어 올렸네. K의 죽은 얼굴을 보고 싶었지. 그러나 바닥을 향해 엎드린 그의 얼굴을 밑에서 올려다본 순간 나는 그만 손을 놓고 말았네. 섬뜩한 느낌과 함께 그의 머리가 너무나 무겁게 느껴졌지. 나는 방금 만졌던 그의 차가운 귀와 평소와 다름없이 정갈하게 다듬어진 검은 머리칼을 한참이나 바라보았네. 나는 눈물이 조금도 나오지 않았네. 단지 무서울 뿐이었지. 하지만 그것은 눈앞의 참혹한 광경을 보고 무서운 것이 아니었네. 나는 친구의 갑작스런 죽음에 내포된 운명의 무서움을 뼛속 깊이 느꼈던 것이네.

나는 서둘러 내 방으로 돌아왔네. 그리고 방 안을 빙빙 돌았네. 마음이 가라앉을 때까지 그렇게 움직일 수밖에 없었지. 나는 어떻게든 해야 한다고 생각했네. 동시에 이젠 되돌릴 수 없다는 생각도 들었지. 나는 계속 제자리를 빙빙 돌기만 했네. 마치 철창에 갇힌 곰처럼.

나는 당장 아주머님을 깨울까 생각했네. 하지만 여자에게 이렇게 참혹한 광경을 보일 수 없다는 생각이 나를 가로막았네. 더구나 따님이 놀랄 생각을 하니 더욱 그럴 수 없었네. 나는 또다시 방 안을 빙빙 돌았네.

나는 내 방의 등불을 켰네. 그리고 때때로 시계를 쳐다보았지. 그때만큼 시간이 더디게 간다고 느낀 적도 없네. 내기 자리에서 일어난 시각은 정확하게 기억나지 않지만 동이 틀 무렵이었던 것만은 확실하네. 방 안을 빙빙 돌면서 동이 트기만을 기다리던 나는 그 어둠이 영원히 계속되지나 않을까 하는 두려움에 무척 고통스러웠네.

우리는 보통 7시 전에 일어났네. 강의가 8시부터 시작되는 날이 많았기 때문에 그 시간에 일어나지 않으면 지각했으니까. 그래서 하녀는 6시경에 일어나야 했지. 그러나 그날 내가 하녀를 깨우러 간 시간은 6시가 안 되었을 때였네. 그러자 내 발소리에 잠이 깬 아주머님이 오늘은 일요일이라고 하더군. 나는 아주머님에게 일어나셨으면 잠시 내 방으로 와달라고 부탁했네. 아주머님은 잠옷 위에 하오리(짧은 겉옷―옮긴이)를 걸치고 나를 따라왔지. 나는 방으로 들어가자마자 지금까지 열려 있던 미닫이문을 닫았네. 그리고는 아주 작은 목소리로 큰일 났다고 말했네. 아주머님은 무슨 일이냐고 물었지. 나는 턱으로 옆방을 가리키면서 "놀라지 마십시오."라고 경고 했네. 동시에 아주머님의 얼굴이 창백해졌지. 나는 떨리는 목소리 로 "아주머님, K가 자살했습니다."라고 말했네. 그 순간 아주머님은 돌처럼 뻣뻣이 굳은 듯 내 얼굴만 빤히 쳐다보며 아무 말도 하지 못 했네. 그때 나는 아주머님 앞에 무작정 무릎 꿇고 고개 숙이며 이렇 게 말했네.

"죄송합니다. 제가 잘못했습니다. 아주머님께도, 따님에게도 큰 죄를 지었습니다."

나는 계속 용서를 구했네. 처음에는 그런 말을 할 생각이 전혀 없 었네. 그런데 아주머님의 얼굴을 본 순간 나도 모르게 그렇게 말해 버렸지. K에게 용서를 빌지 못했으니 아주머님과 따님에게라도 그 렇게 용서를 구하지 않고는 견딜 수 없었던 것이네. 그제야 나의 양 심이 평소의 나를 물리치고 참회의 입을 열게 만든 것이지. 아주머 님은 내 반응을 그런 의미로 심각하게 받아들이지 않았네. 나로서 는 꽤 다행스러운 일이었지. 아주머님은 "뜻하지 않은 일이니 어쩔 수 없지요."라고 오히려 나를 위로해주었네. 그러나 놀라움과 두려 움으로 얼굴이 하얗게 질려 있었네.

50

나는 아주머님에게 죄송한 일이었지만 지금까지 닫아두었던 미닫이문을 열었네. 그때 등잔에 기름이 다 떨어졌는지 방 안이 매우 캄캄했지. 나는 내 방의 등잔을 들고 와서 문 앞에 섰네. 아주머님은 내 등 뒤에 숨은 듯이 서서 좁디좁은 K의 방을 살펴보았네. 그러나 들어가려고 하지는 않았지. 그러다 나한테 거기는 그대로 두고 덧문을 열어달라고 했네. 그 뒤부터 아주머님이 보여준 태도는 과연 군인의 아내답게 침착하면서 절도 있었네. 나는 우선 의사를 찾아갔다가 곧바로 경찰서에 갔네. 이 모든 것은 아주머님의 지시에 따른 것이었지. 아주머님은 그러한 절차가 끝날 때까지 누구도 K의 방에 들어가지 못하게 했네.

K는 작은 칼로 경동맥을 끊어 자살한 것으로 드러났네. 그 밖에 다른 상처는 전혀 없었지. 내가 희미한 불빛을 통해 보았던 문짝의 핏자국은 그의 목덜미에서 뿜어져 나온 것이었네. 나는 대낮의 환한 빛에 또렷이 드러난 그 흔적을 다시 살펴보았네. 그리고 인간의 피가 그토록 세차게 내뿜어질 수 있다는 사실에 크게 놀랐지.

아주머님과 나는 가능한 모든 수단을 동원해 K의 방을 정리했네. 다행히 그가 흘린 피는 대부분 이불에 흡수되어 바닥은 생각보다 심하게 더럽혀지지 않았지. 그래서 방 정리를 하는 데 별다른 어려움이 없었네. 아주머님과 나는 K의 시체를 내 방으로 옮기고 평소 잠들던 자세로 똑바로 눕혀놓았네. 그런 다음 그의 고향으로 전보를 치려고 집을 나섰지.

내가 돌아왔을 때 K의 머리맡에 향이 피워져 있었네. 방에 들어서자 향내가 진동했고 그 하얀 연기 속에 두 여인이 앉아 있었지. 내가 따님의 얼굴을 본 것은 어젯밤 이후 그때가 처음이었네. 그녀는 마냥 울고 있었네. 아주머님도 눈시울을 붉혔지. 그때까지 눈물을 잊고 있던 나는 비로소 슬픔을 느꼈네. 그 슬픔으로 내 가슴은 오히려 안정되었다네.

두려움과 무서움으로 꽁꽁 얼어붙었던 내 마음을 적셔준 한 방울의 생명수는 바로 그 슬픔이었지.

나는 묵묵히 두 사람 곁에 앉았네. 아주머님은 내게도 분향을 하라고 권했네. 나는 분향을 하고 다시 자리에 앉았네. 따님은 나에게 아무 말도 하지 않았지. 가끔 아주머님과 한두 마디 주고받기는 했지만 절차상 필요한 일에 관해 이야기할 뿐이었네. K의 생전에 대해 이야기할 만큼 마음의 여유가 그녀에게는 없었던 것이네. 나는 그나마 어젯밤의 무시무시한 광경을 그녀가 보지 않아 다행이라고 생각했네. 순수하고 아름다운 사람이 그토록 무서운 광경을 목격하면 그 아름다움도 함께 무너져 내릴 것 같아 두려웠네. 나는 그런 생각을 완전히 무시할 수 없었지. 아무 죄 없는 아름다운 꽃이 짓밟히는 것을 그냥 두고 볼 수는 없었으니까. 내가 온몸으로 체험한 공포를 그녀까지 느끼게 하고 싶지 않았다네.

고향에서 K의 아버지와 형이 찾아왔을 때 나는 K의 유골을 어디에 묻을 것인지에 대해 내 의견을 피력했네. 우리는 평소 조시가야 근방을 자주 산책했네. K는 그곳을 무척 좋아했지. 그래서 나는 농담조로 네가 죽으면 이곳에 묻어주겠다고 약속한 적이 있네. 그 약속대로 K를 그곳에 묻어준다고 해서 얼마나 참회가 되겠냐마는 나는 살아생전 매달 그곳을 한 번씩 찾아가 그의 묘 앞에 무릎 꿇고 용서를 빌고 싶었네. 자기네들이 제대로 돌보지 않았던 K를 친구인 내가 물심양면으로 돌봐준 것에 대한 최소한의 도리라고 생각했는 지, K의 아버지와 형은 내 의견을 따르기로 했네.

51

K의 장례식을 끝내고 돌아오는 길에 그의 친구는 K가 자살한 이유를 나에게 물었네. 나는 몇 번이나 같은 질문을 받아 얼마나 괴로웠는지 모르네. 아주머님과 따님도, 고향에서 온 K의 아버지와 형도, 통지를 받고 찾아온 K의 지인도, 그와 아무 연고도 없는 신문기자까지 똑같은 것을 물었네. 그때마다 나는 마음이 콕콕 찔린 듯이 아팠네. 그리고 그 질문을 받을 때마다 어서 네가 죽었다고 고백하라는 양심의 목소리가 들려오는 듯했네. 나는 늘 같은 대답을 했네. 오직 그가 남긴 편지의 내용만 되풀이할 뿐이었지. 그 외에는 한 마디도 하지 않았네. 장례식에서 돌아오는 길에 똑같은 질문을 던진 그 친구는 내 대답을 듣더니 품속에서 신문 한 장을 꺼내 보여주었네. 나는 걸어가면서 그 친구가 가리킨 기사를 읽어보았네. 거기에는 K가 아버지와 형에게 의절당한 것을 비관해 자살했다는 식으로

쓰여 있었네. 나는 아무 말도 하지 않고 신문을 그 친구에게 돌려주었네. 그런데 그 친구는 K가 정신이상으로 자살했다고 보도한 신문도 있다고 말하더군. 그동안 나는 정신이 없어서 신문을 제대로 읽지 못했네. 그래서 그런 내용을 전혀 모르고 있었는데 세간의 소문이 상당히 신경 쓰였던 참이었네. 무엇보다도 집안 식구들에게 폐가 되는 기사라도 실리면 어쩌나 걱정되었지. 특히 따님의 이름이라도 언급된다면 절대 가만두지 않겠다고 결심했네. 나는 그 친구에게 다른 기사는 없냐고 물어보았네. 그는 자기가 본 것은 그게 전부라고 대답했지. 내가 지금의 집으로 옮겨 온 것은 그로부터 얼마 지나지 않아서였네. 아주머님과 따님도 더 이상 그 집에 살기 싫다고 했고, 나 역시 그날의 기억이 떠올라 견딜 수 없었지. 이사하고 두 달쯤 지났을 때 나는 대학을 무사히 졸업했네. 그리고 반년이 채지나지 않아 그녀와 결혼했네. 겉으로 보기에는 모든 일이 착착 진행되었네. 무척 경사스러운 일이었고, 아주머님은 물론 그녀도 무척 행복해 보였으니까. 솔직히 나도 행복했네.

그러나 내 행복에는 언제나 검은 그림자가 따라다녔네. 나는 이 행복이 언젠가 나를 슬픈 운명으로 몰아넣을 도화선이 되지는 않을까 두려웠네.

결혼하고 나서 따님, 아니 이제부터는 아내라고 하겠네. 아내가 무슨 생각이 들었는지 함께 K의 성묘를 가자고 했네. 나는 속으로 뜨끔했지. 그래서 왜 그런 생각을 했느냐고 물었네. 그러자 아내는 우리가 함께 찾아가면 K가 무척 기뻐할 것 같다고 하더군. 나는 연못에 고인 물을 보듯 아무것도 모르는 아내의 얼굴을 가만히 쳐다보았지. 그러자 왜 그런 얼굴로 보느냐고 아내가 묻는 바람에 나는 번뜩 정신을 차렸네. 나는 아내의 뜻대로 K의 묘를 찾아갔네. 나는 물을 뿌려 K의 묘비를 씻어주었지. 아내는 그 앞에 분향하고 꽃을 놓았네. 우리는 머리 숙여 합장했네. 틀림없이 아내는 마음속으로 나와 결혼한 이야기를 전하면서 K에게 축하해달라고 말했을 것이네. 하지만 나는 마음속으로 내가 잘못했다는 말만 되풀이했네. 그때 아내는 K의 묘비를 어루만지며 훌륭하다고 했지. 그 묘비는 대단한 것은 아니었지만 내가 직접 채석장에 가서 고른 것이었기 때문에 아내가 그렇게 감탄하듯 말했던 것 같네. 나는 그 묘비와 아내, 그리고 땅 밑에 묻힌 K의 유골을 떠올리며 이것은 운명의 장난이라고 몇 번이나 되새겼네. 그날 이후 아내하고는 K의 묘를 찾아가지 않겠다고 다짐했지.

52

죽은 친구에 대한 나의 죄책감은 언제까지나 계속되었네. 실은 처음부터 나는 그것을 두려워했네. 그토록 바라던 결혼식마저 불안한 마음으로 치렀으니까. 그러나 나 역시 앞날을 내다볼 수 없는 미약한 인간이었기에 어쩌면 결혼으로 나의 의식이 뒤바뀌어 새로운 삶을 살 수 있을지도 모른다고 생각했네.

하지만 남편으로서 늘 아내와 얼굴을 마주하고 있으니 나의 헛된 마음은 호된 현실 앞에서 어이없이 무너지고 말더군. 나는 아내의 얼굴을 보고 있으면 늘 K의 얼굴이 떠올라 두려웠네. 마치 아내가 나와 K를 이어주는 매개체로 보였지. 아내에게 부족한 점을 느껴본 적은 없지만 나는 점점 그녀를 멀리할 수밖에 없었네. 아내도 내가 자신을 멀리한다는 것을 분명 느꼈을 것이네. 그러나 정확한 이유는 알 수 없겠지. 이따금 아내는 대체 왜 그러느냐고 캐묻곤 했네. 웃어넘길 때도 있었지만 때로는 짜증을 내기도 했지. 그럴 때마다 "당신은 나를 싫어하는 거죠?" "뭔가 숨기는 게 있는 거죠?"라며 원망 아닌 원망을 했네. 그럴 때마다 내 마음은 와르르 무너져 내렸다네.

나는 몇 번이나 모든 사실을 아내에게 털어놓으려 했네. 하지만 그렇게 마음먹을 때마다 내가 모르는 어떤 힘에 의해 의지가 꺾이곤 했지. 자네는 나를 이해해주리라 믿으니 군이 설명할 필요 없겠지만, 이것만은 꼭 이야기해야겠네. 그때 나는 아내에게 숨길 생각이 전혀 없었네. 내가 죽은 친구와의 일을 아내에게 숨김없이 털어놓고 참회했다면, 아내는 오히려 감사의 눈물을 흘리며 나를 감싸주었을 거라고 믿네. 그런데 내가 그렇게 하지 않은 것은 이해타산 때문이 아니네. 단지 아내의 기억에 작은 그림자조차 드리우고 싶지 않았기에 솔직히 털어놓지 못한 것이네. 순수한 영혼에 한 점의

오점도 남기고 싶지 않았던 것이지.

해가 바뀌어도 K의 일을 잊을 수 없었던 나는 항상 불안에 떨었네. 나는 그 불안을 떨쳐내려고 책만 읽었네. 나는 밤낮없이 공부에 매진했지. 그리고 그 성과가 세상 사람들에게 알려질 날만을 기다렸네. 하지만 억지로 목적을 만들어 그것을 달성할 날만 기다린다는 것은 또 다른 기만이라는 생각에 마음이 공허해지더군.

나는 더 이상 책에 빠져들 수 없었네. 아내는 그런 나를 보며 당장 끼니를 걱정할 필요가 없으니 마음이 해이해진 거라고 생각한 것 같았네. 처가에도 웬만큼 재산이 있었고, 나 역시 굳이 돈을 벌지 않아도 되었으니 그리 생각하는 것도 무리는 아니었지. 솔직히 돈 걱정 없이 살아왔으니 내게도 그런 도련님 같은 구석이 있었을 것이네. 그러나 내가 소극적으로 살게 된 것은 그 때문이 전혀 아니네. 나는 작은아버지에게 기만당했을 때 타인을 믿을 수 없다는 사실을 절감했고, 그만큼 나 자신에 대한 확실한 믿음이 있었네. 세상이야 어떻게 되든 나만은 완벽한 사람이라는 믿음을 갖고 있었지. 그런 믿음이 K의 일로 보기 좋게 무너지고 나 자신도 작은아버지와 다를 바 없는 인간이라는 사실을 새삼 확인했을 때 내 마음도 흔들리기 시작했네. 타인에게 등을 돌렸던 나는 곧 스스로를 혐오하게 되었고, 나 자신을 가둔 채 점점 아무것도 할 수 없는 나약한 인간으로 변하고 말았네.

53

더 이상 책에 집중할 수 없었던 나는 한동안 술독에 빠져 나 자신을 잊으려 했네. 나는 원래 술을 좋아하지 않았네. 그러나 마실 줄은 알았기 때문에 억지로 마셔서 거기에 빠져들려고 했지. 그런 유치한 행동으로 결국 나는 더욱 염세적으로 변했네. 나는 가끔 술에 취해 나를 되돌아보곤 했네. 그럴 때마다 일부러 이런 짓까지 하면서 자신을 속이는 바보 같은 놈이라고 생각했지. 그런 생각이 들면 눈도 마음도 술을 마시기 직전의 상태로 돌아갔네. 때로는 전혀 취하지 않고 마냥 침울한 상태에 빠져 있기도 했네. 그럴 때마다 일부러 웃어대며 기분 전환을 하려고 했지만 마지막에 남는 것은 침울한 반동뿐이었네. 나는 사랑하는 아내와 장모님에게 그렇게 못난 모습을 자주 보여주었네. 하지만 그들은 그런 내 모습을 대놓고 비난하기보다 늘 속으로 삭이려고 노력했지. 하지만 장모님이 가끔 아내에게 나를 꾸짖는 말씀을 하시면 아내는 그런 사실을 나에게 알리지 않고 철저히 숨겼지. 단, 아내도 사람인지라 나에게 한마디 하지 않을 수가 없었네. 그렇다고 듣기 거북할 정도로 심한 말을 한 적은 없었네. 아내는 단지 뭐가 문제냐며 속 시원히 다 말해보라는 말만 되풀이했네. 그리고 건강을 위해 술은 끊으라고 충고했지. 가끔은 눈물을 보이면서 사람이 변했다는 말을 하기도 했네. 그뿐만이 아니었지. K가 살아 있다면 내가 그렇게 망가지지 않았을 거라고도 했네. 그때 나는 그럴지도 모른다고 대답했는데, 서로의 말 속에 담긴 의미가 달랐으므로 나는 마음속으로 눈물을 흘렸네. 그러나 나는 아내에게 어떠한 것도 솔직히 털어놓을 수 없었네.

나는 가끔 아내에게 미안하다는 말을 했네. 그런 말을 하는 건 언제나 술에 잔뜩 취해 늦게 귀가한 다음 날 아침이었지. 그럴 때마다 아내는 웃어넘기거나 아무 대꾸도 하지 않았네. 간혹 눈물을 보일 때도 있었지. 아내가 어떤 반응을 보이든 내 마음은 불편하기만 했네. 결국 내가 아내에게 사과하는 것은 나 자신에게 하는 것과 다를 바 없었네. 그러다 마침내 나는 단번에 술을 넣었시. 아내의 충고 때문이라기보다 더 이상 술을 마시기 싫었네.

하지만 달라진 건 하나도 없었네. 가만히 있을 수 없었던 나는 다시 책만 읽었네. 하지만 그냥 읽기만 할 뿐이었네. 아내는 그런 나를 보며 대체 무엇 때문에 공부하느냐고 묻곤 했네. 그럴 때마다 나는 웃기만 했지. 그러나 속으로는 내가 가장 믿고 사랑하는 사람마저 나를 이해할 수 없다는 사실에 무척 슬펐네. 아니지, 이해할 수 있는데도 그렇게 만들 용기가 없다는 사실이 슬펐다고 해야 옳을 것이네. 그래서 나는 더욱 슬펐지.

나는 외로웠네. 나는 이 세상에 나 혼자뿐이라는 생각에 잠기곤 했네. 그러면서 K가 자살한 이유에 대해 다시 생각해보았지. K가 죽기 전에는 내 머릿속에 사랑이라는 한 마디만 가득 차 있기도 했지만, 당시의 내 판단은 너무나 단순하고 직선적이었네. K가 실연의 아픔을 비관해 스스로 목숨을 끊었다고 믿었던 것이지. 그러나 마음을 가라앉히고 곰곰이 생각해보니 그렇게 간단히 결론 내릴 문제가 아니라는 생각이 들었네. 현실과 이상의 충돌, 그런 표현만으로는 뭔가 부족하지만, K는 나처럼 외롭고 공허한 마음을 이겨내지 못해 자살을 선택한 것이 아닐까 하는 생각이 들었네. 그런 생각이 들자 나는 온몸에 소름이 돋았네. 나 또한 K가 걸어간 길을 똑같이 걸어갈지도 모른다는 예감이 스쳤거든. 나뭇잎을 소리 없이 스치고 지나가는 바람처럼 어느 날 갑자기.

54

그사이 장모님이 앓아눕게 되었네. 의사는 불치병이라고 했지. 나는 온갖 정성을 다해 간호했네. 환자뿐만 아니라 사랑하는 아내를 위해 그랬던 것이네. 하지만 더 큰 의미가 숨겨져 있었네. 인간을 생각하는 마음이 나를 그렇게 만들었다고 할 수 있네. 나는 그때까지도 뭔가 하고 싶은 마음이 간절했지만 나를 막아서는 어떠한 힘에 의해 아무것도 하지 못하고 있었네. 그렇게 세상을 등지고 살아온 내가 대수로운 일은 아니지만 처음으로 누군가에게 도움이 되는 일을 한다는 사실에 고무되었네. 나는 장모님을 간호함으로써 나름 속죄할 수 있다고 생각했네.

장모님은 끝내 세상을 떠나셨네. 나와 아내만이 남게 되었지. 아내는 이제 의지할 사람은 나밖에 없다고 했네. 하지만 자기 자신마저 믿지 못하던 나는 아내의 얼굴을 보면서 돌연 눈시울을 붉혔네. 그리고 아내는 참으로 불행한 사람이라고 생각했지. 아니, 실제로 불행한 여자라고 말하기도 했네. 그때 아내는 왜 그런 생각을 하느냐고 물었네. 아내가 내 말의 속뜻을 알 리 없었지. 더구나 나는 아무 말도 해줄 수가 없었네. 그러자 아내가 울음을 터뜨리면서 평소에 자기를 비판적으로 바라보니까 그런 말을 하는 거라고 하더군. 그러나 장모님이 돌아가신 후 나는 아내에게 모든 정성을 다했네. 아내에 대한 사랑 때문만이 아니었네. 다른 이유가 있었지. 그것은 장모님을 간호할 때와 같은 이유였네. 이유야 무엇이든 아내는 현재의 삶에 만족하는 것 같았네. 물론 마음 한편으로는 이해할 수 없는 나에 대한 불만을 품고 있는 것 같았네. 하지만 아내가 나를 이해한다고 해서 불만이 전혀 없을 리는 없네. 어쩌면 더욱 커졌을지도 모르지. 여자란 보편적인 사랑보다 자기만 생각해주는 일방적인 사랑을 갈구하는 경향이 강하니 어쩔 수 없는 일이겠지.

그러고 보니 아내는 남자의 마음과 여자의 마음이 완전히 일치될 수는 없는 거냐고 물은 적이 있네. 나는 젊을 때 잠깐은 그럴 수도 있을 거라고 대답했네. 아내는 자기의 지난날을 돌이켜보는 듯하더니 곧 크게 한숨을 내쉬었네. 한편, 그 무렵부터 내 가슴속에 드리운 무서운 그림자가 입을 크게 벌리며 나를 덮치기 시작했네. 처음에는 그것이 외부에서 우연히 나를 덮친 듯했네. 나는 크게 놀랐네.

그런데 시간이 조금 흐르자 내 마음이 그 검은 그림자를 자연스럽게 받아들이고 있다는 것을 알았네. 나는 그 검은 그림자가 이제 외부에서 엄습해오지 않더라도 내 가슴속에 늘 자리하고 있다고 생각하게 되었네. 나는 그러한 생각이 들 때마다 내 머리가 어떻게 된 것은 아닐까 하는 의구심이 들기도 했네. 하지만 나는 의사나 그 누구와도 상의할 마음이 없었지.

왜냐하면 나는 깊은 죄의식에 빠져 있었기 때문이네. 그런 이유로 나는 매달 K의 묘를 찾아간 것이네. 또 장모님을 그토록 열심히 간호한 것도 바로 그 때문이지. 뿐만 아니라 아내에게 잘해준 것도 마찬가지 이유라네. 심지어 나는 그 죄의식 때문에 전혀 모르는 행인에게 심한 매질을 당하고 싶은 충동을 느끼기도 했네. 그런 식으로 생각을 거듭한 결과, 다른 사람에게 매질을 당하느니 스스로 좀 더 세게 매질을 가할 필요가 있다는 생각에 이르게 되었지. 아니지, 오히려 나 자신을 죽여야 한다는 생각이 들었네. 결국 나는 이미 죽었다는 마음으로 살아가기로 결심하기에 이르렀네.

그렇게 결심한 날로부터 수십 년이 흘렀네. 물론 나와 아내는 언제나 사이가 좋았지. 우리는 결코 불행하지 않았네. 꽤 행복했지. 그러나 내 가슴속에 가득한 검은 그림자, 내가 결코 버릴 수 없는 그것이 내 아내에게는 항상 풀리지 않는 수수께끼처럼 비쳐졌네. 그런 생각을 하면 나는 아내에게 큰 죄를 지었다는 생각을 지울 수 없었네.

55

이미 죽은 사람이라 생각하며 살기로 결심한 나는 가끔 외부의 자극에 크게 흔들리곤 했네. 그러나 내가 어떤 행동을 하려고 하면 예의 무서운 힘이 엄습해 내 마음을 쥐어짜는 터에 좀처럼 움직일 수 없었네. 그리고 그 힘은 나에게 너는 어떤 것도 할 자격이 없다고 힐난했네. 그러면 나는 그 기세에 눌려 곧바로 꼬리를 내리고 말았지. 그런 일이 수차례 반복되었네. 나는 이를 악물고 어째서 나를 방해하느냐고 소리쳤네. 그러면 그 정체를 알 수 없는 힘은 씨늘하게 웃으며 너 자신이 가장 잘 알고 있지 않느냐고 말했네. 결국 나는 모든 것을 포기할 수밖에 없었지.

남들 눈에는 평탄하게 살아온 것처럼 보이는 나의 내면은 이처럼 늘 갈등의 연속이었다는 점을 알아주었으면 하네. 내 아내가 갑갑하게 생각한 그것이 몇 배의 힘으로 나를 짓누르며 괴롭혀왔다는 사실을 아무도 모를 것이네. 결국 이러한 굴레에 매어 더 이상 견딜 수 없었던 나는 그 감옥에서 벗어날 방법은 자살뿐이라는 생각에 이르게 되었지. 자네는 왜 그런 식으로밖에 생각하지 못하느냐고 따지고 싶을지 모르겠지만, 언제나 내 마음을 옥죄고 있는 정체불명의 힘은 내 앞길을 가로막으면서도 죽음으로 가는 길만은 자유롭게 열어주었네. 말하자면 평생 숨죽이고 살아간다면 상관없겠지만 무언가 조금이라도 움직이고자 한다면 내가 선택할 수 있는 길은 그것밖에 없었네.

지금까지 두세 번 내 운명이 이끄는 대로 나를 맡기려 했네. 그러나 그때마다 늘 아내가 마음에 걸렸지. 그렇다고 아내와 함께 그 길을 갈 용기는 없었네. 아내에게 모든 사실을 고백할 용기도 없는 내가 어떻게 아내를 내 운명의 희생물로 삼을 수 있겠나. 결국 나에게는 나만의 숙명이 있듯이 아내에게는 아내의 몫이 따로 있을 거라고 믿었네. 그러니 우리 두 사람이 하나가 되어 불길 속에 뛰어든다는 것은 너무나 극단적이고 이기적인 행동이라고 생각했네.

또한 내가 죽은 뒤의 아내를 상상하니 너무나 가여웠네. 장모님이 세상을 떠났을 때 이제 의지할 사람은 당신밖에 없다고 말하던 그녀를 도저히 홀로 남겨둘 수 없었네. 결국 나는 결단을 내리지 못하고 계속 망설였네. 이따금 아내의 얼굴을 보면 그만두기 잘했다는 생각이 들 때도 있었네. 그러고는 곧 비현실적인 태도로 돌아갔지. 그러면 아내는 가끔 불만스러운 눈초리로 나를 바라보았네.

기억해주게. 나는 이렇게 살아왔네. 가마쿠라에서 자네를 처음 보았을 때도, 자네와 함께 교외를 산책했을 때도, 나는 언제나 우울했네. 내 뒤에는 항상 검은 그림자가 따라다녔지. 기뻐도 크게 웃을 수 없었고 슬퍼도 울음을 터뜨릴 수 없었네. 나는 아내를 위해 지금까지 억지로 살아왔네. 자네가 졸업하고 고향으로 돌아갈 때도 나는 한결같았지. 물론 가을이 되면 또 만나자고 했던 말은 거짓이 아니었네. 정말 그러려고 했네. 가을이 가고 겨울이 와도, 또 그 겨울이 지나가더라도 자네를 다시 만나고 싶었네.

그러던 중 한여름에 메이지 천황이 승하하셨네. 그때 나는 천황
에게서 비롯된 메이지의 정신이 드디어 끝났다고 생각했네. 메이지
의 영향을 가장 많이 받고 자란 우리 세대가 그가 사라진 이 세상에
남는다는 것 자체가 부끄러운 일이라는 생각이 들었지. 나는 아내
에게 그런 내 심정을 솔직히 털어놓았네. 처음에 아내는 미소만 지
으며 아무 대꾸도 하지 않다가 갑자기 무슨 생각이 났는지 그럼 순
사(殉死)라도 하지 그러느냐고 나를 놀렸네.

56

나는 소학교 이후로 순사라는 말을 거의 잊고 살았네. 평소 사용
하지 않는 말이니 기억 저편에 묻어두었다고 할까. 아내의 농담을
듣고서야 비로소 그 말을 떠올린 나는 아내에게 내가 순사한다면
그것은 메이지 정신에 따른 것이라고 했네. 물론 내 대답도 농담에
불과한 것이었지만, 나는 그 쓸모없는 옛말에 새로운 의의를 부여
할 수 있을 것 같았네.

그로부터 한 달쯤 지나 천황의 장례식이 치러지던 날 밤 나는 평
소처럼 서재에 앉아 애도의 포화 소리를 들었네. 나에게는 그것이
메이지가 영원히 사라졌다는 의미로 들렸네. 나중에 생각해보니 그
것은 노기 대장의 죽음을 알리는 소리이기도 했네. 나는 호외를 손

에 들고 아내에게 "순사다! 순사다!"라고 외쳤네.

나는 신문에서 노기 대장이 죽기 전에 남긴 글을 읽었네. 세이난 전쟁 때 적에게 깃발을 탈취당한 이래 늘 자결할 마음을 품고 오늘날까지 살아왔다는 글을 보았을 때 나는 무심코 노기 대장이 죽을 결심을 한 채로 살아온 세월을 손가락으로 헤아려보았네. 세이난 전쟁은 1877년에 일어났으니 무려 35년이라는 긴 세월이었네. 결국 노기 대장은 그 35년이란 긴 세월 동안 스스로 목숨을 끊을 기회만 기다렸다고 할 수 있네. 그 순간 힘겹게 버텨온 35년의 세월이 괴로웠을지, 아니면 칼로 배를 가른 순간이 괴로웠을지 곰곰이 생각해보았네.

그로부터 이삼일 후 나는 자살을 결심했네. 노기 대장이 죽은 이유를 내가 잘 모르듯 자네도 내가 자살하는 이유를 납득할 수 없을 것이네. 그것은 서로 다른 시대를 살아온 사람들의 생각 차이니 어쩔 수 없는 일이네. 아니면 개개인의 성격 차이라고 하는 편이 옳을지도 모르지.

나는 자네에게 나라는 존재를 이해시키기 위해 이 글을 통해 전부 설명했다고 믿네. 그러므로 이제는 모든 것을 끝내려고 하네.

나는 아내를 남겨두고 떠나네. 내가 없더라도 끼니를 걱정할 필요 없으니 그 점은 얼마나 다행인지 모르네. 나는 아내에게 무서움을 안겨주고 싶지 않네. 그래서 아내에게 피를 보이지 않는 방법으로 죽으려 하네. 아내가 모르는 사이 조용히 떠날 생각이네. 아내가 가급적이면 급사한 것으로 여기면 좋겠네. 아니면 정신이상으로 그리 된 거라고 믿어도 좋겠지.

내가 죽으려고 결심한 날로부터 열흘이 지났네. 그동안 나는 대부분의 시간을 이 글을 쓰면서 보냈네. 처음에는 자네를 직접 만나 이야기할 생각이었는데 이렇게 적고 보니 오히려 나라는 존재를 좀더 상세히 알릴 수 있게 된 것 같아 나름 기쁘네. 그리고 특별한 목적이 있어서 이렇게 글로 남기는 것은 아니라는 점을 알아주게. 나의 과거는 내 개인적인 경험이고 나 이외에는 그 누구도 말할 수 없는 것이네. 따라서 그것을 숨김없이 모두 적어둔다면 나라는 인간을 이해하는 데 있어서 자네나 또 다른 누군가에게 좋은 참고가 될 거라고 믿네. 와타나베 카잔(渡辺華山, 1793~1841)이라는 서양화가는 〈한단(邯鄲)〉이라는 작품을 그리기 위해 죽는 날을 일주일이나 미루었다는 이야기를 들은 적이 있네. 다른 사람의 눈에는 쓸데없는 짓으로 보일 수 있겠지만 본인에게는 무척 중요한 일이었다고 할 수 있지. 내가 자네에게 이 글을 남기는 것도 단순히 자네와의 약속을 지키기 위한 것만은 아니네. 나 자신의 요구에 따른 것이라고 할 수 있네.

나는 그 요구를 모두 이행했네. 이제 아무런 미련도 없네. 자네가 이 편지를 받을 때쯤이면 나는 이미 이 세상에 없을 것이네. 아마도 죽은 뒤겠지. 아내는 열흘 전부터 이치가야에 있는 숙모님 댁에 가 있네. 숙모님이 병환이 나셨다고 해서 내가 일부러 보냈네. 나는 주로 아내가 집을 비운 사이 이 편지를 썼네. 그러다 아내가 돌아오면 곧바로 쓰던 글을 감추었지.

나는 내 지난날의 과오가 누군가의 삶에 참고가 될 수 있을까 싶어 이 글을 세상에 남기고자 하네. 하지만 아내는 예외로 두고 싶네. 아내에게는 아무것도 알리고 싶지 않네. 아내에게는 내 과거에 대해 가능한 순수한 기억만을 남기고 싶은 것이 나의 유일한 희망이네. 그러니 내가 사라진 다음에도 아내가 살아 있는 한 자네에게만 털어놓은 나의 이 모든 비밀을 가슴속에만 고이 간직해주기를 바라네.

나쓰메 소세키

夏目漱石, 1867. 2. 9~1916. 12. 9

  문명개화 일로로 치달으면서 서구화와 선통적인 가치관이 서로 충돌하던 근대 일본 사회 지식인들의 사고방식과 가치관을 문학 작품으로 승화한 나쓰메 소세키는 일본의 셰익스피어라 불리며 초상화가 일본 화폐에도 등장할 만큼 국민 작가로 추앙받고 있는 대표적인 일본 작가다.

  일본 근대문학에서 빼놓을 수 없는 중요한 위치를 차지하며 아쿠타가와 류노스케, 구메 마사오 등 일본 작가들뿐 아니라 중국 근대문학의 아버지라 불리는 루쉰에게까지 영향을 미친 나쓰메 소세키는 21세기에 들어 60여 작품이 30개 이상의 언어로 번역되면서 시간이 지날수록 전 세계적으로 독자들이 더욱 늘어날 만큼 시대를 초월해 사랑받는 작가다.

  나쓰메 소세키의 본명은 나쓰메 긴노스케로 도쿄 신주쿠(도쿄가 에도로 불릴 때 우시고메바바시타)에서 나쓰메 고헤이나오카쓰와 치에의 5남

3녀 중 막내아들로 태어났다. 토지를 소유하고 관리하는 꽤 유복한 명문가 집안이었으나 부모가 연로한 데다 자녀도 많고(그의 어머니는 늦둥이를 낳은 것을 오히려 부끄러워했다고 한다) 더구나 가세까지 기울어가는 시기였던 탓에 태어난 지 1년도 채 되지 않아 아버지의 친구인 요쓰야의 시오바라 쇼노스케에게 양자로 보내졌다.

1868년 양아버지의 장남으로 호적에 이름을 올렸으나 1874년(7세) 양아버지의 여자 문제로 가정불화가 일어나자 잠시 생가로 돌아와 그해 11월에 아사쿠사의 도다 소학교에 입학했다.

1876년(9세) 결국 양부모가 이혼하면서 친가로 돌아왔지만 친부와 양부의 갈등으로 인해 나쓰메 가에 복적된 것은 그의 나이 스물한 살 때(1888년)였다. 입양과 복적이라는 유년 시절의 경험은 그의 문학에도 큰 영향을 끼쳤고, 양부모와의 이야기는《한눈팔기》(道草)의 소재가 되었다.

어수선한 분위기 속에서 소학교를 졸업하고 1879년(12세) 도쿄 부립 제1중학교에 입학했다. 그러나 1881년(14세) 한문을 배우기 위해 다니던 학교를 중퇴하고 니쇼 학사로 옮겨 갔다. 그리고 1883년(16세) 대학 예비시험의 필수였던 영어를 배우기 위해 세이리쓰 학사에 입학했고, 이듬해(17세) 대학 예비문예과에 입학했다. 1886년(19세) 대학 예비문예과가 제1고등중학교로 개칭되었다. 그해에 복막염으로 예과 2급의 진급 시험을 보지 못하고 낙제하기는 했으나 늘 수석을 놓치지 않았다. 고토 의숙에서 교사를 지내다가 1888년

(21세) 제1고등중학교 예과를 졸업하고 본과 영문과에 진학했다.

1889년(22세) 제1고등중학교 본과에서 만난 마사오카 시키(正岡子規)는 소세키의 문학 세계에 큰 영향을 끼친 인물로 시키가 직접 쓴 하이쿠 문집에 한문으로 비평을 실으면서 처음으로 '소세키'라는 호를 썼다. 소세키(漱石)라는 이름은 《진서》(晋書)의 고사 '수석침류' (漱石枕流, '돌로 양치질하고 흐르는 물을 베개로 삼는다'는 뜻으로 억지 고집을 부리는 것을 비유한 것이다)에서 따온 것이며, 원래는 마사오카 시키의 필명이었다고 한다.

1890년(23세) 본과를 졸업하고 제국대학(1897년 '도쿄제국대학'으로 교명 변경) 영문과에 입학했고, 이때부터 염세주의와 신경쇠약이 나타나기 시작했다. 그해 소세키는 문부성 대여장학생이 되었다. 1891년 (24세) 제국대학 특대생으로 수업료를 면제받을 정도로 성적이 탁월했으며, 일본 고전 《호조키(方丈記)》를 영역하여 격찬을 받기도 했다.

1892년(25세) 병역을 피하기 위해 분가를 하고 홋카이도로 호적을 옮겼고, 5월에는 도쿄전문학교(지금의 와세다대학)에 강사로 나가기 시작했다. 그해 여름 마사오카 시키와 함께 교토, 사카이, 마쓰야마 등을 여행했는데, 마쓰야마에서 다카하마 교시를 소개받았다. 교시는 소세키를 작가의 길로 이끈 인물이다.

1893년(26세) 제국대학 영문과를 졸업하고, 도쿄고등사범학교 영어 교사로 일하게 되었다. 그러나 이즈음 가족들이 연이어 세상을 떠나고 폐결핵과 신경쇠약이 악화되면서 염세주의가 극에 달해 이를 치유하기 위해 1894년(27세) 가마쿠라 엔가쿠지에서 10일 동안 참선에 들어가기도 했다. 1895년(28세)에 도쿄고등사범학교를 그만 두고 에히메 현 마쓰야마 중학교 영어 교사로 부임했는데, 이때의 경험을 담은 것이《도련님》이다.

1896년(29세) 구마모토 현 제5고등학교의 영어 교사로 부임했고, 그해 귀족원 서기관장 나카네 시게카즈의 큰딸 교코와 결혼했다. 그러나 슬하에 2남 3녀를 두면서도 두 사람의 결혼 생활은 원만하지 못했다. 신혼 때 아내가 유산으로 인한 스트레스로 자살을 시도한 적이 있어 아내의 허리띠를 자신의 허리띠에 묶고 잠을 잔 적도 있다고 회고했다.

1900년(33세) 5월에 문부성에서 지원하는 제1회 국비 유학생으로 2년간 영국 유학을 떠났다. 불안과 고독, 신경쇠약에 시달리며 연구에 몰두해야 했던 영국 생활이었지만 이때의 경험은 소세키의 인생관을 비롯해 문명화를 바라보는 시각, 더 나아가 일본 지식인 사회에도 큰 영향을 주었다. 특히 근대 산업화의 모순을 직접 확인하면서 일본의 맹목적인 서구화를 날카롭게 비판하기도 했다.

그러나 문화적 위화감과 초조함 속에서 혼자 연구에 몰두하자 주위의 일본 사람들 사이에 '나쓰메가 미쳤다'는 소문이 퍼지기 시작했고, 이로 인해 문부성의 귀국 명령을 받고 1903년(36세) 일본으로 돌아왔다. 소세키가 마지막으로 살았던 런던의 집 맞은편에 소세키 기념관이 설립되었다.

생활비를 벌기 위해 도쿄제국대학과 메이지대학 강사로 나가는 중에 악화된 신경쇠약을 덜어보고자 다카하마 교시의 권유로 집필한《나는 고양이로소이다》가 독자들과 문단의 호평을 받으면서 인생의 전환기를 맞이했다. 1905년(38세) 1월에 다카하마 교시가 주관하던 하이쿠 잡지《호토토기스》에 1회만 연재하려던 것을 10회까지 연재하면서 작가의 길을 가기 시작했다. 소세키의 출세작인《나는 고양이로소이다》는 고양이의 눈을 통해 메이지시대 신사들을 풍자한 독특한 내용은 물론 당시로서는 볼 수 없었던 쉬운 문장과 사실적인 묘사 등으로 큰 반향을 불러일으켰다. 다음 해《도련님》,《풀베개》,《신소설》등을 연달아 발표했다.

작가로 입지가 확고해지면서 그의 작품에 매료된 사람들이 와세다 미나미초의 자택으로 모여들기 시작하자 일명 '목요회'를 열어 매주 한 번 '소세키 산방'이라 불리는 그의 서재에서 정기적인 모임을 가졌다. 재능 있는 문학인과 지식인, 예술인들이 그의 문하에 들어왔는데 아쿠타가와 류노스케와 구메 마사오도 그중 하나였다.

신진 작가로 주목받은 소세키는 1907년(40세) 도쿄제국대학 교수직을 포기하고 아사히 신문사에 입사해 본격적으로 작가의 길을 걷기 시작했다. 이후 그의 모든 작품이 〈아사히 신문〉에 연재되었다. 그해《우미인초》(虞美人草)를 시작으로 1908년(41세)《갱부》,《산시로》, 〈몽십야〉 등을 연이어 연재했다. 1909년(42세)《그 후》를 연재했으며, 친구였던 남만주철도 총재 나카무라 요시코토의 초청으로 만주와 한국을 여행하기도 했다.

1910년(43세) 6월《문》을 탈고한 뒤 위궤양으로 입원했다가 8월 이즈의 슈젠지 온천으로 요양을 떠났다. 그러나 심한 각혈을 동반하며 위독한 상태에 빠졌는데 이때의 경험이 이후 그의 작품에 큰 영향을 끼쳤다. 다음 해 문부성이 수여하는 박사 학위를 거절한 일, 막내딸 히나코의 급작스러운 죽음, 〈아사히 신문〉 문예란 폐지와 사표 제출 등 일련의 사건들이 겹치면서 건강은 더욱 악화되었다.

1912년(45세) 위궤양과 신경쇠약에 시달리면서《피안 지날 때까지》와《행인》(行人)을 집필했고, 1914년(47세)《마음》을 연재했다. 소세키는 위궤양으로 수차례 집필을 중단하고 몸져눕기를 반복했다.

나쓰메 소세키의 삶은 일본의 산업혁명 시기로 불리며 문명개화와 서구화가 급속도로 진전되었던 메이지시대(1868~1912)와 때를 같이한다고 할 수 있다. 따라서 소세키의 작품에는 메이지시대를 살아가는 사람들, 특히 지식인들의 모습이 담겨 있다.《나는 고양이로소이다》와《풀베개》같은 초기 작품에서는 세상과 멀리 떨어져 여유 있게 삶을 관조하는 모습이었다면, 이후로는 인생과 정면으로 충돌하는 지식인의 모습을 그리며 사회 비판적인 성향을 드러낸다. 그러다《그 후》이후부터 문명에 대한 비판에서 벗어나 점차 인간의 에고이즘을 다루기 시작하면서 지식인의 자기 본위와 아집, 인간에 대한 불신과 그로 인한 불안감 등이 작품 속에 나타난다.

1915년(48세) 3월 교토에 머물던 중 또다시 위궤양으로 쓰러졌고,

314

6월에는 자전적 소설 《한눈팔기》(道草)를 연재했다. 1916년(49세) 당뇨병 진단을 받았으며, 5월부터 《명암》(明暗)의 연재를 시작했으나 11월 이 작품을 쓰던 중 위궤양으로 인한 발작을 일으켰고, 이어서 뇌출혈로 쓰러져 12월에 세상을 떠났다. 소세키의 시신은 도쿄제국대학 의학부에서 해부되었고, 이때 적출된 뇌는 지금도 보관되어 있다고 한다.

아사히 신문사와 더불어 소세키가 그 성장에 크게 기여한 또 다른 곳은 바로 이와나미 서점(출판사)이다. 〈아사히 신문〉에 연재된 《마음》을 읽고 감명받은 이와나미 시게오가 나쓰메 소세키를 직접 찾아가 출판할 수 있게 해달라고 부탁했고, 이와나미의 진심에 감동한 소세키는 대형 출판사를 물리치고 기꺼이 작은 중고 서점에서 책을 출판하기로 결정했다. 이와나미 서점은 《마음》을 계기로 출판을 시작했고, 소세키 사후에 《소세키 전집》을 출판하면서 대형 출판사로 발돋움했다.

일본 고등학교 교과서에 실릴 정도로 유명한 소세키의 대표작 《마음》은 《피안 지날 때까지》, 《행인》과 더불어 후기 3부작으로 불리며 인간의 에고이즘과 그에 대한 윤리적 비판이 잘 드러난 작품이다.

이 책은 '선생님과 나', '부모님과 나', '선생님과 유서' 3부로 구성되어 있다.

'선생님과 나'는 바닷가에서 우연히 만난 선생님과 대학생인 나의 인연을 다루고 있다. 아직 어리고 세상 물정도 모르는 나는 강의실의 이론보다 살아 있는 사람의 직접적인 경험을 통해 세상의 이치를 깨닫고자 선생님을 찾아가 대화를 나눈다. 나의 눈에 비친 선생님은 분명 사상가였다. 그것도 타인의 사상이 아닌 스스로 경험한 뭔가를 바탕으로 한, 타인의 이야기가 아니라 자신이 직접 경험한 어떤 것을 가슴속 깊이 간직하고 있는 것이 분명하다고 나는 느낀다.

　나는 선생님이 어떻게 해서 세상과 등진 채 무위도식하며 고독하게 살아가게 되었는지 알고 싶지만, 선생님은 좀처럼 자기의 지나온 삶에 대해 털어놓지 않는다. 선생님은 가끔씩 "이 세상에는 좋은 사람, 나쁜 사람이 따로 있는 게 아니라네. 그런 경우는 없어. 평소에는 모두 착하게 굴지만 어떤 일을 계기로 순식간에 나쁜 사람으로 돌변하게 되지."라거나 "조심해야 하네. 사랑은 죄악이네."라는 말을 하지만 그 의미를 명확하게 말해주지 않는다. 이렇게 수수께끼 같은 선생님의 내면에 자리 잡은 숨겨진 과거를 밝혀내지 못한 채 나는 고향으로 내려간다.

　'부모님과 나'는 아버지가 위독하다는 소식을 듣고 고향으로 내려가 아버지를 간병하는 이야기다. 도시에서 대학을 나온 나는 평생 시골에서만 살아온 아버지의 낡은 가치관을 마음속으로 은근히 비판한다. 동네 사람들의 눈을 지나치게 의식해 대학을 나온 아들에게 좋은 직장에 취직할 것을 강요하는 아버지를 종종 선생님과 비교하면서 선생님을 더욱 그리워한다. 그러나 마음 한편으로는 조용히 죽음을 기다릴 수밖에 없는 병든 아버지를 위해 아들로서 아무것도 할 수 없는 자신의 경박함이 어리석게 느껴진다. 간병이 길어질수록 점점 더 아버지의 죽음을 무감각하게 받아들이던 중 선생님이 보낸 장문의 편지를 받게 된다.

편지를 훑어보던 나는 "자네가 이 편지를 받을 때쯤이면 나는 이미 이 세상에 없을 것이네. 아마도 죽은 뒤겠지."라는 마지막 구절을 읽고 죽어가는 아버지를 외면한 채 급히 도쿄행 열차에 올라탄다.

'선생님과 유서'는 전체가 선생님이 나에게 보낸 편지 형식이다. 말하자면 선생님이 나에게 털어놓는 과거사 고백인 것이다. 따라서 마지막 3부의 '나'는 바로 '선생님'이다. 나는 지난 삶을 통해 자신이 어떻게 해서 인간을 극도로 불신하게 되었고, 무엇 때문에 세상을 등지고 고독하게 살아왔는지 들려준다.

스무 살이 되기 전에 양친을 여읜 나는 작은아버지의 배신으로 유산의 대부분을 잃게 되고, 그 뒤부터 인간을 불신하고 경계하기 시작한다. 사람들에게 배신당하지 않으리라는 생각이 지배적이었던 나는 자연스레 사람들을 멀리하며 외롭게 살아간다. 그러던 중 새로 들어간 하숙집 주인아주머니의 딸을 사랑하게 된다. 다른 모든 사람들을 믿지 않는 심리에 대한 반대급부로 딸에 대한 열정은 점점 더 불타오른다. 한편 그 하숙집에는 어릴 때부터 나의 단짝이었던 K가 함께 살고 있다. 승려의 둘째 아들로 태어나 의사 집안으로 입양을 갔으나 양부모가 원하는 공부를 하지 않아 파양되고 결국 친가와도 단절하며 궁핍하게 살아가는 K를 도와주고자 자신이 사는 하숙집에 데리고 온 것이다.

나는 늘 K를 자신보다 능력도 뛰어나고 인간적으로도 훌륭하다고 평가하며 무한한 신뢰를 보낸다. 그러나 하숙집 딸을 사랑하게 되었다는 K의 고백을 들은 나는 자기의 사랑을 빼앗길까 두려움에 휩싸인다. 나는 정신세계와 현실의 괴리 사이에서 늘 갈등하는 K에게 "정신적으로 발전할 의지가 없는 자는 바보"라며 학문적으로 계속 정진할 것을 은연중에 강요하는 한편 주인아주머니에게 딸을 달라고 하여 결혼을 허락받는다. 그러나 나는 K에 대한 죄책감을 떨치지 못하고 전전긍긍한다. 한편 나의 배신을 알고도 묵묵히 견디던 K는 의지와 앞날에 대한 희망이 없다는 유서를 남기고 스스로 목숨을 끊는다. 그 순간 나는 질투심에 눈이 멀어 친한 친구를 죽음으로 내몬 자신이 그토록 경멸했던 작은아버지와 다를 바 없는 인간이라는 것을 깨닫는다. 이후 나는 속죄하는 마음으로 자기 자신조차 불신하며 사회와 단절하고 사랑하는 아내와도 거리를 둔 채 고독한 삶을 살아간다. 늘 죄책감이라는 어두운 그림자를 달고 살아가며 몇 차례 자살을 생각하기도 했으나 실행에 옮기지 못하던 나는 메이지 천황의 죽음에 따른 노기 대장의 순사 소식을 듣고 자살을 결심한다. 그리고 아내에게는 "메이지의 영향을 가장 많이 받고 자란 우리 세대가 그가 사라진 이 세상에 남는다는 것 자체가 부끄러운 일"이라며 자기의 죽음에 새로운 의미를 부여한다. 그리고 마지막으로 "내 지난날의 과오가 누군가의 삶에 참고가 될 수 있을까 싶어 이 글을 세상에 남기고자 한다"며 편지를 끝맺는다.

제목이 왜 '마음'일까 하는 의문을 가지고 계속 읽어나가다 보면 중간에 "말로는 설명할 수 없는 끌림으로 시작된 선생님과의 교제는 친숙함을 넘어 언제부턴가 내 사고(思考)에 절대적인 영향을 끼치고 있었다. 단순히 사고라고 하니 왠지 경직된 느낌이 든다. 그냥 '마음'이라고 고쳐 부르겠다."는 대목에 맞닥뜨리게 되고, 마지막에는 그 마음이 인간의 '양심'이 아닐까 하는 생각을 하게 된다. 이것은 나쓰메 소세키가 직접 쓴 《마음》의 광고문, "자신의 마음을 다스리고자 하는 사람에게 인간의 마음을 다스리고자 하는 이 책을 권한다."에서 확인할 수 있다.

이 책은 타인과의 관계에서 빚어지는 불신, 이기심, 질투, 죄책감 등 인간의 여러 가지 마음을 다루고 있다. 실질적인 이야기의 주인공이라고 할 수 있는 '선생님'은 인간에 대한 불신으로 에고이스트가 된 인물로, 이러한 인물을 통해 사람이 자기 본위에 이르는 과정과 극단적인 자의식을 고집함으로써 자기 자신마저 파멸에 이를 수 있다는 점을 날카롭게 비판하고 있다.

마음

초판 1쇄 인쇄 2015년 3월 25일
초판 1쇄 발행 2015년 3월 31일

지은이 나쓰메 소세키 | **옮긴이** 북트랜스 | **펴낸이** 신경렬 | **펴낸곳** (주)더난콘텐츠그룹

기획편집부 남은영 · 허승 · 이성빈 · 이서하 | **디자인** 박현정 · 김희연
마케팅 홍영기 · 서영호 | **디지털콘텐츠** 민기범 | **관리** 김태희 · 김이슬 | **제작** 유수경 | **물류** 김양천 · 박진철
기획 추지영

출판등록 2011년 6월 2일 제25100–2011–158호 | **주소** 121–840 서울특별시 마포구 양화로 12길 16
전화 (02)325–2525 | **팩스** (02)325–9007
이메일 book@ibookroad.com | **홈페이지** http://www.ibookroad.com
ISBN 979-11-85051-97-0 04830

• 이 책 내용의 전부 또는 일부를 재사용하려면 반드시 저작권자와 (주)더난콘텐츠그룹 양측의 서면에 의한 동의를 받아야 합니다.
• 잘못 만들어진 책은 구입하신 서점에서 교환해 드립니다.